语词笔记（7）

2009
YUCIBIJI
NO 7

EPOCHAL DRAMA, PSYCHOLOGICAL PLAY

黄集伟 著

年代剧内心戏

中国社会科学出版社

图书在版编目（CIP）数据

年代剧，内心戏 / 黄集伟著 .—北京：中国社会科学
出版社，2009.10

（词语笔记系列）

ISBN 978-7-5004-7958-1

Ⅰ.年… Ⅱ.黄… Ⅲ.小品文—作品集—中国—
当代 Ⅳ.I267.3

中国版本图书馆 CIP 数据核字（2009）第 106141 号

责任编辑 李炳青
责任校对 李小冰
装帧设计
技术编辑 张汉林

出版发行 中国社会科学出版社
社　　址 北京鼓楼西大街甲 158 号　　　邮　编 100720
电　　话 010-84029450（邮购）
网　　址 http://www.csspw.cn
经　　销 新华书店
印　　刷 北京君升印刷有限公司　　　装　订 广增装订厂
版　　次 2009 年 10 月第 1 版　　　印　次 2009 年 10 月第 1 次印刷
开　　本 640×960　1/16
印　　张 24.5　　　　　　　　　　　插　页 2
字　　数 300 千字
定　　价 28.00 元

真正的道路在一根绳索上，它不是绷紧在高处，而是贴近地面的。它与其说是供人行走毋宁说是用来绊人的。

　　　　　　　　　　　　　　　　　　——卡夫卡

序
一本正经书的山寨序

如 寄

　　阿姆斯特朗在月亮上说了句"本人一小步，人类一大步"。回到地球上，他私下嘟囔了一句："鲍伯，祝你好运。"直到近些年他才说了关于那个鲍伯的事。鲍伯是他小时候的邻居。阿姆斯特朗五岁那年把球踢到了鲍伯的窗下，"阿朗"捡球，听到窗内卧室里鲍太太气急败坏的话："别上我的床！除非隔壁那孩子上了月亮！"在当时，这话对鲍伯意味着完成上床这事等于完成海枯石烂的结婚誓词。

　　艾略特说过："去年的话属于去年的语言，明年的话等待另一种声音。"但鲍太太至少七十年前的话在今天仍有传承，"虽然我们是夫妻，但并不意味着你可以上床"。近来，又有"虽然是全民所有，但并不意味着全民都要有股份"。也对。夫妻上床都不天经地义，遑论全民与全民资产"上床"。

　　鲍太太当年的立誓启发了那句广告，"一切皆有可能"。源远流长。一九六〇年，浙江省高官提出，"（让）牛和猪交配，猪一生下来就是几十斤"。也是在这一年，河北省高官提出，"吃四两（十六两制。相当现在二点五两），晒太阳"。前者科技含量高，后者更高：让人像植物一样直接进行光合作用。这两件事放今天可以是转基因的一个课题或研发项目。穷，可以穷则思变，也可以穷凶极恶。

上述这些个语词不在黄集伟的年度笔记中，间隔太久远了。二〇〇七年他没写，和二〇〇八年的语词并一块儿弄一本，应该不算太久。这是第七本，好像冯唐说的，"逼近不朽了"。我一直向别人推介冯唐的书。有我很钦佩的知识分子诘问，"你怎么会喜欢冯唐？"我说我喜欢"民窑"的东西。"官窑"的东西在故宫里，摆出来的尽是造假的。意大利人仿造大马士革剑卖给拿破仑的军队。弄得骁勇的法国军人打仗时增加了一道程序——打一会儿，把剑放在地上踩直了再接着打。

萨苏一直在研究有关军事和武器的事。他也是"民窑"作家。我海军坚船利炮去索马里海域剿匪，萨苏从武器装备上得出一个结论，"看来是不准备留活口了"。索马里海盗多半听了萨苏的话，从此没再和中国商船叫板。从电视截图上看海盗的装备，一是AK47突击步枪，二是RPG便携式火箭筒——制造商的广告语："穷人的重武器。"真是没法跟咱海军死扛。萨苏要写一本动物园的书。他说猩猩掰开擀面杖粗的笼子出来太容易了。一是猩猩出来了会觉得没地方得吃得喝，最主要的是猩猩觉得要给人留面子。"真的，猩猩是这么想的。"我信了。北京郊区民俗旅游有"狩猎"一项。一笼子里散养着几只兔子，给一没准星的破气枪，枪杆到兔子脑门儿上，兔子该干吗干吗，视死如归。兔子肯定觉得，"反正是一死，怎么死都是死，早死早托生"。处境比海盗和猩猩惨。

关于动物，黄集伟列了"正龙拍虎"。正龙住的那地方的山里没有虎。原先有。陕西、山西、山东都有。山东的被武松打死了一只，是真正的纯华南虎。"色狼"真有。地铁5号线，听靓女酷男聊京戏。靓女："色狼探母？"酷男："那怎么啦？色狼也是有孝心的。丫也是它妈叼食喂大的。"想到吴佩孚。吴大帅镇压过工人，杀了施洋大律师。吴是《TIME》封面的中国第一人，被称为"Biggest man in China"。其时德国驻华公使女儿向吴求婚，吴不识德文，秘书译出呈上，吴大帅批示："老妻尚在！"吴佩孚是坏人，但不是色狼，没纳"二奶"，没包"小三"，也不嫖娼，更没有向幼女施暴。

马加爵很暴力。他姐姐说："不要带着仇恨去死。"一个卖粽子的挂招牌："云南学子马加爵，为报睚眦剁同学，心理有病要早治，多吃肉粽能避邪——避邪肉粽，一块五一个。"这种粽子该放到治安联防队，或容易让人火气上升的地方卖，比如高速公路。在东北高速路休息区，俩货运司机打了起来。打了一会儿骂，骂了一会儿再打。周围观众觉得特没劲，激励双方："攮啊！有攮子吗？"某省高等级公路管理局劳动服务公司有《工作忌用语》公示："他妈的（包括你妈的）"、"我揍你"、"操你妈的×"……看来这些都是工作人员的常用语词。

"很暴力很黄"一直以来被呼吁"设级"。电影电视剧没设，相声和二人转被屡屡封杀。对说他"把孩子教坏了"，郭德纲不高兴，"至少我说相声还穿着衣裳"。"中国不高兴"倡导"提剑经商"（至少怀里揣把攮子）有暴力倾向。在当下中国市场里你拎把剑（腰里别把攮子）做买卖，会被认为是欺行霸市、强买强卖的黑恶势力，再蹿到国际上去？让人捏把汗。郭德纲长相不主流，赵本山原来也是。但赵本山主流了，顺手一提，小沈阳也扒在主流的窗台上往里瞅。"二人转"让赵本山搞"绿"了，郭德纲看来不打算说"绿色相声"。

前几本的序言没说过体育。这次"笔记"中收了至少三四条涉及体育的语词，我以前干过的事与此有关，谈几点不成熟的看法和意见供参考。

"你很男足"后面好像还有一句"你们家都是男足"，再由此上溯到你们家的列祖列宗。但那会儿叫蹴鞠。其时中国人踢得不错。当时也有女子蹴鞠，脚上的活儿从资料上看挺地道。到了当代，让我们改叫成"铿锵玫瑰"了。华北最大的农贸市场新发地有菜贩推出"铿锵洋白菜"、"铿锵章丘大葱"的铿锵系列是趁中国女足之危的版权滥用。博尔特是跑两百米的，顺带跑一百米，还破纪录。如同一个红案厨子参加武术比赛拿了头名，撂下句话："不就是耍刀嘛！"奥运会的项目还要新增，议到台面上的有高尔夫、摩托艇、马球，都是贵族们玩儿的。所以有人提议，应该设立手枪决斗（贵族们的终极竞技），枪一响，打死一个，起码装死，才有看头。

这本书出的时候，高考已过。黄集伟选了二〇〇七年陕西高考作文题：《出事了》。二〇〇七年的高考作文题很缤纷，有许多得零分的卷子。江苏：《我们头上的灿烂星空》。零分卷："我们头上的灿烂星空？谁出的题？我们头上有星星吗？……"浙江：《行走在消逝中》。零分卷："行走在消逝中？你（以下删去三字）走一个给我看看！你们（出这题）这样草率，简直对不起我们父母。

等着，我的私人律师待会儿会给你们打电话！"安徽：《提篮春光看妈妈》。零分卷："没听说'竹篮打水一场空'吗？看我妈为什么提篮春光呢？为什么不提'脑白金'呢？……"得零分那是万幸。念你们少不更事，在校学生，安个诽谤污蔑高考出题人员罪，还不用跨省缉拿，刑拘几天交罚款你这帮孩子能说什么？

这本书取名"吃咸点，看淡点"。菜咸省钱，淡看省心。在这日子口里，也只能这么着了。我吃东西的口味重，十年前是郊区的，三年前是远郊区的，现在是杂烩。每次都搁白菜——白菜跟谁都合得来。

晚上，接通知。书名改了——《年代剧，内心戏》。治大国，烹小鲜。更正经了。"大事往往是顺便办成的"，比如搂草打兔子。小规模荡气回肠之后应该是大规模回肠荡气。谈到年代，眼下可以是《中国人挺高兴》或《中国人暗地里（内心）挺高兴》。CCTV 记者问 USA 总统奥巴马："您是否已经有了一个自己的关键词概括外交政策？"奥巴马："我最不善于用关键词进行概括了。不过你要是有什么建议，不妨告诉我。我会很高兴地使用它。"我倾向奥巴马采用"吃咸点，看淡点"。美国人也该勒紧裤腰带了。还有，不要总以"世界他爹"自居，为"老"不尊。看淡点，容易和谐。同样，也就跟谁都合得来。

西三旗私搭"山寨"房里草就

2009 年 4 月 16 日

目　录

A

𝕭

𝕮

D

Z

J F

Ⓖ

H

J

K

L

EPOCHAL DRAMA, PSYCHOLOGICAL PLAY

不是日本人

语出收藏家马未都。谈及观复博物馆创业往事，马说：

"当年，我们的营业执照是这么写的——民办非企业法人单位。因为性质问题，所以导致不能生存，'民办非企业单位'的意思是，一不是国有，二不是企业，你是什么？不知道。等于中国护照上写你'不是日本人'，既出不了国也干不了事，但也有护照。"

比喻和归谬一直是马语文擅长的修辞术。当伪术语"民办非企业单位"被拆解为护照上那句混账到家的否定短语后，人生荒谬再次露出狰狞鬼脸。

不要脸，要趁早

语出作家叶倾城一部小说之名。在读到上面这六个字时，我脑袋里快速点开一个下划线，一长串名单脱颖而出：里面达官贵人少，达人多；文化名人少，闻人多……我想你的状况跟我差不多。哪天有空，我们凑凑名单吧……再想，今天，这六个字已是时代最强音？我看是。

出事了

上面三字为二〇〇七年全国高考陕西语文试卷中的作文考题。有点怪。

作文提示里说："在某个场景里，一个小孩跌倒了，周围有三个大人，分别代表了社会、家庭和学校，这三个人异口同声地说：'出事了。'文体自拟，自命标题，八百字以上。"

按提示要求，这应该是一篇"看图作文"。可即或如此，想来想去，还是觉得这题目出得不靠谱。用网友们爱说的话说，命题者的脑子里可以养鱼了。

顺便好奇其他诸省高考作文题，发现近似的不靠谱已组合成一种"集体行为"：

天津作文题：《有句话常挂在嘴边》。啥意思啊？这题也太容易备文了吧？

江苏作文题：《怀想天空》。啥意思啊？非要在文坛率先打造90后？

山东作文题：《时间不会使记忆风化》。啥意思啊？记忆难道还没被时间风化？

辽宁作文题：《我能》。啥意思啊？拿中国移动赞助了？拿了别言语啊？

大家都喜欢在脑海里养鱼吗？

▌大事往往是顺便办成的

出自专家马浩刊载于《经观商业评论》专栏文章的一个标题。

原文大意说：许多事情通常是在干别的事情的时候无意间捎带办成的，或者通过做别的事情的名义和手段，有意暗中操纵和促成的。

马强调：目标越明确，反对势力就会越警觉；途径越清晰，阻挠和反击就越容易奏效。所以，有时候，未必非是"只问耕耘不论收获"，而是像那句老台词儿所谓：

悄悄地进村，打枪的不要……顺便都办了。

单身公害

用以形容那些未婚者的一个贬义词，语出某情景喜剧。

剧情早就忘了，谁说的也早就忘了，可这个词组本身却结结实实记录下来……"单身"，还"公害"，比较毒。

猜测中，"单身公害"这样的语词多半是某位女士发明的吧？并多用指女性单身？男士单身，天下不安，谁都知道，无需特别提醒；而女士单身，那些成功男士所可能遭遇的威胁凭空里大出很多。大出百分之五十？要好好算算。

再早，我的词典里曾收入"二手男人"一词。据这一语词发明者分析，在"婚姻经济"中，"二手男"比"一手男"更抢手……这个怪词建议与"单身公害"一词配套使用。

盗墓派

语指由网络畅销小说《鬼吹灯》系列开启出的一个网络小说流派，亦称"盗墓派小说"，最早盛行于起点中文网，作者"天下霸唱"也因此被尊奉为"盗墓派"掌门。与之相伴，"今天你吹灯了吗？"成为盗墓派小说追捧者间的流行语。

█颠倒事

语出一则流行短信，内容如下：

出门打的，乘电梯上健身房，然后在跑步机上挥汗如雨；

半夜上网，去歌厅，睡不着觉，再吃安眠药；

管儿子叫兔崽子，管宠物叫儿子；

去饭店大吃二喝，然后再去减肥；

手机里存了800个电话号码，家里出了事儿却找不到邻居的电话；

眉毛是描的，双眼皮是割的，鼻梁是垫的，嘴唇是文的，胸是填的；

爱情在自己的电脑里，老婆在别人的电脑里；

建广场时把大树砍掉，然后再建一片水泥的小木屋和树墩子；

追求越来越高：谋高级职位，穿高级服装，住高级住宅，坐高级轿车，吃高级饭店，患高血脂、高血压症；

用排骨喂狗，吃乡下喂鸡的野菜；

回家穿睡衣睡觉，到影楼拍裸体婚纱照。

这则短信在流传过程中被不断扩容或改写，成为描述现代人矛盾生存状态的经典短信之一。

短信民意

语出二〇〇七年厦门"PX 门"事件。其时，众多民众以短信方式发表对于市政建设的声音或建议，这一种方式后来在多种类似事件中发挥作用。二〇〇七年底由商务印书馆主办的年度汉字评选中，"短信民意"一词被网友及专家高度认同。有一种说法认为，二〇〇七年为中国"网络民意元年"。

反对通俗解读经典的人是混账

语出学术超男易中天。发出这言论的时间是在易老师成名后……一望而知。

成名后，易老师火气见大，脾气见长。报道此事，媒体选择的形容词是"怒斥"。

中国人现在生活好了，吃得饱，住得好，一年四季都容易中暑……作为名人的易老师更应早早提防，时时注意。保重身体为要。

副作用　负作用

某日读报，见社会新闻版讨论药物的"毒副作用"，有点晕。

赶紧查字典，见解释说，副作用：随着主要作用而附带产生的作用，副，次要的，居于第二位的。本词可用于各种事物，用于药品较为常见；

副作用：负面的作用；

这样看，药品说明书上的最为常见的"毒副作用"四字，虽为熟词，可它其实是一个冗赘之词。

"副作用"一词本身已经饱含"不良的、负面的"意思，再加上一个"毒"字形容，实属多余。

█谷歌文

由学者徐来发明的一个词，特指那些主要仰仗"谷歌"进行写作的网络写手的文字产品。用谷歌作为自己行文的托底，便捷却危险，至少目前而言，网络信息在确切性上是很难及格。再者，很多所谓剽窃案件乃至纷争，即因引文出自谷歌或类似搜索引擎的缘故。"便捷"本身常常也是陷阱。你以为跳进去的是个游泳池，可也许是个粪坑？难说。

█官腔升级版

上面这个称谓是我瞎编的，因由来自一则流行短信：

"对老婆：吃饭，睡觉；对小姨子：吃个饭，睡个觉；对美女：吃吃饭，睡睡觉；对小蜜：吃饭饭，睡觉觉；对群众：吃什么饭？睡什么觉？"

这短信本身并无特别强调这位"见人下菜碟"的言说者是官是民，可他是个男的，是确定无疑。

至于说它多半会是"官腔升级版"乃至"官腔亲友版"，主要在于它本身具有官场语文中最为常见的微妙与狡黠。

这类官腔使用的汉字数量不多，可表达的意思却清晰而狡猾，汉字的多义与乖巧在这场虚拟的对话中也得以全面展示。

管

语出一则短信，在下面：

工商管富人，警察管坏人，城管管穷人。

很快乐，不难生

语出作家比目鱼在愚人节当天撰写的一则小品，小品以比比皆是的名人广告为模版，将很多从未上过广告的名人拉进来，半真半假，虚拟得无比快乐：

重庆"最牛钉子户"夫妇代言"虎头牌钉子"。

广告词：（手举一枚钉子）除了锤子，不向任何人低头！

刘德华女粉丝杨丽娟代言"松花江牌粉丝"。

广告词：粉丝就应该这样：好痴（吃）！好痴（吃）！

王朔代言"花鼎牌炊具"。

广告词：（手持一把炒勺）有人说我天天炒，其实全靠工具好！

宋丹丹代言"象牌火柴"。

广告词：（东北口音）你太有柴了！

黄健翔代言北京市大兴县养猪场。

广告词：（站在猪圈前，吼叫）你不是一个人！！（停顿片刻）你是一只猪！！

湖南卫视"快乐男生"参赛选手集体代言"湖南第六妇产科医院"。

广告词：很快乐，不难生！

◼ 环保嘿咻

语出报人杜然博文，原题为：《嘿咻也不要忘记环保》。

杜然说："我们听说过环保汽车、环保旅游的概念，但环保性爱是怎么回事？加拿大某环保网站推出一个'让你的性爱更环保'的指南，根据这份建议，大家应该更多使用用竹子为原料制作的床单，使用不含可能危及环境的化学物质的润滑剂，以及使用环保材料制作的内衣，浴室应该使用节能灯，应该两人一块儿洗澡以节省水资源。某著名成人用品店也宣布，该店不再出售包含邻苯二甲酸酯的成人玩具，因为这种化学可塑剂可能对人体和环境造成危害。一个热爱环保的成人网站也宣布，他们所有的裸体模特儿都是素食主义者，称之为'素食情色'……全方位环保的时代终于来临了。"

欣赏杜然的这个倡议。尽管我知道，他说的"竹原料床单，不含化学物质润滑剂"乃至于"环保内衣"等未必大家都做得到，可在嘿咻时考虑一下邻居或孩子，总可以吧？

　　小声儿点，别弄得全楼上下人人脸红啊。

　　这就是说：噪音污染也是污染啊。

■回床率

　　语出互联网，它是对熟词"回头率"的一种戏仿，但远比原词嚣张大胆。在所有数字统计中，"回头率"大概是最虚的一种了吧？那"回床率"是不是更虚？嗯，我看是。

　　在某种语境里，"回床率"这个语词所暗示的社会现象相当写实……别想歪，我说的不仅仅是演艺圈。在商业社会，"回床率"虽不过小小细节一个，可却能给人无限联想。人性已然从"头"变成了"床"，好冷。

　　当然，在更多情形中，"回床率"多半用在吹牛语境中。近年间国家在税收方面改革多多，可截至目前，有关征收"吹牛税"事宜尚未提上议事日程。

　　得抓紧了。

■机麻

　　"机械麻将"或"自动麻将"的简称。

　　有了这个简称后，原来自己整、自己垒、自己砌的"麻将"也随之有了新名，叫"人工麻将"，简称"人麻"。

其实呢，无论"机麻"还是"人麻"，人才是最重要的。

没有人，麻将不麻，麻个屁。

■ 减压经济

指用于"减压"或"情绪发泄"的相关产品所生成的经济效益，即所谓"减压经济"。其常产品如"发泄果"、"情绪食品"、"卡拉 OK"、"岩盆浴"、"周末农民"、"减压音乐吧"、"男人缝纫俱乐部"等。而来自《纽约时报》的一个统计数字说，全美因白领工作压力造成的经济损失达三千五十亿美元。

■ 将则蒙虐广，捏节底尚爽

上面这个句子不解释基本不懂。专家说，它是唐代诗人李白名句"床前明月光，疑是地上霜"的洛阳话读音。

是中国社会科学院语言所研究员张尚芳记载下这条洛阳版"明月光"的。

张老师发现，区别于现在以北京音为基准的普通话，古代普通话一度以洛阳话为标准音。

禁用词

路透社规定的"禁用词"的规定主要包括以下三个方面：

一是具有歧视倾向的词语。如提到"同性恋"时要分清男女；反映身体残疾的词语，要用"身体缺陷"代替"残疾人"。还有涉及种族歧视问题的词语，如马克·吐温的十几本小说因为使用了"黑鬼"一词而在美国被列入禁书目录；

二是带有明显感情色彩的词语。如"恐怖组织"、"魔鬼"、"最著名"、"最佳"等词汇都在被禁之列，以免使内容失实或过于极端；

三是带有"脏话"性质的词语，如"大便"、"通奸"等词都是不能见诸报端的。此外，每个国家还有各自不同的"禁用词"。如在德国，由于第二次世界大战的原因，德国媒体在有关第二次世界大战的文章中从不提"爱国"、"民族"这些词语，以避免引起相关国家的不满。

弄一班杨家将一起抽"杨角风"

语出王小峰二〇〇七年五月二十五日博文。原文说：

"娱乐圈发生什么事我已经不怎么关心了，那天，接到小强老师的短信，说今年娱乐圈基本上是杨丽娟、杨臣刚、杨丞琳、杨二车娜姆这些老杨家的人在折腾，还有什么姓杨的人赶紧蹦出来，弄一班杨家将一起抽'杨角风'。"

被王小峰写成"杨角风"的其实是"羊角风"，癫痫病俗称。其俗称还有"羊羔风"、"羊痫风"、"猪婆风"等多种，基本症状为间断发作性昏厥，不省人事，四肢抽搐，双目上翻，口吐白沫，咬牙咬舌等。

现实是：生活中很多人的精神症状与癫痫病发作时的肢体状况确多相似……为区别此二者一为精神性癔症，一为生理性疾患，另创一词势在必行。先以"杨角风"代用？

■怕家父，不怕兄长

股市流行语。原句为："怕家父（爹—跌），不怕兄长（汹涨）。"其中所用典故为由 CCTV 著名主持人朱军创造的"家父门"事件闻。流行语暗藏或套用流行典故为流行语常用修辞手段，可这则修辞修得如此之好，值得表扬。

■强我为文者，即是陷我害我，侮我辱我

语出艺术家邱志杰博文，坦率，直接，不遮不掩，不含糊。全文如下：

"从今日开始，拒绝为任何人写艺评文章。我写和艺术有关的文字，本意是澄清思想，自我求助。免得被伪批评家伪装成学术的胡说八道弄晕了脑子——至今也还是这一目的。不意近年来，约为画册画展作文者渐多。四方亲朋，多处设局。强我所难，百口莫辞。分身乏术，身心俱疲。兹有此告：今日之前之旧约，将尽快清账。自今日始，请诸方君子，好我恤我，勿开尊口，以免尴尬。强我为文者，即是陷我害我，侮我辱我。有欲再三相强者，请自

行下载本段文字使用可矣！——邱志杰"

　　相似的处境我相信好多人都有。可能像邱这样公开发表宣言者却很少。这就是所谓"难"吧？将难能可贵的"难"做到，就"可贵"。

情绪食品

　　指含有 Ω–3 脂肪酸、γ–氨基丁酸、L–茶氨酸、B 族维生素和磷脂酰丝氨酸这几种添加剂的食品。据称，此种食品有利于提高人们的生活质量并促进健康。

　　据英国《独立报》报道，英国企业以往的卖点是健康因素和营养成分，如今转而侧重"情绪食品"。明特尔市场调查公司估计，二〇〇六年这种食品的销售额高达十一亿英镑，比本世纪初增长了百分之一百四十三。

　　专家认为，Ω–3 脂肪酸能改善儿童的智力发育和行为举止，它可以添加在多种食品当中，包括酸奶、面包、牛奶甚至糖果；B 族维生素在缓解紧张和抑郁情绪方面有功效，许多食品中都含有 B 族维生素，如绿色蔬菜、肉类、大米和全麦面包；磷脂酰丝氨酸有助于增强记忆力。

　　另一则消息说，在日本，有一种名为"平衡心态巧克力"一直较受欢迎。在这种巧克力中，就含有 γ–氨基丁酸。据说它能减轻焦虑；而 L–茶氨酸则多存在于绿茶中，它可以帮助食用者放松情绪，集中注意力。

　　食品专家迈克尔·富兰克林说："大多数人并不在乎食品里是否含有 Ω–3 脂肪酸。但是，如果更多的人知道食品会影响他们的情绪，他们就会意识到自己需要改变饮食方式。"

全民狗仔

伴随数字产品的迅速升级和泛化，"全民记者"时代已经到来。而"全民记者"的反面，即"全民狗仔"。街道的老太太能用手机拍下怀孕的蒋勤勤仰面打哈欠的照片，旋即发到自己的博客上，刚毕业的小女子也能把某播客明星的商业背景调查得清清楚楚……热闹。

三·一五砸纲

当然不是司马光砸缸，更不是司马迁砸缸，而是在三·一五央视砸了郭德纲。

郭德纲旋即在自己博客上发表声明，策略：硬到底。郭德纲也是没办法。

不过，这个靠宠幸草根成名的非著名，其态度无妨花开两枝：对话语霸权，硬到底；对草根，继续呵护，继续宠幸。

新名言说：得草根者，得天下。

沙他妈个发

在跟帖里占据第一，叫沙发。随后是板凳和马扎。这些你都知道，我这儿说是废话。我曾不怀好意地联想说，那第四个跟帖叫什么呢？应该就是马路牙子吧。

一天，在一博客里看见一个网友在沙发的位置上写了标题上的这几个字：沙他妈个发！这几个字不是很文明，可气韵生动，掷地有声，读着都爽。喜欢。

再者，在这个短语里，还可以读出些许自嘲或自讽。它极短，极压缩，极暧昧，但却是有啊。

再者，这其实也是一种网络调情。再一日，看见第一个沙发写："今天轮到我了"，板凳就写"我靠，出去方便一下，被你占了"；第三位就写"沙你发"，第四位就写"板你凳"，嘻嘻哈哈，共同为构建和谐社会添砖加瓦，顶一个。

■ 晒工资

晒工资：将自己或他人工资收入在网上曝光，叫晒工资。相关语词还有：晒客（从事上述行为的人）和晒台（承载传播如此信息的网站）等很多种。

■ 失意体前屈

网络流行符号之一。"ORz"亦可写成"Oro"、"Or2"、"On_"、"Otz"、"OTL"、"sto"、"Jto"、"○l￣|_"等不同样式。据称这一流行符最早源自日本，用以表达使用者心情或状况。

拆解这一符号，"O"代表人头、"R"代表手以及身体，"z"代表脚。

网民在电子邮件、IRC聊天室以及即时通讯过程中广泛使用这一符号，用以呈现他们失意或沮丧的心情。而在口头表达中，这一通常被逐字拼出，而非念成一个英文单字。

"Orz"亦可混合表示无奈的另一表情符"囧"，成为"囧rz"。随着使用范围的不断扩大，其含义逐渐添加。除了无可奈何或失意之外，亦可引申为"拜服"、"钦佩"等意。

此外，它亦有较负面的"拜托"、"被你打败了"、"真受不了你"之类的意思。

■十博士

二〇〇六年十二月，有"十博士抵制圣诞"事件发生；二〇〇七年三月，有"十博士炮轰于丹"事件发生……出了这种事，大家的兴奋点都对"炮轰"兴趣十足，可学者徐来却发现，抵制于丹的所谓"十博士"，并非都是博士，其中有两名硕士，一名学士。所谓"十博士"的说法，只是媒体"方便叙事"的代指。为此，徐来担心"十博士"变成"十常士"。徐来文中语文趣词很多，如"高学历文盲"、"励志杂拌"、"活学活用传统文化模式"、"心灵鸡汤化"等，意味奇异，含沙射影。赞。

■什么什么的背后都是什么什么

二〇〇七年夏初热门句型之一，由CCTV《新闻调查》记者柴静与方舟子争论引发。

柴静：每一项技术的背后都是生命；

方舟子：并非每一项技术的背后都是生命；

土摩托：即使每一项技术的背后都是生命；

姬十三：每一项技术的背后都可以找到生命；

莫之许：每一项技术背后都是人头……

在网上，某句型流行，通常生于互动：

一人发牌，众人跟进。

跟进不是跟随或跟包，而是唱反调，

在跟进中修正、添加、递进……直至篡改。

实在挺不住，请你占有我

语出一家高速路卫生间广告。据媒体称，这则公厕广告发布于沈四高速公路朱尔屯收费站附近。广告牌高十米左右。蓝底白字，正面写"实在挺不住"，反面写"请你占有我"，合在一起："实在挺不住，请你占有我。"

记者就此采访诸多行人及看客。问的问题很无聊，无非"看见这句广告词想到什么"之类。如果摄像镜头对准我，我肯定会是个耍个滑头的看客："我，我想到了那个。"

哪个啊？不就厕所嘛。这是我的谜底。这个谜底当然让记者失望。而这种失望刚好反证出这个引发争议的广告语的奇巧；它似乎什么都没说，也似乎什么都说了。在广告语文里，此广告语实属另类。它的另一种称呼是"非正义广告语"。这类广告创意要点在于既定的价值尺度或道德尺度，借此引发关注。从这个意义上说，它作成了。

世界上有许多路

来自某网友签名档，全句说："世界上有许多路，走的人多了，也就没了路。"戏仿鲁迅名言而得……想想，有道理。

死了都要×

上为二〇〇七年五月末网络热门句型之一。年初，我曾斗胆预言全年流行句式应该就是为"死了都要二"，果然。那个"二"的部分你可以任意填写你中意的动词或形容词，你知道的。

"二"的人前仆后继，越来越多。折射到语词记录里，形态各异。与"二"沾边儿的熟语熟词被再度激活外，更俭省的办法，是直接由流行歌曲《死了都要爱》衍生出的新的揶揄，新的讥讽。那些可怜的股民们就是这么做的。如"死了都不卖"即在股民中成为最为流行的自嘲语，相当流行。

还有整套歌词。词曰：

"死了都不卖，不给我翻倍不痛快，我们散户只有这样才不被打败；死了都不卖，不涨到心慌不痛快，投资中国心永在"……果然煞有介事。

而在厦门引发众怒的"PX门"事件中，也同样用到这个句式：

"死了都要盖，不金戈铁马不痛快，污染多深只有这样才足够表白；死了都要盖，不熏到流泪不痛快，宇宙毁灭 PX 还在，把每天当成是末日来存在"……

以流行语文承载痛彻肺腑的时政难局，混搭当然是硬道理，可确乎也怪异，也蹊跷。

■ 他在"文革"中被打成右派

上句摘自一位博士生的论文。真不靠谱。

■ 体检枪手

代人体检，帮助委托者掩蔽真实身体状况的人被称之为"体检枪手"。最早的新闻来源为《南京日报》相关报道。报道称，每逢年底，不少单位都会组织员工体检。可这个"福利"，却让有些人坐立不安。

一天，一名乙肝病毒携带者在网上发帖，称愿出 100 块钱，寻找合适者替她去医院体检。

记者说，这类"枪手"发财梦之所以得益兑现，一部分原因来自一些单位的"乙肝歧视"，一些乙肝病毒携带者不得不出此下策，瞒天过海。

听过现场还不疯的，就不是人

二〇〇七年五月最后一个周末，台湾歌手胡德夫在北京举办了自己的演唱会，网友清风不识字在现场，事后发出如上感慨。

在修辞格里，如此感慨属"侧面描写"。句中的那个"疯"虽含混掉确切的褒贬，但这里的含混被后半句中的"不是人"补足，构成了一种大"褒"。

在商业社会，真正能拨动心弦的艺术已越来越少。这样，"清风"的这番遭遇胡德夫的狂喜背后，也有悲凉……这也是疯一回少一回地拨—动—心—弦吧？

好在还有胡德夫。

投诉，这是我的一种美容方式

名嘴李敖之女李文如是说。据好事者统计分类，李文投诉过的人有中国人、美国人，有出租车司机、交警、摄影师、美容店、航空公司、面包店、出版社、街道办事处，甚至包括美国总统布什。

龙生龙，凤生凤，老鼠的儿子会打洞……是俗话。这类俗话我倾向于将其侮蔑为"迷信说"、"宿命说"。我知道我身上的局限、缺陷。这话成真，我儿子也将卖文为生？不是什么好生活。

可偏偏让我看见上面这李文的个案。它至少呈现出片面的深刻吧。这也是一种宿命呢。

网络人格

有人在现实生活中很闷，可在网络中却很张扬。这种人的网络风格其实也是他的网络人格：一种与现实有距离、有反差的人格状态。

在社会学、医学研究中，"匿名"是一个重要的范畴。可以想见，在网络社会中，"匿名"与一个人的"网络人格"之间具有相当的关联性。正如"艳遇"通常更多地发生在商务旅行之中而非高尚住宅小区一样。

在那个商务之旅"旅"过的城市里，那场非琼瑶非金庸的爱情故事主角大多均为匿名的、过客似的陌生人。

在商业社会，频繁的迁徙与移动在所难免。它为"网络人格"提供出确切的温度湿度乃至自由度，于是，具有多重动机与繁复欲望的网络人格也便日益凸显，更醒目也更寻常。

血拼女

对那些收入较高、持卡消费女性"寅吃卯粮"消费特征的一种形容。又称"血拼狂人"。此类人群卡上有钱当然购物欲顽强旺盛，可即或不幸、即或赶巧卡中羞涩，仍会坚持刷卡透支，血拼到底。"卡奴"一词可与本词条搭配使用。

■压抑着兴奋

"低调"一词的委婉说法，亦称"低调二点〇版"。

一次饭局，我复述这个奇异的委婉语，没想立刻遭到大面积反对。反对者称："低调"怎么会是"压抑着兴奋"呢？应该是"兴奋着压抑"啊？否则，怎么会"低"？

一想，也有道理。

随便吧。或者"压抑着兴奋"，或者"兴奋着压抑"，总之不要振臂高呼山呼海啸就好。

■一样不一样

汉语的奇异处、神异处很多，下面这些短语看起来不一样，其实一样。区别仅仅在于一个没有否定副词，一个有。

安全隐患　不安全隐患

稳定隐患　不稳定隐患

平衡隐患　不平衡隐患

难免犯错误　难免不犯错误

好容易买到返程票　好不容易买到返程票

差点摔倒　差点没摔倒

于丹红

说的是谁，如你所知。作为绰号，"于丹红"大概是从"苏丹红"套用而来的吧。还有一种可能，是"鱼丸"从其时常见标题"于丹红过易中天"受到启发？也有可能。而在另一个好玩的标题里，也出现了"红"。标题说："于丹红，但是没有范冰冰的底裤红"……这个世界啊，恁多恁多的"红"拼一起会变成什么色啊？

月光美人

本语词为前几年流行语"月光族"的升级版，与"月光族"比，这个版别的"月光族"意在强调"性别"，强调"相貌"。"月光"之意依旧为"每月收入全部花光"，可虽则"月光"，可人家依旧形容姣好，美艳动人。本语词造词法依旧遵循"改良"原则，一"改"就"良"，美得很。

葬礼计划书

语出《纽约邮报》，主题为美总统卸任前，通常会自己设计葬礼。在一般人眼里，给自己策划葬礼肯定不是一件令人愉快的事，可美国几位在世的前总统却早已心甘情愿秘密完成自我葬礼设计，这一习俗的心理动因大致是渴望自己的丧事严肃庄重，遗愿顺利执行。据悉，美国前总统福特、卡特和老布什，都已留下了详细的《葬礼计划书》。

福特、卡特和老布什三人的《葬礼计划书》其中细节不尽相同，但有一点却完全一致——他们均要求葬礼能在华盛顿国家大教堂举行——跟已故总统里根的葬礼一样。这一要求也是几乎所有美国历任总统的心愿。

这简直是现代建筑的腋毛

语出作家叶倾城。在一则短文里，叶说，现在很多居民小区不允许居民在院子里晾衣服，窗上更不许伸出竹竿来，这简直是现代建筑的腋毛。

这个句子似乎在赞美，其实是在悄声讨伐，好比用哑语挖苦，揶揄。

一个城市就像一个人。它需要空间，需要呼吸。一个像人一样的城市怎么可以没有腋毛？

除非那城市是个塑料模特衣架，当然美轮美奂，当然经磕经碰，当然不吃不喝，可它是假的。

真理只是真话的一部分

作家小宝言论：

（1）言论自由的原则其实就是保障有话就说，有屁就放。

（2）保障大家说真话，包括打不到秋风骂山门的话。

（3）言论自由并不是保障大家说真理。真理只是真话的一部分。

（4）保障说真话，才可能说出真理。

中美国

语出英国《星期日电讯报》二〇〇七年三月四日作者尼尔—弗格森文章。
原文标题：不是两个国家，而是一个：中美国。

该文主要以这个生造词体现中美经济高度相关性。用俗词说，就是腻乎，
就是纠缠：

"中美国(Chimerica)只占全世界土地面积的百分之十三，但占世界人口
的四分之一，占世界经济产值的三分之一。另外，在过去五年里，中美国占
到了全球经济增长的百分之六十左右。它们的关系不一定是不平衡的，而是
共生的。东部中美国人是储蓄者；西部中美国人是消费者。东部中美国人从
事制造业；西部中美国人从事服务业。东部中美国人出口；西部中美国人进
口。东部中美国人积累储备，西部中美国人喜欢欠债，这就产生了东部中美
国人渴望得到的以美元计价的债券。像所有幸福的婚姻一样，中美国这两个
部分是互补的。"

两个单词各取一部分，合在一起杜撰出一个新词，被称之为"夹袋词"。
如"motel"（汽车旅馆）、"guesstimate"（胡乱估计）、"sexploitation"（色情剥削）
等就都属于"夹袋词"。

学者乔治高的朋友给"夹袋词"起过一个更为形象的名字，叫"鸡尾
词"……这个名字果真好。

■ 赘疣

以后在用到下面这些语词时，一定提醒自己将括号里的那些疙疙瘩瘩的废话去掉。都是赘疣：

（非常）酷爱，（互相）厮杀，（过分）溺爱，截至（到），出乎意料（之外），（多年）夙愿，口若悬河（地说个不停），国际（间），（被人）贻笑大方，悬殊（较大），见诸（于）报端，（一致）公认，（亲眼）目睹，报刊（杂志），（共同）协商，（我的）拙著，（开始）启用，（人民）生灵涂炭，忍俊不禁（地笑了起来），（十分）罕见，（正）方兴未艾，（心中的）难言之隐。

作文如做人，枝枝蔓蔓不好，努力干干净净吧。

EPOCHAL DRAMA, PSYCHOLOGICAL PLAY

膀胱决定成败

语出学者吴稼祥。在一篇短文里，吴先生介绍当年反右，每个地区下分右派"评选"指标。西北某地质研究所无法完成定额，万分苦恼。张工程师尿急多时，起身外出解决，瞬间返回，已散会。再看书记，脸上和谐笑容已卸下，正色道："你是本所最后一名右派，请你服从。"对此，吴先生点评说：

"现在有人讲细节决定成败，也有人讲态度决定成败，都对，但在某些时候，决定成败的东西更简单，比如膀胱。那个张工的膀胱如果容量再大一点，右派帽子就会落在别人头上……如果你的膀胱不够大，开会时少喝些水，这总不是一条坏的建议。"

北京的交通差点儿饿死人

记者赵明宇在自己 MSN 签名中用到上面这句。

句中的"交通"与"饿死人"之间，用刘翔的世界纪录直接跨越，使得这句面对北京经常发生的烂粥似的拥堵状况的"控诉"效果惊人。

此前，我曾建议尿不湿厂商迅速发明车用成人尿布，专售有车成人一族，当大赚特赚。现在看来，为避免堵车堵到饿死人的悲剧发生，速食生产商定点定时向堵车中的车主兜售干脆面，大赚特赚之外，亦可顺便拉动内需，携手构建和谐社会。

不好意思，活这么久

二〇〇七年六月十八日，日本宫崎县老人田锅和以一百一十一岁高龄荣获"当今世界最高龄男子"头衔。上面这句"不好意思"是他在家中接受吉尼斯世界纪录头衔时所说。

媒体报道说，生活中田锅和以一直保持健康生活方式，为人自谦自省，幽默风趣。

在我看，诸如"为人自谦自省幽默风趣"之类的媒体熟词虽然十足俭省，可却过度抽象，有点儿虚。反是"不好意思，活这么久"这一句，"歉意"实在真切，让人难忘。

不能光爱，还要做啊

语出凤凰卫视名嘴窦文涛，他用这句话讥讽很多环保运动光说不做。窦文涛语文一直重情色，轻说教；重娱乐，少俨然。而其情来色去嘻哈扯淡之间，弦外之音又不全是轻佻。就说上面这句对于某些环保者叶公好龙的情色式点评，情色固然，可它同时也穿越情色，点中死穴。

不要带着仇恨去死

二〇〇七年六月初，马加爵的姐姐做客凤凰卫视《冷暖人生》，该期节目标题为："马加爵身后。"

节目开篇部分以"赵承熙枪击案"为导引，特别强调案中赵杀死三十二人并饮弹自杀后校方为此案立下三十三块"纪念石"细节。

校方认为，赵本人其实也是受害人。相比而言，已被执刑的马加爵死后三年，骨灰无人认领。

马加爵被枪毙当天，云南大学曾发电庆贺。

贺电大意说：欣获马加爵已被执行枪决，我大学全体师生感到万分荣幸，并对走出马加爵事件阴影而感到高兴。

马加爵的骨灰最后被姐姐认领。姐姐把弟弟的骨灰撒到大海里。

姐姐说："我把小弟的骨灰撒到了大海里面，因为我知道，他永远也回不了这个家了，骨灰回不了，灵魂也回不了。只有大海才能包容他，接纳他，原谅他。小弟在这个世界上真的不存在了，骨灰没有了，连灵魂也没有了。"

姐姐说："有人说这四个人该杀，他受欺负了。这种想法不对。我告诉马加爵，希望他放下仇恨。不要带着仇恨去死。"

■ 不要在厕所与熟人说话

美籍专家苏珊·罗柏尔已在中国定居十三年。

一天，苏珊撰文发表生活观感。

苏珊说，很多中国习惯她都可以慢慢习惯，可实在无法习惯如厕时与同事热谈。

苏姗文章的标题是：《不习惯在卫生间里热谈》。

"任何如厕时发出的噪音都会被'礼貌性冲洗'所掩盖。或许这很浪费水，但是它能遮盖羞怯。"

"卫生间礼节说起来也是十分严格的：在大多数地方，各个阶层的人们在这一过程中都不会跟同事、密友交谈，除非他们已经解决完个人问题或者开始洗手。"

程晓旭

语出作家王小山二〇〇七年六月十四日博文。

其时，以重拍电视剧红楼梦为招牌的红楼海选正如火如荼。

小山博文说：

"（红楼海选）花絮很多，比如，黛玉组前三名名字居然是程媛媛、闵春晓、李旭丹（冠军），有记者将三个名字各取一字，组合起来便是程晓旭，跟前一《红楼梦》电视剧黛玉的扮演者陈晓旭名字只差一个后鼻音——无聊是无聊，但好玩是吧"……

这个发现有趣而外，多少有些吊诡。

那个缺席的"后鼻音"当然不会是上帝的疏忽，可它是他老人家在捉弄吗？

不敢再想。

池畔礼服

二〇〇七年夏世界泳装流行复古，众多时装设计师为那些重新复活、暴露指数普遍大幅下降的"复古泳装"起了个新的名字：池畔礼服。此命名创意指数与北京某公寓电梯女工自称"垂直交通管理员"好有一拼。

带着过年的心情

二〇〇七年七月 CCTV 主播海霞在主持淮河洪涝灾害的一期专题节目中，形容受灾群众"带着过年的心情"，随即在网上引起轩然大波。这一语文失误亦被称之为"解说门"。

"'解说门'引发互联网海量意见，言辞激烈。多数言辞指责海霞的'新闻语文'伤害了安徽王家坝灾区人民的感情，并有网友要求海霞公开道歉。"

"希望她道歉时候不要再'带着过年的心情'。"

一位网友这样说。

第一手二类资料

上面这个词组被我命名为"饭局作品"……某日，在一个主题散漫、到场各位畅叙各自文化私生活的饭局上，大家你一言我一语，最终创造出本词组。

关于"第一手二类资料"其"口语版"定义为：来自实名制线人爆料、可证明某人很二的信息；而其"现汉版"定义则是：特指那些可以确凿无误对簿公堂佐证某君很二的可靠材料或信息。

■ 对不起，我不在江湖上混，我在太湖上混

语出我家黄佑想同学。

一天，黄佑想在家温习课文，误将"鄱阳湖"的"鄱"念成"翻"。

其时，我碰巧听见，随口用家用习惯语说："黄佑想，你完了！这个字都给我念错，别在江湖上混了。"

佑想还嘴，这也是他的习惯：

"对不起，我不在江湖上混，我在太湖上混。"

两天后，又遇相似情形，我照搬习惯句式，并即兴加上后缀：

"黄佑想，你完了！……别在江湖上混了，也别在太湖上混了"……

佑想愈战愈勇，继续还嘴：

"那我到未名湖上混去！"

我大笑：好啊好啊好啊求之不得求之不得。

在我的编码系统里，未名湖＝北大＝面子工程＝功德圆满。

欧耶。

钝感力

日本作者渡边淳一本书的书名，该书为作者杂文合集。在对书名做出解释是时，渡边淳一说：

"'钝感'相对敏感而言。由于生活节奏加快，现代人过于敏感，往往就容易受到伤害，而钝感虽给人以迟钝、木讷的负面印象，却能让人在任何时候都不会烦恼，不会气馁，钝感力恰似一种不让自己受伤的力量。在各自世界里取得成功的人士，其内心深处一定隐藏着一种绝妙的钝感力。"

这个解释格外诱人联想。即或是在商业语境中，已确有一类创意刻意将原本似乎理所当然的"广告"改为"窄告"。比如，有些心思自由的年轻人鄙视"速度经济"，自创"反速度经济"，并据此揶揄"白领"，甘为"圆领"……很钝感。

骨感美女用电脑技术丰胸

因主演新版《傲慢与偏见》走红的英国女性星凯拉·奈特利素有"太平公主"之称。这个称呼至少在我看来褒贬参半："公主"当属女性评价语中的褒中之褒，可"太平"则隐含讥诮。

有消息说，由于"太平"，凯拉·奈特利的电影海报不得不采用电脑绘画技术"丰胸"。有趣的是，时隔不久，这位骨感美女忽被英国一家著名时尚杂志评选为"腹部最美"十大明星之一，并位列榜首。

古诗云：横看成岭侧成峰。现在，"横看"、"竖看"的是不同的人不说，应用的也是完全不同的科技后援。

"胸"拜电脑绘画技术所赐，那"腹"呢？顺便代言减肥药？

欢迎女孔子来到日本

二〇〇七年五月，于丹应邀访问日本，她的隔海迷恋者在机场欢迎仪式上打出印有如上文字的条幅。

二〇〇七年九月，《于丹〈论语〉心得》一书在日出版，据媒体报道说，其时，日本首相安倍此前曾率先预定"于心得"。

《论语》是日本常年热销的中国典籍，在日本，每月至少有数种《论语》解读性书籍上市。

上句中的"女孔子"一词属于形容语文，亦可称之为夸张语文，它的出口转内销，势必加剧面对于丹各色人等的眼波运动程度：

本来粉红的现在估计会变深红？本来深红的现在怕是快要变黑？本来翻白眼的现在其眼球将藏匿得更深？

眼科大夫大派用场之时来了。

回归后我们还是怕老婆不怕政府

二〇〇七年时逢香港回归十周年纪念。有记者采访作家金庸。在评价"一国两制"时，金庸如是说。从语文上看，金大侠的回答豪迈铿锵型，嘻嘻哈哈，可其内里却意味斑斓，风情万种。琢磨去吧。

积极乳房

语出学者熊培云博文，该文探讨世界格局下民主进化史上的诸多细节。其中一节说到公民权的普及在人权与人道主义故乡法国曾遭遇坎坷命运：

"一七九一年法国宪法仅赋予四百五十万人以选举权，不到当时法国人口的五分之一。尽管该宪法以《人权宣言》为序，名义上取消了等级，却又采取政治隔离政策将公民分为'积极公民'和'消极公民'：凡不符合财产规定的消极公民都没有选举权和被选举权。这个荒谬的逻辑，对于生活在几百年后的中国人来说或许并不难理解——二〇〇四年湖南人事厅对女公务员提出'双乳对称'的要求，何尝不是将妇女的天乳分成了'消极乳房'和'积极乳房'，并在此基础上宣告'有奶便是公务员'，正如'有奶便有选举权'？"

上面这段奇论文气丰沛，古今现实纵横勾连，妙笔生花。

结婚证要不要年检

语出一位家住福州的新郎发出的疑问。这位福州新郎认为，现在需要年检的证件多如牛毛，万一错过年检时间再要补办手续非常麻烦。

■ 考霸

随着曾被北大、清华退学的考生张非再度以高分考入清华的新闻广为人知，媒体称将"考霸"头衔赠予张非。此前，张非的媒体绰号为"史上最牛高考钉子户"。张非曾于二〇〇三年考入北京大学，但因迷恋上网，贻误学业，被北大劝退；二〇〇五年，张非以七百〇三分的成绩并列南充理科状元，入学清华。不料网瘾再度爆发，后被清华劝退。二〇〇七年夏，张非再度参加高考，以南充理科亚军六百七十七分成绩被清华再度录取。

■ 葵幻式婚礼

二〇〇七年五月底，好友杨葵与陈幻举行结婚典礼。仪式举办前，新郎新娘开设博客一处，邀请亲朋好友撰写新婚贺文。婚礼当天，嘉宾如云。婚礼仪式及嘉宾组合大肆混搭，出入无俗人，往来无白丁，都是人物。专栏作家陈彤随后在博文中将此婚礼命名为"葵幻式婚礼"。这个命名令人想入非非的是其中的那个"幻"字。它当然是新娘"陈幻"的"幻"，可也是"幻想"的"幻"，"奇幻"的"幻"。

■ 愣活儿

部分北京出租车师傅口头熟语，他们将那种路途较远、路况尚好、收入不菲的活儿称之为"愣活儿"，也称之为"肥活儿"，更直白。"愣活儿"中的"愣"是我记录下来的读音，它也许不是"愣"而是"楞"？也许不是"愣"而是"冷"？没人告诉我。本语词的语源性解释也含混不清，仿佛是另一单"愣活儿"。

■ 六〇后逃离，七〇后不愿，八〇后是一个悬念

语出《新周刊》二〇〇七年六月号"中国单身报告"封面专题。这句话是记者对当下中国单身一族中"为什么单身"这一问题所做的综合分析。补足其语意，全句意为：关于婚姻六〇后逃离之，七〇后拒绝之，八〇后或结或不结，还没想好。

■ 内有××请慎入

二〇〇七年七月起在牛博网开始风靡的一个句型，最早因作家王小山频繁使用而引发更多仿效，后快速在小圈子中流行。

此句型带有鲜明的标题党胎记，"故弄玄虚"是其主要修辞效果。

不过，小山对本句型恶作剧般的频繁使用反使其"故弄玄虚"的功效减弱，而"诱人联想"的部分得以强化。

■男的长得像港剧，女的长得像日剧

语出某网友博客留言，针对作家尹丽川执导的电影《公园》公映前发布的一张海报。在那张海报上，男长者坐姿，面向左，女熟女坐于长者身后，侧影。

这段留言很口语，"像港剧"、"像日剧"算对演员长相的直觉式点评，直接将名词用作形容词，并无意间点明这个声色时代有人只迷恋港剧、日剧。

是，所有"迷恋"都有自己的标准——一种完全私己的、不讲理论、全无逻辑的标准。

老话儿说：烧火剥葱，各管一工。

现如今，粉丝亦如是。各忙各的，各粉各的，谁也不碍谁。

■您

本字被重提，源自一场争吵，事发于二〇〇七年四月二十九日晚"红楼梦中人"决赛。其时，某"黛玉"表演时用到"您"字，现场评委周岭当即指出，"您"字属误用，因为"您"这个字是清中叶以后才有的。

闻此，主持人何东在请教有关专家后发表反对意见，认为周的说法有误。专家指出，在元朝建都北京叫大都时，民间就已有"您"这一客气称谓。何东的证据在图书馆。经何查找，在关汉卿的元曲作品中，已有"您"。

查《汉字源流字典》中关于"您"的释义，认为该字为后起字，《说文解字》中无此字记载，其构造为形声兼会意字，从心，你声。

据《字汇补—心部》记载，"您"在《中原音韵》里的解释为与"你"同义，本义为第二人称代词。其演变大致为最早见于金元文献，主要用作第二人称复数，也作"您每"，亦用作第二人称单数。其异体字为"儜"，读为"ning"。今本字基本仍可单用，不是《说文》部首，归为心部。

依上述，何东、专家胜，周岭及后来掺和此事的电影导演陆川败。

跑酷

法文"Parkour"的汉译，原意为"超越障碍训练场"，现指"街头疾走极限运动"，用熟词说，即在大街小巷飞檐走壁。

跑酷爱好者通常会将整个城市当作自己的大训练场，一切围墙、屋顶都成为攀爬、穿越的征服对象，其中尤其那些废弃的房屋，更适合速降、跳升或飞跃。

跑酷爱好者追求变不可能为可能，追求出其不意，超人想象。他们中的一部分人已将"跑酷"视为生活方式。

跑酷最早诞生于二十世纪八十年代法国，二〇〇二年再度兴盛于英国。其起源的另一种说法是，它最早仅仅是城市消防员训练课目之一，后被借鉴为城市青年的一种运动项目。

山西地下奴隶制

评家赵牧先生在谴责山西黑窑奴工事件时用到的一个语词。我注意到，在赵先生的多篇檄文里，对语词、语文格外较劲，较真——

赵说：主流媒体如CCTV在报道山西黑窑奴工事件中所用的"非法用工"的概念，非常含混，并似乎要遮蔽更实质的内容。另外一位网友说：新华网一篇相关文章对那些奴隶主们十分"客气"。他们在报道山西黑窑主时，"奴隶主"三个字被加上了引号。网友质疑说，以王兵兵为代表的那些黑窑主，如果不是货真价实的奴隶主，又是什么呢？小小引号其实不小，反是意味厚重。

赵说："我看我们现在在理论上真是有点退化了。如此严重的问题，怎么可以被说成是什么'用工问题'、'保护农民工问题'、'保护未成年人合法权益问题'呢？如果真是可以这么讲的话，那么，古希腊岂不就是没有奴隶制了吗？古罗马的奴隶问题岂不是也要改写成了所谓'用工问题'了吗？！我所担心的是，在逻辑上，伴随着这种轻描淡写的定性而来的，必然是对于那些罪大恶极的现代奴隶主的从轻发落，即使是'从重从快'，因其适用的本身就是轻罪法条，那也重不到哪里去。而这种做法的严重后果，就是《法律对当代奴隶主太客气了》一文已经明确指出的：'正是这样有些荒谬却实实在在的法律客气，让黑窑主和黑工头们没有了一点点对法律的畏惧，公然在当代中国一次次局部恢复了早就被扫进历史垃圾堆的奴隶制。'"

语文从来不仅仅就是语文。在字词句篇逗号句号问号惊叹号背后，要么瞒天过海一片漆黑，要么欺世盗名一片血红……情况复杂。

生态复仇

媒体对二〇〇七年鼠害、蓝藻、洪涝、龙卷风等诸多极端自然灾害的一种统称。这类统称不再仅仅是一种叙述上的"方便指代",而成为一种压缩式思考:"生态复仇"与"天敌匮乏"有关,可以平衡各类灾难的"天敌"都去干什么了?集体歇菜抑或集体阵亡?

在"生态复仇"一词组中,"复仇"二字格外刺目,可它恰因刺目而令人警醒:近在咫尺,你我都已荣列"复仇名单"?

省级美人

一天,我的一个专栏在南方开工,第一期重点关注"征婚语文"。曾在一个名为"钻石王老五征婚网"的网站上看见过一个频道,叫"省级美人",与其对应的,则叫"省级绅士"。这两个力求呼应的栏目名里有调笑,有虚弱的矜持,有浅蓝色的一抹自卑,甚至还有不细看基本察觉不到的两钱幽默。我发现。

谁都会有秘密

天涯网上的一个公用 ID,使用这个匿名马甲,诸多网友在论坛上坦白自己的秘密。随即,"谁都会有秘密"成为二〇〇七年网络论坛上的流行语之一。

此后不久，天涯网关闭了这个主题聚焦个人隐私的论坛。"断然关闭"的举措引发更多跟风网站、跟风论坛。由此，更多秘密被送至阳光下暴晒，"谁都会有秘密"效应被快速放大。

韩国有部电影，名字叫《谁都有秘密》。影片讲述了姐妹三人纠缠于同一个男人的情感故事。姐妹三人对爱情存有不同观念，却被同一个男人吸引，并且各自严守秘密。

这部电影的另一个译名为《色即是秘密》，这一意译所指，刚好就是此类论坛的实际主题。在那里，秘密的意思第一是性，第二、第三还是。

针对此，社会学家的意见是，网民无妨将此类"匿名性帖"当成文学作品去看，因为如果是从统计学乃至社会学角度上看这些秘密这些性，几近毫无价值。

当小说看吧。反正我们本土作家多半写不出什么像样儿的小说了。

▌水货房

对那种不被国家认可、不具有合法产权的商品房的一种比喻性称呼。这个称呼诞生在所谓"水货时代"，顺理成章。现在，什么不水？

有趣处是，从物理层面看，我们已生活在一个水资源日益紧缺的年代。它自然另有因由，可诡异地想，那其实也是因了"水货泛滥"的造孽之力？

也许有一天，这个世界上一滴干净的水也没剩下。那时，名词"水"只好演变为完全抽象的一个形容词？

他让一个还没有成名的人一上来就身败名裂

语出作家王小峰。他用这句话形容作家韩寒语文的杀伤力。这个句子好玩的地方是，"还没成名"与"身败名裂"二词间所隐含着的微妙对峙、落差或抵牾。当然，此句也含有另外一种可能：韩语文让某君第一秒名满天下，第二秒身败名裂？那种效果更确切？还没想好。

维塔斯教主

歌星维斯塔粉丝专为维斯塔创造的一个封号。从修辞上看，此类"命名"属"同位复指"，相当于"毛主席的好战士雷锋"或"伟大祖国首都北京"……较时髦的"同位复制"可举"学术超男易中天"，更近更时尚。维迷的这个命名除将五个八度固化外，也将一种迷恋语文化。而维斯塔的质疑者则强词抨击以维斯塔为代表的所谓"尤物美学"，称维斯塔"为我们的音乐迷失提供了更为盲目的方向……他的高音、媚眼与身姿足够加重我们时代在音乐上的贫血"。

文化假领

语出批评家朱大可文章《校园风景的精神问诊》。朱认为：

"中国大学校园的文化风景，正在现代化的名义下得到整容。新建筑层出不穷，而旧建筑也在被不断刷新。从北大、清华到复旦和交大，以及广州、上海等地的远郊大学城，校园硬件设施的增长，达到了史无前例的程度。但此举对提升学校质量和国际排名，似乎没有实质性的推进，相反，它成为一件华丽的文化假领，阻止了大学行政官员的自我反省。"

朱所谓"文化假领"我们每个人也都备有多副吧？它与中国人由来已久的"面子文化"有关？再想。

■ 我不是一个塑料包

二〇〇七年夏天，一款由英国设计师安雅·欣德马什设计的帆布手袋大受欢迎。这款帆布包与普通帆布手袋大致相同，差异仅在于它的上面印有"I'm Not a Plastic Bag"这样一句很容易让人联想到环保主题的口号。加之诸多时尚红人追捧，迅速成为一宗时尚新闻。

随后，这款已成为时尚代码的帆布手袋在北京面世，定价人民币一百二十元。与凡事非以娱乐包装一样，凡事即甩出一张时尚牌一样，很三俗。

不过，为了环保，俗就俗吧，有效果是正事儿。

■ 我还没遇你，你在未来

语出旅英华人作家郭小橹。郭小橹首部英文小说出版于二〇〇七年，书名叫《简明中英爱情词典》。

无论专栏豆腐干，还是鸿篇巨制，书名我喜欢长的。郭小橹的书名不短，里面有一种知识者的渺小矜持，跩，其中还藏着一点点感召力、吸引力、神秘感。

好书名。

媒体报道说，二〇〇七英国橘子小说奖结果揭晓，《简明中英情人辞典》铩羽而归，夺魁者为尼日利亚作家阿蒂雀所撰写的《半个黄太阳》。此前，《简明中英情人辞典》一直是当年英国橘子小说奖决选名单中最具胜算的前三名作品，这对首次以英文写小说的作家来说是难能可贵的成就，英国《独立报》为此将郭小橹选为当年文坛新秀之一。

"现在北京时间凌晨十二点。伦敦时间下午五点。可我不任何一个时区。我飞机上，坐在离地面两万五千米之上，尝试记起我在学校学的所有英语。我还没遇你。你在未来。"

上面这段文字出自"词典"开篇第一段，据称语句疙疙瘩瘩，语病无数。可恰恰是那些疙疙瘩瘩、无数语病的英文吸引了读者。

英国《独立报》一篇评论说 这种混乱的语言决定了读者是否愿意读下去。而另一篇评论则说，这种"语言创意的娱乐性大于令人讨厌"。

■ 我们不要流氓，我们就是流氓

语出某网友。据其原有语境描述说，其时，几个 PLMM（漂亮妹妹）死死盯着隔壁餐桌一 PLGG（漂亮哥哥）看个没完，同桌 KLGG（恐龙哥哥）嫉妒无比。

恐龙哥哥："别看了，耍什么流氓啊！"（没想，PLMM 继续死盯）

漂亮妹妹："我们不要流氓，我们就是流氓！"

回答漂亮。

■虚拟旅游

亦称"虚拟视觉服务"。其操作办法即网民以"虚拟游客"的身份在相关网站上下载免费程序，注册登录后，按照程序规定，"旅游"开始。

这种程序通常会为世界各地虚拟游客设立丰富的三维场景，虚拟游客借此可以观看他们在线扮演的角色慵懒地躺在沙滩上，在浪漫的餐厅用餐或者在摩肩接踵的夜总会跳舞。

"这是如旋风一般的旅行：在衣着清凉的美女的簇拥下，在西班牙海滨跳迪斯科，在都柏林热闹的小酒馆坐坐，乘坐小型飞机飞越茂密的热带森林……而这一切花了多少时间呢？不到两小时。"

上面是广告。简明扼要，它将广告语文虚拟修辞基本要素完整呈现而出，相当专业。

■洋洋得意地自取其辱

语出作家连岳。凤凰周刊记者就厦门拟实行网络实名制一事采访连岳，连岳说：这个草稿"是无知的、愚蠢的、缺乏基本现代文明社会常识的举动"，这个草稿"违反了法律精神"，这个草稿是"洋洋得意地自取其辱"……鼓掌。

几年前，读齐泽克的《有人说过集权主义吗？》一书，其中一节扯到哈姆雷特，齐泽克说："一个儿子替他的父亲向谋杀哥哥、篡夺王位的叔叔复仇、句句真理地装疯卖傻以勉强生活在叔父的淫威之下"……

其中"句句真理地装疯卖傻"一句与连岳"洋洋得意地自取其辱"一句宛如孪生。借花献佛，转送连岳备用吧。

■ 一个徘徊在牛A和牛C之间的人

语出作家比目鱼，他用这句话形容作家冯唐。用一句话去形容一个绝顶聪明的人很刺激，也很危险。要做到"漂亮"更不容易。

比目鱼这个漂亮句子的趣味主要在于它的缭绕和迂回。如果将其直白为"他还在为牛逼辛勤劳作"则趣味全无。

冯唐回应比目鱼，说这话原作者是他自己——自己发明后再贴自己身上，用以自勉。原句为"一个徘徊在傻 A 和傻 C 之间的人"。

此语延展性极佳，仿此造句，如"一个徘徊在一和三之间的人"、"一个徘徊在结婚与再婚之间的人"、"一个徘徊在赤贫与暴富之间的人"……有很多。

■因为故事讲完了

一天，成都周女士六岁儿子语文期末考试中的一道答题上了"马斌读报"。

问：绿叶为什么会在大树上？

答：因为她在给大树讲故事；

问：绿叶为什么又离开了大树？

答：因为故事讲完了。卷子发下来，小朋友得到两个大红叉。

老师说，你的答案不对。标准答案是：春天来了，所以绿叶会在大树上；秋天来了，所以绿叶离开了大树。"

马斌点评此事，说："这道题的确有人该得零分，不过不是那个六岁的孩子，而是老师。"

■在那里，你最黑暗、最病态的幻想可能成为现实

导演艾利·鲁斯因电影《人皮客栈》声名鹊起。在该片的预告片里，出现了上面这句广告语。

"低级颓废厌恶人类情绪之类近年大有成为主流电影主题之趋势。"电影杂志资深编辑托尼·廷波在发表于《新闻周刊》的一篇文章里这样说：

"一九九〇年我曾为了一部能上封面的电影急得直扯自己的头发。当时，每年只发行三四部恐怖电影。而现在，每个月就有三四部。我们像是扎到剩饭剩菜堆里的猪。"

这个片子的编剧应该被绑起来，连续枪毙十分钟

语出作家张立宪。在一篇短文里，张细陈对二〇〇七年各类大片的一再失望。文中说，与朋友们一起看完《蜘蛛侠Ⅲ》，一个脾气最好的朋友说："这个片子的编剧应该被绑起来，连续枪毙十分钟。"句中"脾气最好"是定语，同时也是一种潜修辞，它给失望后的愤怒之火煽了点儿风，让愤怒着火，蹿起来，飞起来。

这要是条假新闻，该多好

二〇〇七年六月三十日台湾著名导演杨德昌因病去世。网友思伽在撰文悼念。文末部分，思伽写道：

"走得太早。看过牯岭街少年杀人事件、麻将、一一，多好的电影，特别是牯岭街。堪与悲情城市，并称双峰。这要是条假新闻，该多好……"

思伽末句如一枚钢镚儿，一面平淡，一面深情。好语文。

整脐

一天，我从朋友嘴里听到这个词。最开始，我以为朋友说的是"整齐"，后来才知道，人家说的不是"整齐"的"齐"，而是"肚脐"的"脐"……这个时髦词套用熟词"整容"而来，是城市摩登女性流行"肚脐装"后的跟

随式流行：那些自认为肚脐不好看的女生正结队奔赴手术台，为肚脐美容。

只要心态好，富康也能开出奔驰的范儿来

编辑潘采夫成为有车族后有点儿后悔。他在自己的博客里自嘲，说了上面这句话。

他还说："领车后才知道，买车的必备赠品——堵车——有多实在。看来首都也可以读成'首堵'。一份报纸中缝都读完了，还不见前面车挪步。突然看见一则消息，公交车司机由于堵车，内急难耐，被迫在公交车里撒尿，引起公愤云云。乘客都在批评司机人品低劣，我气得大骂乘客不人道，换你又如何？你有胆量被尿憋死？"

即使如此，还是要恭喜潘君成为光荣且悲哀的首都北京有车族。潘君为某大报编辑，我猜他几乎没时间读报纸中缝。如今已然有车，以后方便红灯时多多读中缝，多多与民同乐。

我知道，现如今有中缝、且全力打造、办得像模像样的中缝很少了。可跟那一次次绝望的堵车比，充斥着八卦、绯闻乃至征婚广告的中缝毕竟还算有趣吧？

纸馅新闻

二〇〇七年七月中旬，网友麦芒将上面这四个字用作自己 MSN 的签名

档。这四个字也可被视为其时"超短时评"。

从"纸馅包子"到"纸馅新闻"的过渡超乎寻常地快。如果是一场戏，它的过渡生硬而粗糙，难免令人丈二。反倒是以"包子"为主题的流行语配合神速，批量迸发。

甚至当这些流行语中隐含的诸多"横看"、"侧看"汇聚到一处后，或"岭"或"峰"的面目依旧蹊跷。

我们生活在一个快速制造谜面却死活找不到谜底的时代。下面这些由"纸馅包子"引发的词语也只好留待后人考古。能否用它考研、读博？估计没戏。

附：包子语文不完全档案

〇名词□□废纸—訾某—包子—包子门—肉包子—早点门—伪包子—废纸箱—纸壳包子—纸馅包子黑心纸包子—太阳宫乡十字口村十三号院

〇短句□□搬起包子砸了自己的脚。（王小峰时评妙语）

一切反动派都是纸包子。（网友留言）

欢迎购买纸馅图书。（幸福的二锅头MSN签名）

现在一想到以前吃了那么多的包子我就想去喝消毒水。（网友留言）

现在我问儿子的话都是这样了：你明儿早上是想吃废纸箱子（包子）呢，还是洗衣粉（油条）呢？（网友清风不识字发明的最新询问用语）

今天看到这个新闻弄得我反胃一天。（网友留言）

·我们中国人是吃垃圾长大的吗？（网友留言）

纸包子是真的，新闻是假的。（网友留言）

跟四大发明都结合上了，这以后，即火药馒头、纸包子之后，真不知

道指南针、印刷术还会被如何创造性地与食品和谐在一起。（平客时评语）

古有人肉包子，今有纸馅包子。（网友博客时评标题）

■ 中戏的校花，最后嫁了一个胸口没毛的屠户

一天，作家王元涛撰文介绍汉城某些人工景点令人失望时说到了上面这句话。

在语文上，尤其在虚构类文字中，直接用"失望"说"失望"，老实是老实，可不及格，无非是在为汉语表现力委顿、个人才华平平提供证据。

王元涛为"失望"贡献出了自己的想象。如果每个人都能时不时贡献出一点这样的想象，美好汉语的续航能力才会不断提升。

赞一个。

070809

语出二〇〇七年八月第一周最为流行的一则短信。原信说：

"今天是千年一遇的070809，收到后爱咋咋的，反正看到的工作顺利，存储的万事如意，转发的年轻美丽，回复的爱情甜蜜，删除的天天都捡人民币。"

信中"看到的"、"存储的"、"转发的"、"回复的"、"删除的"在现代汉语中属名词性"的字词组"，它的不断重复，构造出一团和气，一种理想化的稀泥精神。表扬。

顺便可说的是，在深黄、浅黄、深黑、浅黑短信满天飞的语境里，这则短信不黄不色不黑不红，朗朗上口，合辙押韵，人见人爱，花见花开……那一周，我称之为最美好短信。

罢玩

一天，墨西哥《每日报》报道说，哥伦比亚中西部城市金鸡纳市全市儿童收起心爱的玩具，宣布"无限期罢玩"，以示对绑架儿童犯罪活动抗议，并要求游击队尽快释放被绑架儿童。

汉译后，"罢玩"一词成为熟词"罢工"的街坊。我的歪想逃出墨西哥金鸡纳市，打的回到北京……我是想，面对万恶的应试教育，如果全体小朋友一起"罢试"、"罢学"、"罢考"，会有效果？

我天真。我过分天真。我知道。

不要对我来电，因为我有来电显示

语出网友 ygmt。据 ygmt 说，此语出自某网友签名档。这个句子确实奇异，汉语之诡异、玄妙被作者以一个简单句子组合在一起……对，就是那两个字：来电。

"来电"是什么？如你所知。它当然可以是"来电话"的"来电"，可有时，它也可代指天雷勾动地火那个，那个，那什么。原本寻常的手机功能之"来电显示"在这个语句中被动升级，小资起来，很罗曼蒂克起来。

整个句子外在表意是否定，但内在含义却隐含些许祈求、勾引乃至挑逗……很阳光地勾引，很阳光地挑逗……好像偶然的一束光线打进幽暗处，让我们看见跳动的期许。

聪明很酷，数学好很酷

一天，美《新闻周刊》介绍二十世纪九十年代在热门电视剧《两小无猜》中扮演温妮的达尼卡·麦凯勒最新出版的新书《数学不讨厌》。在新书里，达尼卡·麦凯勒所写内容不是那种隐私大曝光式的自传或写真，而是向弟弟妹妹大谈学数学的趣味以及怎样能使自己的数学成绩拔得头筹。

达尼卡·麦凯勒读中学时数学成绩一直为 A。在短期表演间隙里，她曾在加利福尼亚大学洛杉矶分校主修电影，后因参加了一次大学数学考试，她发现："我在数学上的确很棒！"随后，她果断将自己的大学专业改为数学，并以优异成绩毕业。

其时，她是全美国唯一在物理杂志上发表数学物理论文的女演员，并一直喜欢在表演之余阅读数学书籍，在网站上解答各类数学问题。"我原以为数学只是男性书呆子的地盘，但其实不是。""我想告诉女孩子，可爱而迟钝，不如可爱而聪明，聪明很酷，数学好很酷。"达尼卡·麦凯勒这样说。

偶像的私生活从来都是全球出版业长盛不衰的"增长点"——可假使所有明星自传的内容都只热衷展示疯狂的派对、疯狂购物、疯狂奢华乃至往返于毒品交易市场与戒毒所之间，那所谓偶像与教唆犯何别之有？

▌道德时装

英国 BBC 报道说，在一年一度的甩卖季到来前，"道德时装"开始再度流行英伦。

"道德时装"是二〇〇六年秋季伦敦时装周时提出的一个新概念。由于它强"环保"，"道德时装"亦被称之为"绿色时尚"。"道德时装"的要求产品必须在"使用公平贸易产品"、"有机产品"及"循环再生的原材料"三项标准当中至少满足一项。

英国设计师凯瑟琳·汉内特是"道德时装"的积极倡导者。她不仅极力倡导使用有机棉花，还特别关注包括全球变暖在内的其他社会问题。而"Makepiece"品牌的服装则完全使用自己放养的六十只绵羊和二十只山羊身上剪下的羊毛。车间距离放羊的牧场只有几米远，原材料根本不需运输。

针对这些，仍有批评人士不给掌声，不给面子。他们认为，"道德时装"

背后隐藏着无数"道德问题"。据英国环境、食品和农村事务部统计，每年英国有九十五万吨纺织品被扔到垃圾堆中填充地球，腐化分解过程当中释放的有毒气体危害环境。

批评家说，在时装里推出几个道德系列，给商家镶上一个"绿色"光环，但这个道德系列与商家每年出售的时装总量比，不过九牛一毛。

他们说，有时，"公平贸易"、"有机棉花"之类的道德已成为商家掩盖供应链其他环节不太道德的一块儿遮羞布。

▌冻容

一天，收到一新词，叫"冻容"，意思不是"将青春姣好容颜冷冻起来"，而是"Cyron babies"一词的台湾汉译，意为趁着还是二十啷当小女生，迅速将美好青春"冻结"，早早开始抗老历程。据此，台湾媒体也将当下比喻为"冻容时代"。

▌对外二尺四，对内二尺五

一天，剧作者宁财神在博客上撰文大谈中年危机。其中一段说：

"跟做梦一样，闭眼前，还是踩着滑板留着郭富城头戴着耳环的小年轻儿，一睁眼，成了腰围二尺四（对外这么报，对内是二尺五，shit）肤色暗淡，拖家带口的老同志，唯一相同的地方，就是 那两个银质耳环，数年没洗，已经被空气腐蚀得发黑，想必快锈了。"

这段文字尽是"感慨"。粗看色调深灰，再往下看，其实还是亮色一片：

"数年之后，开始有人管我喊叔叔。一次，惊诧，二次，皱眉，三次，我就 × 你大爷！我看上去有那么老吗？？？再老，我二十五岁的时候，也不会莫名其妙管七五年生人喊叔叔啊！"

这条"朝气蓬勃"的尾巴除去证明宁编剧还根本不够老外，甚至以外暴露他当过愤青的底子。否则，一声"叔叔"值当这般长啸复长啸？

恶性自恋症患者

据《中华读书报》记者康慨报道，迄今为止规模最大的《哈利·波特》学术研讨会二〇〇七年七月末八月初在加拿大多伦多市举办，约一千五百多位各国学者与会，会期四天，多种离奇古怪的理论纷纷出笼，激辩无数，争执纷起。

在纽约学者特拉维斯—普林齐提交的名为《伏地魔：落寞者，反社会者，罪人》的论文里，他试图证明"伏地魔"这样一个本名为汤姆·马沃罗·里德尔的奸邪之徒是一个"恶性自恋症"受害者。

"恶性自恋症患者"这七个字一出现，我觉得就可以抛开《哈利·波特》了。是，我感兴趣的，是康译"恶性自恋症患者"一词。在当下中国流行文化语境中，这个新语词很好用啊。它可帮助我们在面对芙蓉姐姐、妖妃娘娘之类啼笑皆非后，意外得知诸如此类，实乃重病缠身之证。

顺着这个不靠谱的联想，一个更不靠谱的恻隐之心怜悯之意是：谁给芙蓉、妖妃之类的弟弟妹妹们开点儿好使、管用的红药水、龙胆紫?

█ 反游记

评论家李敬泽给自己的一本游记体新书起了个奇怪的名字,叫《反游记》。自序中李说:

"我一向认为写游记在这个时代是一件无聊而可疑的事。在这个时代,无数人飞来飞去,旅游已成大规模工业,驾着汽车的先生小姐们探遍穷乡僻壤,摄像机和数码相机把世界的每一个羞处打开。"

"'游记'的生活前提和文化前提几乎不复成立。所有的'游记'都在说一件事:'我'在'现场'。游记作者秉持恺撒式的气概:我来、我看、我写。而我想加上一条:我疑。"

"我怀疑我的眼睛和头脑,我认为我们大惊小怪地宣称看到并写出的,通常都是我们头脑里已有的,所谓'现场'、所谓'风景',不过是境由心生,是一场众所周知的戏。"

"尽力穿越幻觉,对'我'、对'现场'保持警觉,在'我'和'现场'之间留下'客气'的余地,这即是我所谓的'反游记'——如果一定要写的话。"

这段描述并非词典式的"词语解释",而是"理念阐释"。李的要义我猜是,在现场的那个你内心深处有无困惑? 在商业语境中,"自信"当为立身之本,可在内心生活语境中,"自信"常常等于无知、卑鄙乃至滑稽可笑。

二〇〇五年四月三十日,作家平客在他的播客"反波"开播时,曾写过一段"反波宣言"：

"用真实为盾牌抵御虚伪，以自由为利器刺向陈规……我们反对传统电波里的一切虚假、束缚、欺骗和铜臭……我们口沫横飞说音乐、心领神会说传媒、百无禁忌说段子，我们只说彼此听得懂的真心话……"

这段描述里，平客定义中的"反波"也是一个"疑"字？

多半是。

焚烧后的家太渴了，它也想喝一瓢水

二〇〇七年九月初，深圳宝安区上塘工业区民治街道组织二百四十人火烧民房事件引发关注，诸多网民们的愤怒无比，令人动容。

上句语出作家宋石男写于二〇〇七年九月三日短文《救火的人》。宋由记者徐文阁的一幅现场新闻摄影生发而出的感慨，大致就是所谓"非虚构小说"的一种。

短文最后一段，宋写：

"这时，一个小男孩手持水瓢，走了上去，站在浓烟尚未散去的废墟，小手轻轻扬起，一泼清亮如眼泪的水直泼曾经的家园。他并不是试图挽救，只是觉得焚烧后的家太渴了，它也想喝一瓢水。"

这种由新闻事件诱发写成的非虚构小说或故事实在少见，其中细节经由想象放大，夸大，其震撼感被还原得更真切，其情绪更饱满。宋文还特别虚拟出一个"火中撒尿"一细节：

"所有的男人，走上去，站成一排，撕开拉链，对着星星之火，用生命的极致的飞扬的大欢喜尿了起来"……

这画面很莎士比亚，令人绝望。它和徐文阁的那张新闻图片一样，是那周很多网民心中的"荷塞"。

■黄立群

一天，佐思佑想看 CCTV 百家讲坛之王立群讲《史记》。讲过一节后进入广告，内容是预告"百家讲坛"随后即将登坛的，是孙立群。

闻此，佐思说，将来我有儿子，我就给他起名叫"黄立群"。

媳妇忙问：为什么啊？

佐思说：俗呗！

媳妇：你爸不想要孙子，想要孙女儿。

佐思：管它孙子还是孙女儿，都叫"黄立群"……要多俗，有多俗。

■加起来都一百一十多岁了还这么腻

一天，网友牛乳巷撰文抒发对一件鸡毛蒜皮小事的看法。短文标题叫"瞧这份儿腻"：

"'我上午有家务事，下午你老爸说楼上西晒不要上去，晚上他又想我陪他数星星讲故事到十点才上楼。'我妈的邮件。瞧我爸妈腻的……加起来都一百一十多岁了还这么腻！"

这句"加起来都一百一十多岁了还这么腻"明贬实扬，明埋汰实讴歌。羡煞人。

今天不生，天气太热

大批狗仔队会合于谢霆锋府邸周围，等待第一时间抢报谢公子新闻。

这一场景大致发生在三伏天儿前后。这类八卦跟天气比着热。

是，八卦热得快，凉得也快。

媒体说：出道十年，谢霆锋已学会从不同角度看问题。此外，也开始有幽默感：

"三十八摄氏度的高温，他们就在楼下等。我有时也会叫人送些饮料给他们。有时候我还会推开窗户告诉他们'今天不生，天气太热'。其实我是一个很闷的人，喜欢待在家里不动，所以也没什么好拍的。"

媒体说，张柏芝预产期是二〇〇七年八月。

令人发中指

二〇〇七年七月末，王小峰第二部个人 DV 作品《十面埋妇》在北京举办盛大首映礼。这个首映礼其实更像一个盛大饭局，一个超常版的网友聚会。

《读库》丛书主编张立宪主持首映礼，在描述《十面埋妇》时，张说：

"如果说《小强历险记》是令人发指的烂片，《十面埋妇》就是令人发……

中指。"

"令人发中指"一说属典型饭局修辞：它自嘲，却是绕着脖子拐着弯儿地表扬；它嗤之以鼻，却暗含熟人不讲理式赞美，所谓怪味豆式嗔怪是也……

别当真。

谋事在我，成事在谋

北京时间二〇〇七年八月三十日，第六十四届威尼斯电影节在水城威尼斯开幕。这届影展计有四部华语电影破入围竞赛单元，角逐金狮大奖，加上在其他单元亮相的四部华语电影，共有八部华语片集合亮相水城。

这届威尼斯电影节竞赛单元的评委会主席由中国导演张艺谋担任。"竞赛单元"中的四部华语电影是姜文的《太阳照常升起》，李安的《色｜戒》，李康生的《帮帮我，爱神》以及杜琪峰的《神探》。

影展开幕前，娱记曾就新片《太阳照常升起》采访姜文。问及获奖期待，姜文说："谋事在我，成事在谋。"

八个字。

姜"八字"属"改良成语"。当"谋事在人，成事在天"被姜文成"谋事在我，成事在谋"后，一腔信霸气和盘而出外，也委曲含蓄，深意无限。

它当然可以被理解为一种惺惺相惜的暗示、期待或挑逗，可如果说它也是当今世间万事之道，也未尝不可。

在今天，何事不要谋求、谋略乃至谋划？

脑瘫

在二〇〇七年亚洲杯大赛上，组队仅两个月的伊拉克队夺冠。接受记者采访，央视名嘴韩乔生说："亚洲杯开赛前只有鬼才能预料到伊拉克队会夺冠……我们中国队呢，一直存在的问题就是精神，就是态度。中国足球病得不轻，具体点形容就是，脑瘫。"

如韩名嘴这样旗帜鲜明表达观感，委实难得。

韩名嘴所谓"脑瘫"其实是一种心魔：当"物质"不是问题后，"态度"成为关键。

有关中国足球，愤怒无济于事，关键是下诊断，开药方。

好像有意无意配合韩名嘴的"脑瘫说"，那一周，流行语中出现一句恶狠狠的玩笑语："你哥在中国国家足球队踢球吧？"

你就是个让警察见了就烦的阿拉伯穷小子

法国二〇〇八版《小罗贝尔词典》出版后引发争议，焦点只因为其中的一个例句。据媒体报道，这个例句遭到法国警察极大反感。

法国第二大警察工会的发言人称，该"例句"虽出自侦探小说家让·克洛德·伊佐的一本书，可如此粗俗地描写警察，是对警察的侮辱。据此，该工会向内政部上报，要求尽快修改该词条。

内政部长表示支持这一要求。但词典出版方表示，词典编纂就是要"保持语言的丰富性和多用法"。

那句引发反感的完整句子是：

"你就是个让警察见了就烦的阿拉伯穷小子，就是这样的。"

你自己觉得热乎乎的，别人根本无所谓

语出作家许知远博文。在博文里，许知远说：

"读到一句好句子……林登—约翰逊曾经对约翰—肯尼思—加尔布雷思说过的话呢：'肯，你是否想过作经济学报告就像尿裤子，你自己觉得热乎乎的，别人根本无所谓。'想想自己这么多年来尿了多少次裤子，恐怕把Ikea里的床单都用了也不够。"

这句果然奇妙。它形象地地揭示出人与人之间越来越冷的疏离，又顺手给几乎所有自我感觉良好的自恋泼上一瓢冷水。

几年前，关于《读书》杂志，曾有高人评论其拒人于千里之外的文本特色。说，那状况"就好像一桌人在一起吃饭。他们一边吃，一边高谈阔论，唯恐邻桌不知道他们吃得好。可问题是。他们吃得好，跟别人有关系？"

捏脚的，搓背的，按摩按到裸睡的

语出二〇〇七年七月最后一周一则流行短信中的一句话。

这则短信被我评为那一周的最佳短信。

原短信：

"夜幕降临后，我们的社会是这样的：有喝的，有碰的，三拳两胜玩命的；有喊的，有唱的，抓着话筒不放的；有胡的，有杠的，每圈都有进账的；捏脚的，搓背的，按摩按到裸睡的；想念的，爱慕的，电话两头倾诉的；谈情的，说爱的，地上搂着乱蹿的；眉来的，眼去的，惹得老公生气的；拈花的，惹草的，害得老婆乱找的；表演的，猛练的，跳楼招来观看的；狂欢的，作案的，满街都是乱窜的；卖淫的，嫖娼的，陋室独自玩枪的；撬门的，盗墓的，坟岗周围散步的；办证的，设套的，当街面墙撒尿的……"

这则短信另有 N 种字句略有出入版本，上面这个几近完美。其写法采用了中国绘画中最常用到的散点透视法，用文字的摄像机横摇市井上下，摇出一幅短信版的清明上河图……

妙。

情妇起义

一天，读到学者熊培云雄文：《情妇起义：被窝里的风暴》。文章就陕西省政协副主席庞家钰贪污腐败案发表"观感"，结论是：

"目前的反腐败斗争越来越八卦，越来越具有观赏性。正因为此，这件丑事甫一曝光，便有好事者总结此番情妇造反的'几大看点'，仿佛在为读者热情地推销一场'腐败杯'足球比赛。"

顺应熊的观点，我前面用到的语词弃"心得"而选"观感"……先有"看点"，再有"观感"……我很配合。

熊文妙语连珠。如有好心人预备开列"腐败语文"研究，熊文造词能量之大，应可成为最为丰富语源、语样库。粗粗总结归纳，可知关于腐败语文，仅由庞家钰贪污腐败一案，即由熊文中诞生有如下"腐败语文"：

拉链市长：宝鸡市干部圈对庞家钰私下戏称。

舍不得媳妇套不着狼：不少担心官位不保者都按照要求让自己的妻子与市长"谈心"。此后，在宝鸡市的干部圈里开始流行本流行语。

先谈心、后谈肉：宝鸡市干部圈对他们父母官"谈心程序"的描述语。

一顶绿帽，两种准备：宝鸡市干部圈诸位在向他们的市长大人奉献妻子时，必须修炼好此项心理功课。

情妇管理学：又称"情妇经济学"或"后宫管理"，这说起来好比玩笑，可它是每位腐败官员在腐败前的必修课。熊文中引好事者言论说："连情妇都管不好，如何管国家？言下之意，'卧室不扫，何以扫天下'。"

首席情妇：对很多腐败官员而言，"情妇"或"二奶"从来都是一个复数。在"后宫管理教程"中，看好"首席情妇"至关重要。

■ 如果还他一个快乐的童年，就欠了他一个幸福的成年

开学季，记者采访一位小学生的母亲，母亲就记者提出的"应试教育害人至深"议题发出如上感慨。

不难很理解这位母亲的"两难"心态，可作为监护人，总归还是要拼尽余力全心营造"一国两制"。我的经验是：学业而外，还要有多种无目的游戏、游乐、游玩，哪怕一起八卦九卦十卦二皮脸，也比俨然凡事挂钩名次、联络考试好。

我们谁都不想让应试教育把自己活活逼死。是常识。

三分之一确实存在，三分之二是想象

一天，几位美国数学家撰文，认为很多性调查数据完全不合逻辑。各位专家的总体意见是，时下很多调查显示男性比女性更花心、男性性伴侣人数远高于女性，可这种貌似常识的结论其实并不可靠。

一方面，它忽略了调查盲区的存在，一方面它的公布及传播，也在不断强化那种"雄性花心雌性贞洁"的陈词滥调。

圣迭戈加州大学计算机和数学教授罗纳德—格雷厄姆认为，男人的性伙伴不可能比女人多那么多："有些可能是想象，或许三分之一确实存在，三分之二是想象。"

上质族

本词是对当下年轻人消费类型的一种细分，所指为那类追求"上质人生"的年轻人：他们崇尚有质量的生活，追求前卫、特别、限量生产的消费品……以专业的态度完成各类消费行为成为这一族群的主要特点。

研究者称，在生活中，如果发现一位不养鸡狗猫兔而是豢养一窝生活在海藻凝胶里的蚂蚁、不看国内报纸杂志上的产品广告而情愿用三天的时间耗资五百美金从淘宝网上挖出一款美国铁箱公司二〇〇七最新款"飞跃躺椅"、不买用 USB 接口供电的保温咖啡托、而非要买下一款用 USB 接口供热、严重限制行动自由的保温拖鞋的姑娘或小伙儿，那么，她或他多半已是上质族一员。

上质族不是年轻人群中最有钱的那个圈子，也不是最没钱的那个群落。在现有各类消费模型中，他们以标新立异著称。

据估计，当大家都去豢养一窝生活在海藻凝胶里的蚂蚁时，他们的兴趣可能已转向迷你骆驼或灌装蚯蚓？没人说得清。

■ 省重点伤人工程

二〇〇七年八月十三日湖南省凤凰县沱江大桥垮塌事故引发关注。

沱江大桥为湖南省重点工程。

关注此事的网友懒懒猫在网上留言说：

"刚看到新闻，从省重点工程到省重点伤人工程。"

记者刘天昭在整理编发"八·一三"沱江大桥垮塌事故后续新闻后，留言说："完整的真相才能抚慰人心。"

上述留言短小精简，一针见血。

老话儿说："不管是不是虎头，反正清一色蛇尾。"

在我们这儿，天灾人祸总在给这老话添加新数据，新证明。新闻监督不过一纸空文，道德人永被悬置。再者，真相缺席之日即流言与猜测蜂起之时。

据网友 hainabia 二〇〇七年八月十五日的一条留言说，当日日本电视新闻对"八·一三"垮塌事故的报道标题是：

"中国的桥又塌了。"

这个暗含复杂意味的标题，尤其是标题中的那个"又"字听起来相当刺耳。可从新闻语文的角度看，它精准，明白，没废话。

不想被别人看笑话得自家做得基本靠谱才好，否则，被人耻笑在所难免。

四个花卷、一碗米饭、一碟炒肉，还有个鸡蛋汤

一天，评论家王晓渔在撰文介绍上海文化老人贾植芳的传奇经历。

贾植芳先生一生里曾坐过四次监狱，第一次进监狱时贾十九岁，还是个学生。关进去的那天正好是大年夜，但跟刑事犯关在一起，吃的饭是猪狗食。

一个老犯人对贾说："你是政治犯，受优待，吃的跟我们刑事犯不一样，看守所欺负你人小不懂事，克扣你的囚粮费。"

第二次开饭时，贾遵从老刑事犯指示，顺手将送抵的猪狗牢饭——窝头、咸菜摔至于地，大声说："我是政治犯，我不吃这种饭。"

狱卒当真，真就给贾重送政治犯牢饭，待遇果真优厚："四个花卷、一碗米饭、一碟炒肉，还有个鸡蛋汤。"

王晓渔说：果然，"政治犯吃的跟刑事犯不一样"。

■素瓢发面饺子

二〇〇七年夏天，纸馅包子事件过后不久，"包子"二字在部分传播平台被"和谐"。

网友清风不识字开玩笑说，如果将来我要夸奖老妈做的包子好吃，还非在网上写文字与好友分享，怎么办？

清风的假设是：或许，我们只好委曲求全，躲避被和谐的"包子"，把那句简单的话说成非常复杂的一句话。在下面：

"我老妈的素瓢发面饺子味道确实地道。"

……@#￥%……&*。

天啊。

■外国朋友们的马桶也是用来放屁股的

电视画面五颜六色，在讨论中文菜名怎么翻译才能让"到时候来北京的外国朋友们'"真正理解……对此，徐星建议说："菜单上所有的菜名下面加个配料的注解就完了，其实这不是我的招儿，实话实说，是世界上通用的办法，在意大利吃馅饼你要是光看名字，准晕，你就看下面的小字儿就行了。"

"家里来客人以前，打扫打扫卫生不错，但是不用舔马桶，因为'外国朋友们'的马桶也是用来放屁股的。"……

上面这段是徐星的总结。在人人为奥运大家为奥运语境中，这类当头棒喝稀缺，稳准狠更稀缺。其中所谓"舔马桶心态"恒久而古老，需另文研判。

为了爱，我们怎么会找不到一个希望我们找到他的人

二〇〇七年八月初，诸多报人与网友联名发起"寻找再度失踪的窑工"活动。这个"动作"微小，沉重，忧郁。

在自费赴山西关注窑工事件后续情况的网友 iamv 撰写的一段文字中，我读到这样的句子：

"然而我还是充满信心的。想起当初通缉马加爵的情形——如果为了恨，我们可以找到一个四处躲藏的人；那么为了爱，我们怎么会找不到一个希望我们找到他的人？"

这文字是一根温暖的针：刺痛麻木，注入悲悯。

附：寻找再度失踪的黑窑工不完全语文

○ 帮助转贴。希望能找回失踪的人性。（网友蝴蝶）

○ 这是中国所处的"后黑窑时间"。失踪者构成了中国大面积人性沦落背景中的一个触目的塌陷，急需标注，急需填补……我深信这次寻找对一个民族所具有的象征意义。在中国的"后黑窑时间"，怀着愤怒，继续追问罪责，诚然是一件必须要做的事情；但从爱的方向，去寻找，去救赎，呼吁对这个民族进行人性与人道的补救，更是一件不得不而且长期要做的事情……寻找回那些再度失踪的窑工，不仅仅是为他们和他们的亲人，更是为我们自

己，为我们所属的这个民族的心理重建再做一次努力。（iamv）

○ 他们在茫茫人海中的陷落，就像是经由人性的集体沉沦而造成的一个触目的塌陷。有人想忘记，但我无法释怀。（iamv）

○ 不要让他迷失在人群中，不要让我们的心迷失有物欲横流的世俗里。寻找他，也是在寻找我们自己。（网友十二个太阳）○ 中国其实集体的缺乏"战后"概念。要把"战后"当作系统心理重建来进行整体社会工程的。其实，所有这样的事情在本质上都是集体施暴，就是一个强势的共同体对弱势的牺牲。（cinekino）

○ 善良者终将有善报，邪恶者终将有恶果。（网友）

○ 七月十六日凌晨，西安。我遇到了代理此次陕西黑窑工索赔案的一位律师，听说他的工作因受到多方面的压力而困难重重，他挂断电话，放下手机，回过头来，眨了眨眼，说："这是公元二○○七年，你相信吗？"（陈江）

○ 我能做的：1.记住这两张面孔；2.把文章转过去。（网友 rayli）

为祖国而做爱

一天，俄罗斯某激进组织发起"为祖国而做爱"露营活动，上句即为本次活动"主题"，据称，这个主题也是这次活动的行动口号。

媒体称，约有一万五千对年轻人参加此次活动。他们在莫斯科城外安营扎寨。活动主办者要求活动期间参与者一律不许喝酒，专心做爱造人。

维纳斯电影节

那天，第六十四届威尼斯电影节如期落幕。

曲终人散，不少记者抱怨本届电影节主办方主持不力，电影节期间荒唐混乱之事层出不穷。

一位记者称，最令人晕菜的俄英译文发生在俄国导演尼基塔·米哈尔科夫的"导演自述"中，其译文居然变成"我代表我的国家来维纳斯电影节是一项殊荣。"

另一位记者在谈到自己在本届电影节上的采访生涯时，则以最为俭省的文字记述那番巨大的混乱：

"早起七次，看电影睡着十五部，中途退场十二部，在渡船上花掉十六小时，遭遇鸟粪一枚，派对无。"

我径直走到她身旁，亲吻了她

二〇〇七年八月中旬，美国休斯敦警察局知名法医专家洛伊丝·吉布森发布了自己的研究鉴定结果。鉴定报告称，现年八十岁的美国老人格伦·麦克达菲被确认为第二次世界大战经典照片《时报广场胜利日之吻》中的"男主角"。回忆当时情形，麦克达菲老人这样说。

这句话穿越身份迷雾，使美国《生活》杂志摄影师阿尔弗雷德·艾森施泰特拍摄于一九四五年八月十五日的那张经典老照片重现公众视野。

尽管它只是一张老照片，可那张旧照片也是一个传奇故事，也是一种日渐稀罕的美好语文。这样的语文、这样的美好每周有、每天有、每时有，也不嫌多，也不餍足，越多越好。

这年头，"美好"比猪肉贵，"温暖"比猪肉稀罕。

■ 我渴望在北京工地的脚手架上孤独地办公

语出作家、诗人胡赳赳博文，标题是《鄙视工作间》。

全文洋洋洒洒，说出很多上班族心里话：

"一旦坐在办公桌面前，我唯一的可能是沮丧。我除了在那里上网MSN、跟同事说几句话、翻看杂志之外，基本上没有任何工作效率。相反，无论是在上岛、邦客还是EMO+，我随身所带的本子、手机和电脑都能发挥成倍的效用。移动办公的确是传媒人所思即所得的选择呀。"

接下来，胡开列数十条讥讽工作间荒唐的细节。第八条说：

"我渴望在北京工地的脚手架上孤独地办公。"

这条夹杂在"讥讽"中的"浪漫"突兀而刺眼。

它是在抒发对自由的渴望？

深情渴望。深刻渴望。

■ 我没有同行

一天，易中天接受记者采访。谈及同行对他说史风格的非议，易说：

"谁是我的同行？我没有同行。"

这句回答是赌气？还是写实？

是揶揄媒体呢？还是嘲笑自己？

说不好。

回应"非议"，莫如直呼其名赵钱孙李？

这种不咸不淡的抱怨，没效果。

那我们索性将这句回答当成是一句对自身生存境遇的哀悼吧——这样理解我比较心安：

一个上电视的名人，被扁是常态。

在喧哗中孤独，都得忍。

■ 我是九龙皇帝曾灶财，全九龙的地都是我的

二○○七年七月中，香港九龙涂鸦皇帝曾灶财因病去世，享年八十六岁。上面这句，是这位闻名遐迩的老人在世时的口头禅，也是老人独特的街头涂鸦语文中最常出现的字句。老人家眷低调行事，老人辞世后半个多月，消息才在坊间传出。"九龙皇帝驾崩"旋即成为香港民间热门话题。

"九龙皇帝"一生极传奇。他身世坎坷，他游戏一生，他执著梦想。更感意外的是，在香港那样一个执法严格的社会里，秉承类似关贸协定中"文化例外"主旨，事实上容纳了这样一位"皇帝"，暗许这样一个很多人眼中的文化疯子四处涂鸦，一涂五十载。

"九龙皇帝"驾崩后，据悉香港特区政府民政事务局称，将暂停清洗"皇

帝墨宝"，并欢迎香港市民提议如何妥善保存之。

我现在满脑子都是晚餐的菜谱

二〇〇七年九月六日，高音 C 之王鲁齐亚诺·帕瓦罗蒂因患胰腺癌离世。辞世当日，不少中国网友将 MSN 签名改为"我的太阳落了"、"今夜无人入睡"等。

或许是因为"高音 C 之王"阳气充盈给人印象深刻之故，某日深夜，想起这轮西下的"太阳"，忽有暖意临窗，满心都是热爱感念。

又想起歌王离世前一个多月时在家中回答记者关于"病危"时说的话：

"我很好，而且越来越好，你们希望我说什么？说我要死了吗？我才不想死，我现在满脑子都是晚餐的菜谱。"

我只希望那一天是阴天

一天，回忆七月三十日去世的瑞典忧郁电影大师英格玛·伯格曼，美国著名导演伍迪·艾伦说出上面的话。

"他告诉我说，他怕自己会在一个阳光明媚的日子去世，因此，我只希望那一天是阴天，他得到自己想要的天气。"

哀悼语文向来不易，或则以公用语文搪塞敷衍，骨子里贮满冷漠；或则肉麻之至，全无诚恳丰沛情意。而伍迪·艾伦一句"我只希望那一天是阴天"，要言不烦外，也让人看见繁复沉郁心绪之一角。

现在是午餐时间

一天，俄罗斯梅吉翁市市长亚历山大·库兹明颁布了一个针对当地官员的"禁用语清单"，清单上开列诸如"我不知道"、"我该怎么办"、"但你自己说"、"那不可能"、"没人告诉我"、"但我的助手告诉我"、"现在是午餐时间"等二十七句官员禁用语。

颁布此禁用语时，库兹明说："市政官员在与市领导讲话时使用了这些语句，那他离被'炒鱿鱼'就不远了。"

琢磨那二十七条禁用语，发现多属搪塞语。"搪塞"乃高级语文之一，从属于微妙、精妙乃至博大精深的官场语文。在官场上，"搪塞"而外，还有暗示语文、称谓语文、寒暄语文等多类，值得另案细究。

所谓"搪塞语文"，用口语表述，即所谓"踢皮球语文"。对其熟稔于心，即可帮助昏官们巧妙规避责任，将一个个道义、责任之类的球踢来踢去，踢得不知所终。

虚拟书评

一天，作家比目鱼在博客上开写一种好玩的文本游戏，名之为"虚拟书评"。

所谓虚拟书评，就是给一本并不存在的、凭空杜撰出来的"书"写"书评"。

时间不长，被比目鱼杜撰出来的"书"有《地久》《腔调》《过马路的艺术》《如何在选秀中获胜》《泪水的收获季节》。

尽管比目鱼自己将这种"虚拟书评"看成一种文字游戏，可在我看，它也可以是一种带有种游戏精神的寓言吧？

它将一种文字游戏做到了极致，它为所谓游戏精神拓展出一个新样式。它里面有一种煞有介事的暧昧态度，隐含反讽、歌唱、揶揄、抒情、讥诮、怀疑、沮丧等诸多审美范畴，异常有趣。

当然，它没什么用，没有什么经济价值，也没法因此赚取风投并最终安全成功上市，可在我们卑微、平庸的小人生里，要那么多"价值"或"意义"又什么价值和意义？

■ 一场史无前例的床戏

本语事关陈凯歌新片《梅兰芳》。坊间传言称，陈导与时俱进，将在"梅"剧中将加拍"一场史无前例的床戏"。我从影评家老晃文章《太阳、色戒和中国电影的自宫》得知此传言。老晃说："这流言如果爆发在两周前，会是秘密宣传机构一次无聊但成功的前期炒作，但它不偏不倚地出现在《色|戒》因'尺度问题'在威尼斯引起喧哗与骚动之后，看上去简直就是对陈凯歌艺术贞操的一次最大嘲弄。"

医嫂

媒体对旧概念"保姆"、"家庭小时工"的一种形象称呼，勉强算是"专业小时工"概念的升级版？大概吧。不同处是，"医嫂"技能中，添加了粗通医术、略知保健常识、可照顾幼儿、陪护病人等专门内容。

作为词根，"嫂"字尤其近年，使用频率较高。从"军嫂"到"空嫂"再到"月嫂"，一个广义概念中的"嫂"字让人在假想中回到农耕年代时大家庭语境。

它甚至能将洋人焐热，否则，"贝嫂"一词叫起来固然诡异不堪，却也果然熟稔而亲：亲热的亲，亲戚的亲。

英语帝国主义

语出学者赵毅衡新书《有个半岛叫欧洲》。本语词挑剔已然以"世界语"自诩的英语。赵说：

"英语成为'世界语'，不是靠本身的各种'优点'。无法否认，英语是靠了两个帝国成为'世界语'的——十九世纪的大英殖民帝国、二十世纪的美国实力帝国。目前淹没全世界的英语，的确带着美国的世界霸权意识。像法语这样优美的艺术语言、德语这样精确的哲学语言、俄语这样乐感的诗歌语言、汉语这样悠久的历史语言，竟然都被边缘化，真是非常可惜。"

赵认为："是搭车，还是挡车？我认为应该挡车。因为任何'世界潮流浩浩荡荡'，都必须加以阻滞，不然必定会酿成灾祸。眼前的问题，就是英语帝国的全世界征服，正在摧毁许多民族文化。我一位朋友的孩子九岁，发誓学好英语，因为要玩'原版电子游戏'。我在此'小事'中发现了许多值得文化批判者大张挞伐的问题，但是我不会去阻止这个孩子。为什么？因为没有用，也不应该。"

■ 用媚眼瞟一下镜头以确认自己的存在

一天，网友 pigeye 写文畅谈自己对电视上的郭德纲状况之观感。pigeye 说：

"看了郭爷的节目《星夜故事秀》，不怎么样，很落伍。郭大人没有镜头感，上去就是贼眉鼠眼的架势：段子很硬，包袱不响，还是何李的表现好一点点，也就是一点点。大概郭大人又得说这是电视的问题了。"

"关于镜头感，是个很玄乎的说法。以我有限的经验，在几百瓦的灯泡照射下，脚下缠着几百条电线，身上再捆着麦克风，你既得知道镜头在哪儿，又得表现得不知道镜头在哪儿。"

"另外，胖子不大适合上这样的节目，很热，易出汗放屁影响情绪。简单来说，这是难度颇高的一门学问，所以，紧张严肃的容易，占便宜，嬉皮笑脸的一看就是装的。"

"回到郭大人身上就是镜头感很成问题，几乎每隔十秒钟，郭大人就要用媚眼瞟一下镜头，以确认自己的存在。结果就是非常紧张严肃地嬉皮笑脸，这就是郭爷在《星夜故事秀》里给我留下的印象。"

Pigeye 所谓"非常紧张严肃地嬉皮笑脸"一句可谓直捣郭软肋，而用"用媚眼瞟一下镜头以确认自己的存在"这一句转赠当下诸多名人之慌张心态，也是惟妙惟肖。

优秀的女人是没有好下场的

语出杨澜接受记者采访时说到的一句话。原话说："我想给大家一句话，优秀的女人是没有好下场的，除非你找到一个好老公。"

从语文字句上揣度，这句话也可以被误解为一部微型悬疑小说，含混暧昧之外，很多娱记完全可能根据此语展开无限联想：

你是优秀女人？下场如何？

在世赠与

语出《今日美国报》一则报道，据称，"在世赠与"在美国很流行，很多美国人为了亲眼看见自己所拥有的财产所产生的"影响"，活着的时候就把钱花完。他们把钱赠与子女、孙子、孙女和其他亲属，或者用于度假和建立信托基金。

报道称，为了让家族团结并且支持自己钟爱的事业，很多美国人建立了私人基金会，并雇用自己的子女负责经营或在董事会里任职。

据统计，美国过去十年间独立基金会的数量猛增百分之七十七，达到六万三千五十九家，其中百分之九十是家族基金。加州一家理财公司的经理说，他发现，越来越多的美国人对于各种形式的"财富转移"开始感兴趣。

震得我七荤八素脑袋犯晕找不着回家的路，这再好不过

一天，网友商朝基因在自己的博客日记中通告大家，他（她）要去看一部电影，日记不长，标题"今晚去看姜文的日出"。正文说：

"渴望被震。震得我七荤八素脑袋犯晕找不着回家的路，这再好不过！就像当年的《鬼子来了》和《阳光灿烂的日子》一样。"

这应该就是所谓"粉丝语文"吧。其样貌夸饰、夸张、夸大，但其情感纯度、浓度和强度恰恰因此更为鲜明。

知音体标题

一天，一种以著名杂志《知音》语文为模仿对象的"标题游戏"广受关注。与曾经闹得沸沸扬扬的"梨花体"一样，"知音体"事关语文，可又不局限于语文；不同处是，"梨花体"毕竟有内容，分行阵列，属高端语文范畴内的诗；而"知音体标题"则基本属于文字游戏：

它是在那种冗长漫漶的戏仿标题里完成对某个经典的颠覆性模仿的，可从文本看，它更像《知音》杂志最爱制作的那种"招贴语文"，字里行间

飘荡着一种烤羊肉、糖炒栗子、廉价胭脂、明星绯闻等混合在一起市井气息。其本意是要霸占你的眼球并最终打开你的钱夹的，却先行自做无辜，不管不顾径直先把自己整得泪流满面潸然复潸然再说。

对大多数忽就热衷此事的网民而言，如此种种，不过语文游戏，它的确是一种以戏仿语文为匕首的嘲弄，但也仅只娱乐自己而已。其潜台词好像在说：你知音？老子比你还知音。

评家徐来说："在这个过程中，'知音体'标题对文本以及阅读活动的破坏能力充分地表现出来。戏仿在这场网络运动中成了一件有力的武器。通过戏仿，'知音体标题'的欺骗作用被放大，再放大，让任何人都一目了然。戏仿者甚至不需要再追加任何判断，嘲笑与讽刺已经被搭建起来。"

■ 住三天,给你换个肺;吃四天,给你换个胃

作家张立宪在博客上撰写游记《长春行》，上面这个句子是他引用的长白山流行语。回到北京，情形顿时令人失望：

"回到闷热喧嚣的北京，不过三四十分钟，那个新鲜的肺和胃又被收回去了。"

上面这句是《长春行》的结束语。这种两难境况每人都有体验吧？

向往山清水秀远离喧嚣的孤岛式生活,可谁离得开城市和人群？"五环"和"首堵"？

上句中,"首堵"二字是北京人对市区频发交通瘫痪状态的一种比喻。"堵"与"都"的读音只有细微差别，而其含义则相距霄壤。

它当然是"堵车"的"堵",可也许还是"堵心"的"堵"吧。

■ 自愿禁欲

一天,英国金斯顿大学建筑系教授萨拉·查普林在研究日本"情人旅馆"后得出结论,称现在的日本人更倾向于"自愿禁欲"。查普林发现,越来越多的日本人开始把"情人旅馆"当成放松的休闲场所。

查普林教授调研显示,在每天约一百三十万前往三万家"情人旅馆"的日本人中,绝大部分旅游目的只不过是为了放松身心。支持查普林观点的一个重要数据是,不久前,避孕套生产商杜蕾斯公司对二十六个国家进行调查后发现,日本成人平均每年发生性行为四十八次,排在该项调查的最末,远低于一百零三次的全球平均水平。

看查普林教授的研究报告,我把注意语词"自愿禁欲"乃至其延展部分:在我们这儿,此刻最需"自愿禁欲"的,一是众多处于进行时状态的贪官,一是那些黑心地产商……如你所知,我所歪想到的"欲",当然包括性欲、兽欲或肉欲,同时,也包括由私欲、贪欲、物欲等累计而成的穷奢极欲。

■ 走自己的路,不就一百元吗

为"综合测试空气质量",迎接二〇〇八北京奥运会,北京市自二〇〇七年八月十七日至八月二十日实行临时交通管理措施,为期四天。措施要求,

在这四天时间里，北京全城将按车牌尾号单号单日行驶、双号双日行驶的规定管理上路机动车。

某网友对此生发质疑。八月十七日，措施实施当天，他（她）在某论坛发出如下留言：

"预演奥运会，为了保证空气质量。于是一纸公告我的车就必须停止上路了，这是在办奥运会还是要打仗？如果不是打仗，我要说的是：我不会服从，无论你是禁令还是'恳请'。我的理由如下：

一、车辆是我私人财产，如果你今天要预演这个会就能限制我停驶，那么明天开那个会，会不会有人要求我'捐出'家产的一半？哪怕你有再神圣的名义，你在没有法律许可的前提下，我的东西你不能决定。

二、如果我停驶，那么我要求：减除两天的养路费和补偿两天的交通费用。我不能因为自己是老百姓就只能单方面付出，你是政府就什么都不给补偿。如果政府和我站在对等的角度，我可以考虑停驶，如果补偿成本足够，我甚至可以考虑停驶到'最盛大'的奥运会结束之后再自己开车。

三、我家里有困难，我爱人现在是孕妇，我没有理由为了相应政府的'恳请'让爱人和肚子里的孩子去采用她们不能预见到的方式上班。（上班不也是为了奥运吗？）顺带问一下，政府考虑过给百姓一点补偿和支持了吗？

四、推广而论，如果我的单位是运输企业，我的员工要吃饭，我的股东要分红，我甚至要拉猪肉给百姓吃。我的成本，我的利益如何保障？如果最盛大的奥运会要有预演，我们的利益保证怎么能没有预演？

五、从经济学的角度看，我能不能花钱买路权？限制单双号是否会导致车辆继续上升……有预演吗？因此，我不会理会什么单双号，走自己的路，让别人说去吧！"

与众多口水语文比，这个留言文明礼貌，意气风发，理直气壮……汉语中熟词"理直气壮"内在逻辑关系很清楚"理直"在先，而后才是"气壮"；"理直"是因，"气壮"为果。

是，这留言不大顺耳，不够服帖、乖巧，也足够调皮，但其所循法理，确为良言苦口。

:-)

二〇〇七年九月十九日，由美国卡内基 · 梅隆大学教授斯科特 · 法尔曼创造的网络纯文本"微笑符"[冒号＋连字号＋半括号 = : -)]度过了自己的二十五岁生日。庆生会上，满头白发的法尔曼说："看到我花十分钟敲出来的一段发言变成一个全球性的现象让人感叹……我有时会想，二十五年来，有多少人曾在键盘上敲出这个符号，又有多少人侧起头看这个符号。"

美联社称，目前语言学界对到底是谁发明了这个"微笑"符号并无定论，语言学家们似乎也无意考证。此次考证得益于卡内基 · 梅隆大学技术人员的全力配合——在微软公司帮助下，他们从二十五年前的历史记录里找到了法尔曼发言的证据，并最终确定这一符号的诞生时间为一九八二年九月十九日十一时四十四分。

那时，电脑的名字叫"个人微机"，其中不少使用微软公司开发的 DOS 操作系统，互联网在当时仅具雏形，只有知识精英和技术专家才会使用。卡内基 · 梅隆大学的师生经常在电子布告栏上讨论各种话题，从严肃到荒诞无一不包，有时也会发生类似于后来互联网上经常出现的"口水仗"。

回忆往事，法尔曼说，由于当时的互联网只能提供纯文字的交流方式，一些原本是开玩笑的话也很容易被"认真对待"，甚至被错误地当作了安全警告。为此，大学师生们在电子布告栏上展开了一场讨论，希望创造一个符号标出开玩笑的话语，以免造成误会。

于是，法尔曼用十分钟敲出一段文字，对如何避免误会或对于玩笑话的"认真对待"提出建议，认为在讨论发言中，发言者无妨使用": -)"符号，以提示自己所言为开玩笑。

"：-）"这一符号简单易辨识，只要顺时针旋转九十度，这个符号就像一个人的笑脸。

法尔曼没想到，他的这一倡议被采纳后，迅速成为微机使用者的挚爱符号，以它为蓝本，不断有人创造出新的微笑符号，比如"眨眼微笑"符号"；-）"、简洁版微笑符"：）"等。

此后，纯文本表情符的使用和发明日益丰富多彩，如"：））"（表大笑）；"：-p"（表吐舌头）；"：D"（表哈哈大笑）；"：-（"（表悲伤）"(-＿-)"（表暗自窃喜）等许多，表情符也就此成为网络语文中的重要一支。

■把鸡鸡都给我剪掉

语出作家杜然博文。某日，浙江大学、南京大学、上海交通大学等高校联名"禁止大一新生自备电脑"一事经媒体发布后引发争议，反对者、声讨者无数。杜然在博文里对此发表意见，就是上面这句，是标题。它像命令，像勒令："把鸡鸡都给我剪掉！"

此标题猛一看耸人听闻，可读完其超短正文，莞尔渐次变为爆笑外，亦生发N多共鸣：现在不少头头脑脑们办事做事，要么脑子进水，要么水进脑子，不是智障就是脑瘫。"杜然体棒喝"准确无误，归谬后，荒唐毕现……杜文如下：

"短话长说。今天看到新闻说，一些大学禁止大学新生拥有个人电脑，理由是一年级的学生自制能力差，会沉迷网络游戏。Oops！大学生还手淫呐，为了他们的身体健康，要不要把他们的鸡鸡全部剪掉？让剪刀手爱德华来干这件事儿，他的剪刀快。"

保血统，避骚扰

一天，在大城市已流行多时的宠物贞操裤重新受到媒体关注。上面这句话，既是对"贞操裤"功能的一种描述，也很像"贞操"广告：防止猫狗当众亲热，预防宠物遭遇性骚扰，改变血统或品种的"纯洁"。

中新网说，家住郑州某小区的任先生养了一只价值三万多元的英国纯种哈多丽博美雌犬"惠美"。老任带"惠美"遛弯前，会让"惠美"穿好"贞操裤"。除"贞操裤"，"保血统避骚扰"还有很多花样。有一种被称为"禁区喷雾"的武器是，主人只要发现自家猫狗稍有越轨迹象，用它在其身边一喷，爱情中的猫狗顿时爱意全无。

这则幼齿级八卦语文最大的贡献不是血统、骚扰之类的煞有介事，而是其中不断重复的汉语中熟词：贞操……这两个字已好久没人想，没人提。

不就一彩屏嘛

一天，收笑话一枚。话说热恋中某男女漫步黄昏。

女：（指着天边曼妙晚霞）"亲爱的，看，这漫天的晚霞多美啊！"

男：（凝视晚霞一时语塞，良久……）"有啥了不起啊，不就一彩屏嘛。"

这笑话很像 20 世纪五六十年代的一则笑话。在那则笑话里，女指天边明月："看，这明月多美啊！玉环纤魄，它让我想起金乌坠，玉兔升……亲爱的，你想起了什么？"

男凝视明月一时语塞，良久……

"我，我想起俺娘烙的烧饼。"

不是地理的，而是时代的

语出评论家孙绍振比较作家南帆与作家余秋雨的评论文章，标题为《读南帆，知余秋雨》。

孙文大意说：在同类型文化散文中，南帆着重于审智，余秋雨则着重于"审美"（一说"滥情"）。

这是关于余秋雨多种评析意见中最为入情入理、条分缕析的一篇评文。点评南帆散文审智特色，孙说：

"他不是在写传统式的审美散文，而是写另外一种散文，不是把审美情感放在第一位，而是尽可能把审美情感收敛起来，使之与智性的审视结合起来。"

"相信欣赏余秋雨的读者，再来读南帆，如果真读懂了他的追求，就不难发现，南帆和余秋雨的思想和艺术的距离，不是地理的，而是时代的。"

■齿商

语出一则"云南白药牙膏"广告文案，上为该文案关键词。该文案生动风趣，极富创意，蛊惑力百分之二百五。它从"智商"说到"情商"，从"健商"说到"财商"，整个文本活脱一个霸悍年代霸悍语文标本。

作为一种具有历史传承的老牌商品，这种为赢取新新人类时尚人群的而造的语文霸悍固然，却失之直白无味。它足够标新立异，可却风趣寡淡。我从它，想到江南老牌剪刀——杭州张小泉。记得"张小泉"广告词只一句，曰："唯有情感剪不断"……这创意言简意赅，蕴藉深潜，滋味良多。

它笼罩在反向思维诉求中，以"剪不断"这种通常避之唯恐不及的"关键词"入文，可骨子里的自信心多而厚，韧而绵。

■地铁剧

二〇〇七年十一月初，一种以地铁站内的电视屏幕为播出平台、每集片长不超过三分钟的新媒体"地铁剧"在上海与观众见面。该剧名为《晴天日记》，总剧长四十集，每集片长约两分半，每天一集，在一天中将多次重播，贴合此间地铁乘客的候车时间长度。据称该剧由黄晓明主演。

信息发布方称，这一"地铁剧为"世界首创的多点式实验性营销剧作。这个显然是为"地铁剧"度身定做的定语在语文上含混，有点故弄玄虚。我猜它想表述的大致是，我们未来在地铁电视屏幕上看到的，应该就是那种带剧情的广告？

在北京，我已多年不坐地铁。不过，高峰期地铁人流的"相片状态"仍时有耳闻。关于"地铁剧"，我的想象是，它最好不要拍得像"二十四小时"那样悬念迭起吧。那样的话，我侄子每日上下学会被挤成底片的。

再有，也拜托千万别在地铁剧里穿插诸如麦当劳、肯德基、薯片、串烧之类的广告。我家佐思佑想正实施周密严谨科学的健康饮食计划，麦、肯、烧之类的垃圾正淡出其视野……媒体的兄弟们配合一下吧。求求你们。

▌第十三根柱子

英国《每日电讯》刊发消息称，戴安娜王妃撞车隧道开始正式向公众开放。此事缘起于英国最高法院对于戴案的重新审理。在英国最高法院戴案陪审团前往巴黎现场调查前夕，法方做出"开放"决定。

十年来，那条位于巴黎塞纳河畔、通常异常繁忙的路段第一次禁止机动车通行。随之诞生的景观是，无数游客自由自在漫步其中，他们在一九九七年八月戴安娜罹难的那第十三根柱子前徘徊逡巡，将眼耳鼻舌一一抛出，摆出各类表情，与那根著名的"十三"合影留念。

隧道开放那周，恰逢切·格瓦拉逝世四十周年。可再热的追忆与秉承也难敌切·格瓦拉那幅著名肖像年复一年的热销。与之相似，那第十三根柱子现在也已约等于被印在T恤、挎包、烟盒上的那幅"切"头像，它不再是一根普通的柱子，而成为一件商品，一盘生意，一处景点。

丁字裤简史

某日，收段子一则。此前，我一直觉得汉语口语生动固然，可很难精粹精炼精致。没想，新收下的这则段子改变了我的看法：

它用口语写成，形象逼真纤毫毕现外，又要言不烦绝无啰嗦，堪称史上最牛"简史"。这则"简史"只有两句：

"过去是，扒开内裤看屁股；现在是，扒开屁股看内裤。"

额滴神啊。

冻烟

语出英国《星期日泰晤士报》所刊文章，该问介绍一种新研制的材料：冻烟。

文章称，在不久的未来，"冻烟"很可能改变整个世界。它"带来的影响将不亚于上世纪三十年代发明的酚醛树脂、八十年代的碳纤维以及影响几十年的硅"。

"冻烟"的正式名称为"气凝胶"。美国西北大学化学系教授迈库里·卡纳齐季斯说：冻烟是"人类已知的密度最低的产品，然而它的用途却极其广泛。可以预见，气凝胶应用领域范围巨大，像过滤被污染的水、隔绝极端温度，甚至制作珠宝首饰等"。

"冻烟"这个名呼大致属于比喻性命名。在花卉里，有一种花叫"大花马齿苋"，可它的别名儿听起来却好像跟它完全无关，如半支莲、龙须、草杜鹃、金丝杜鹃等，而它最大众化的俗名儿叫"死不了"——这个简单、俗气、上口、响亮的俗名对"大花马齿苋"旺盛的生命力而言，可谓一语道破。

"死不了"也属比喻性命名，正如民间将"痒痒挠"说成"不求人"。好比喻生动精彩外，别有一股精气神儿。

据称，冻烟的密度为每立方厘米三毫克，相当于玻璃的千分之一。它看上去呈云雾状，淡蓝色，所以又称"固态烟"或"冻结的烟雾"——"冻烟"二字即由此压缩而来。"冻烟"有两大特点：一是轻，一是固态。它看上去脆弱轻薄，可非常坚固耐用。它能承受烈性炸药的爆炸冲击波，还能隔绝一千三百度的高温。

鬼脸瑜伽

都市白领利用工作间隙在格子间面对电脑视频独自完成一种"面部瑜伽"，这种变格的"工间操"亦称"抽筋瑜伽"、"鬼脸瑜伽"。与全身瑜伽相比，所谓"鬼脸瑜伽"即一种脸部美容操，据称近来在美国纽约颇为盛行。

据称，"鬼脸瑜伽"主要特征为通过做各种伸展面部的夸张动作，以一种类似"做鬼脸"的方式达到释放压力、缓解紧张神的目的。

在当下社会语境中，尤其在大城市，"减压"二字极具市场号召力，甭管真"减压"，假"减压"，只需标明"减压"，至少产品推销者的"业绩压力"一准儿减去不少。改日，再出版"语词笔记"，我也仿效一把，强烈要求在书封上大字标明"年度最佳减压读品"字样？

试试。

国家方向盘

据俄罗斯《新观点》（作者德米特里·巴维宁）文章介绍，政坛美女、橙色公主、乌克兰政坛要人季莫申科高高盘在头上的那条金色大辫子在乌克兰民间流行语中被戏称为"国家方向盘"。

巴维宁说，关于季莫申科的发型想来称谓繁多——这种在乌克兰民间名为"大面包圈"的传统发式在被嫁接到一个政坛美女身上后，《纽约时报》为其命名为"告乌克兰公民书"……

这跟十多年前我买下的那株玫瑰名叫"国际先驱论坛报"一样，让人不知所云。英国《每日电讯报》说，季莫申科的大辫子已成为"一种新的流行风向标"。

季莫申科自二○○一年开始启动她的"国家方向盘"。当时，她因涉嫌一起腐败案沦为阶下囚。

在狱中，她第一次尝试将辫子盘成花篮状。她清秀的脸庞配上如此凛然的发型后，一种干练别致的风格就此形成。观察家甚至会密切关注她的发型变化，就此揣测国际局势或动荡或平缓的精微之变。

这应该就是罗兰·巴特在其妙语"主体被悬吊在与异体的映照当中"所试图阐释的那种情形？在如此诡异的"悬吊"里，发型已成为政治走秀时的一个天然道具：

"我在一个故事中享受的东西不就是它的内容，其至也不是它的结构，而是我添加在光洁表面上的擦痕"（罗兰 · 巴特语）……

季莫申科享受的也早已不是"大面包圈"，而是由"面包圈"发酵而成的"方向盘"。

■ 海蒂族

语出英国"未来实验室"所提交的一份研究报告。所谓"海蒂族"（HEIDLs）系指那些高学历 (High Educated)、经济独立 (Highpendent)、拥有专业学位 (Degree–carrying)、独立自主 (individuala) 的新都市女性族群。这类新都市女性族群年龄约在二十五至四十岁，和以往标榜的新女性不尽相同的是，"海蒂族群"女性高学历、富有，工作能力强、懂品位且乐在生活，最重要的是，她们远比其他都市女性人群更爱自己。

■ 回国时还是凉粉，今年就当爸爸了

语出记者孟静短文，其内容慨叹同伴儿纷纷成家，能在一起玩的人越来越少："去年他回国时还是凉粉，今年就当爸爸了……反正当男的是挺好的，没见肚子大，吹吹气那么容易就有后代了，完全不着痕迹的。"

"若是一个女人怀孕，工作要停顿，所有认识的人都要知会一遍，不能喝可乐、不能在有人抽烟的地方、不能晚上去娱乐场所，最重要是可能会失

去现在的工作岗位，从董事长秘书变成勤杂工什么的。"

　　孟静语文里向来有一种温柔的夸张。在这种"凉粉"到"父亲"、从"秘书"到"勤杂工"的小小跌宕里，孟静展示出一种迁就世俗、宽宥人生的生活态度，它让伤感或顿挫依旧伤感，依旧顿挫，但却别有一丝暖意。很奇怪。

姜文是个诗人，李安是个写小说的

　　语出作家江乙姜文电影《太阳照常升起》观后感。关于电影，我最变态的是因为无暇去电影院，所以只看评论，好比不敢在大街上围观斗殴，却专在晚风习习之时，搬个马扎，专听张婶李伯关于斗殴的观感。除上面这个句子，江的开场白也有怪味豆之趣，嘎嘣脆不说，也有麻辣甜咸搅拌在一起后的歧义奇趣："喜欢姜文这种无耻无畏爱自己的人。喷出的血液浓得霸蛮，亮得眼馋，狂奔，狂奔，狂奔，足尖轻快，如飞鸿掠地，有劲！"

烙饼去

　　语出作家鬼子的长篇小说《一根水做的绳子》。此小说出版前曾先在《小说月报》预先连载。媒体报道说，一些抢先在杂志上阅读过这根"绳子"的读者对鬼子笔下的一句妙语记忆犹新：

　　"床上的活眨眨眼也就忙完了。就像煎在热锅里两张烙饼……转个眼就出锅了，随后，慢慢地就凉了下来。"

这句情爱语文很中国很亚洲很中年很田野很内向很黏液质……它的意象和语感绕开了天雷地火干柴烈火之类的烂俗窠臼，做了一个作家该做的事。

一位读过"绳子"的大学生给鬼子写信称，因为鬼子的那句"黏液质妙语"，广西的一些大学里开始流行一句隐藏主题为"青春情爱"的暗语：

傍晚，黄昏，甲乙相逢。

甲："干什么去啊？"

乙："烙饼去！"

▍乐观偏见

语出英国《自然》周刊刊发一份研究报告。在这篇报告中，科学家首次确认人类大脑中确实存在产生乐观情绪的一处神经网络。报告说，这一研究结果有助于人们对沮丧情绪有更加深入的了解。该区域大约位于人类大脑杏仁核和前扣带皮层这两个地带。加强这两个地带的活动将有助于一个人的情绪评估较生成积极效果。

科学家发现，此前的研究证明，对未来充满信心是人类的共有特征。即便没有任何证据支持人们的这种乐观情绪。例如，大部分人会觉得自己活得会比平均水平更长、更健康和更成功。专家将这种情绪命名为"乐观偏见"（optimismbias）。

"乐观偏见"一词让我想到鲁迅发明的"阿Q精神"，意思非常接近吧？

"快乐偏见"或就是"阿Q精神"的科学现代版？科学家们孜孜不倦地工作，为"阿Q精神"找到了一个"家"：它就在你大脑袋里，在大脑杏仁核和前扣带皮层两处？

我摸了摸脑袋，糊涂。我仍搞不清楚自己的"快乐偏见"究竟是居住在我毛发日益稀少肉头的左半球？还是右半球？更不知道"快乐偏见"晨钟暮鼓春夏秋冬年复一年呆的那个地儿是三居室？安居房？还是奢侈的独栋别墅？

■ 连我自己都不知道我有厚达二十二英寸的二头肌

一天，美国网球明星安迪·罗迪克荣登《男子健美》杂志封面人物。高兴之余，这位网球明星也有困扰。微笑在封面上的，当然还是安迪·罗迪克，但却被图片处理技术PS了。

"图片处理技术"是专业术语，"PS"是网络俗语，但本质都一样：篡改。

被称为网坛"男库娃"的明星看见封面照上自己异常粗壮的二头肌后，在博客日记中说：

"我很肯定自己的身材并没有《男子健美》杂志封面上的那样惊人。哦，连我自己都不知道我有厚达二十二英寸的二头肌，我右臂上的胎记是怎么消失的？我也完全不清楚。"

▋卢哥

某日，韩国国立国语院因颁布"在辞典里找不到的新用语"一书引发争议。争议话题聚焦在"新用语"中对韩国总统卢武铉的贬低与玩笑。在最新颁布的"新用语"中，有数条与总统卢武铉有关。其一为"很卢武铉"，其二为"卢哥"，其三为"卢大"。

对此，国立国语院解释说："很卢武铉"这个新词在韩语里通常会将原来"卢武铉"三个字缩读成两个音节，使其发出"很弄玄"之读音，意为"那家伙，那傻瓜"；而"很卢武铉"这个流行短语的意思则为"让人难有期待，很让人失望"之意；至于"卢大"，意为"姓卢的老大"，它与新词"卢哥"近似，都是草民对于总统卢武铉的一种谬托知己式的昵称。

一九九八年，美国也曾有句流行语，叫"你少跟我克林顿"，意为你不能用一部分真实掩盖一部分谎言。二〇〇六年，一句妇孺皆知的流行语是这句话的中国翻版……对，"你少跟我陈凯歌"。其意为：你不能那么小家子气，你不能身在江湖却不让冒犯，为所欲为却不让拍砖……

在汉语里，这类句式习惯对既定词性大作"变性手术"，如将名词变性为形容词之类。其大面积流行，多得益于某名人胳肢窝以下部位类似皇帝新装式的自欺或昏昧。就此，当事人大动干戈愚蠢，一笑了之聪明。

当然，它们也是无足轻重。充其量，也不过是草根们茶余饭后嚼舌头根儿借以协助打嗝放屁消食之类的玩笑，无须当真。草根们需要经由将导演"李安"唤作"小安子"之类的平民化程序，将名人拉低，消费之，咀嚼之，以使自己的凡俗日子里稍许勾兑上一丢丢名人之光。也是天可怜见。

■ 民间智库

语出学者李楯。针对"官方智库"一词，学者李楯提出对应概念："民间智库"。李认为"民间智库"需具备下述两属性方才具有存在的意义，一是民间智库必须保持独立，二是民间智库专家的研究和基于研究的政策建议应有畅通的发表渠道。

李楯的建议缘于《南方周末》此前文字《中国官方智库调查》。该文介绍说：国家发改委宏观经济研究院的领导在谈到政策建议上达渠道时说：

"如果是上面布置下来的研究，当时就会说清楚如何上报。言外之意'上面布置下来的研究也须一个个具体'说清楚如何上报，如果不是'上面布置下来的研究'，就更没有制度性得保障使意见上达。"

■ 你把采访提纲发给我，我晚上烧给她

李安导演新作《色｜戒》公映，片名"色｜戒"二字在娱乐版风头出尽。民间文学里，由真人真事改编而成的一则新段子风借火势，火助风威，十分流行。

据悉，四川某记者闻讯《色｜戒》图书快速出版，致电出版社宣传人士，要求电话预约采访张爱玲……就此，网友共同提高将其演绎成新闻小品三则，如下：

小品一

记者：麻烦给安排一下张爱玲的专访吧。

企宣：这个……那个……什么……

记者：不见面，电话专访也行。

企宣：电话也够呛。

记者：大爷的，一个写情色小说的也敢耍大牌，封杀你丫的。

小品二

记者：给我们安排一下张爱玲的电话专访吧。

企宣：大姐，那旮旯不通电话。

记者：你这是存心给电信部门脸上抹黑啊，人家说了珠穆朗玛峰都有信号。

企宣：她已经死了。

记者：太好了，死了好，张爱玲死了能做成大新闻。标题都想好了：《色|戒》被李安恶搞，张爱玲怀疑被气死。

小品三

记者：麻烦安排一下张爱玲的电话专访吧。

企宣：你把采访提纲发给我，我晚上烧给她。

■ **你放假，我降价**

语出某商家打出的促销口号。在语文上，这"口号"里用到了同音字语文，可无意中，两个同音字的对比，比出的是"假期"的实和"价格"的虚。十一长假，说放七天就是七天，可哪款手机的低价能直白无误告诉消费者？

农民工日

一天，重庆市政府决定设立"农民工日"。这一决定引发争议。反对者称，这种强调本身带有歧视色彩。与"教师节"、"护士节"、"母亲节"、"劳动节"之类不同的是，这种以人群"生活场所"确立的"节"，难免热脸贴上冷屁股。

假想里，假使一位农民工同时又是小学代课教师和母亲，那在教师节、母亲节、农民工日三种"强调"中，我想她不大感冒的，应该就是"农民工日"？

香港《亚洲时报在线》记者就此事采访一位在北京工作的农民工李冬梅。李说："我还是希望政府能给我们办些实事。例如，像你们城里人都有养老保险、失业保险和医疗保险，要是能给农民工出台这些相关保障政策就好了，有没有'农民工日'倒没关系。"

啤酒长得就跟废话一样

语出编辑西丁二〇〇七年十月七日博文。博文内容记叙此前一夜豪饮行状："一大早醒来，才觉得头晕。然后想起昨晚喝得有点多。晚饭先在新疆大厦，两个人喝了一瓶红酒。去到黄鳝世家消夜，又喝了N杯啤酒。没动筷子。喝啤酒说了不少废话。啤酒这个东西，长得就跟废话一样。"

我看中"啤酒长得就跟废话一样"一句的有趣，多义。它将"啤酒"拟人化，顺便将"废话"啤酒化。假想里，有这句话垫底，至少在未来相当长的一段时间内，当我想给自己灌上几碗黄汤时，脑子里句群的首句肯定是"今儿烦，来它几听废话吧！"

"为了戒掉废话，是不是该戒了啤酒？"前面这句出现在西丁博客收尾处。你看，我猜对了吧——当我们给一个寻常物起了一个全新的名字后，寻常忽然不寻常起来。

创意语文的魔力亦在于此：酒瓶装新酒，新酒还是新酒，得益的，是旧瓶。它忽然就此生机盎然，继续顽强地活下去。

■ 请上帝验证他的DNA

语出英国《泰晤士报》的一则报道。报道说，美国男子罗伯特·希尔兹以享年八十九岁的高龄辞别人世。就此，一部全球最长的日记就此戛然而止。

二十五年来，罗伯特·希尔兹每天几乎每隔五分钟就在自己的日记里记录一次人生。他在日记里如实记录自己对上帝的想法，他甚至会将自己每次上厕所的全过程写进日记。

为了记录梦境，他每次睡眠从不超过两小时，最多时一年的日记量达三百多万字。希尔兹最终留下日记九十一篇，总计三千七百五十万字。希尔兹还曾在日记本上粘上了一根自己的鼻毛，以便日后科学家研究他的DNA。

在这个灾难无数死亡无数惊险无数的世界上，我建议科学家就别费劲去研究那根鼻毛了。非要研究不可，请上帝验证一下希尔兹的DNA吧！验证结果或许可以告诉我们，在这个灾难无数死亡无数惊险无数的世界上，为什么还有荒唐无数？

人无信，不知其可也

中秋节前，最火的媒体红人是于丹。

与往年绝妙贺节短信数量众多不同，二○○七年中秋高段位短信稀缺……这让我感觉不够和谐。当然，有人会说这很和谐。关于和谐，忽然意见分歧，很不和谐。

"子曰：'人无信，不知其可也！'于丹的解释是，'孔子说：一个人如果连短信也没有，那还怎么混呢？'祝贺双节快乐。"

这则短信还算不错。它采用实名制，将红人于丹植入虚拟情境，歪解，打岔，嬉笑，切中节日喜庆放松气氛，成为中秋北京转发率最高的短信。

沙发党

直到有一天在某网站留言区"沙发"位发现"沙发党党员"这五字留言我才意识到，果然已经是个"党"。

是，这"党"基本虚拟，压根没注册。它跟"标题党"意思相近，均属无党章党规、无缴纳党费原则、无具体党员人数增减统计之三无之盟。

所能知道的仅仅是，每当抢到"沙发"之位，该党党员虽在努力克制下泪流不满面，但却一定会因这一点点卑微欢愉三呼"欧耶"，德行大了。

深入开展"迎讲树"活动

一天，北京某小区出现一标语，上写："深入开展'迎讲树'活动，建设和谐社会首善之区。"我对这条标语的内容并无异议，只是觉得标语中"迎讲树"三字压缩语，未免过于怪异。猜测里，它应该就是"迎奥运、讲文明、树新风"？标语语文很难吗？通俗明白就好了。为了与下句字数相近，因文害义，也就难免搞成这个鬼样子。

他，马的，就是爱台湾

《香港经济日报》报道，国民党在台湾高雄市爱河畔悬挂出一幅马英九竞选广告，其广告语文曰："他，马的，就是爱台湾。"

广告刊出后，惹来争议。民进党三位女性委员为此特别召集记者会，痛批马英九、国民党"把下流当风流"，严重侮辱台湾女性。国民党有关人士称，鉴于有人质疑马英九不爱台湾，才希望用这个创意广告为马英九造势，广告的真正意思是"他，马（英九），爱台湾"。

对于有异见指广告标语为脏话，发言人称无非有人借题发挥。我没看出这则广告有何"创意"。因为一个绝妙好创意怎么会要添加这么多注释或旁白？

在某种语境里，国骂确可以"程度副词"的身份协助我等一泄心头瘴气，可当它与政治连缀在一起后，反而显得小家子气。

它催醒了我的相思梦，相思有什么用

语出作曲家陈蝶衣《南屏晚钟》中的歌词。二〇〇七年秋，陈蝶衣在香港辞世，享年九十九岁陈一生创作过三千多首歌词作品和多部剧本，曾是闻名遐迩的词作家、电影剧作家。在陈蝶衣的三千多首音乐作品中，《夜上海》、《香格里拉》、《情人的眼泪》、《南屏晚钟》等最为著名。陈蝶衣亦为中国早期报人，他曾在一九三三年创办中国第一张有影响的娱乐报刊《明星日报》，并曾担任老牌名刊《万象》首任主编。

因陈蝶衣的第一首歌词《凤凰于飞》是一九四五年与音乐家陈刚之父陈歌辛合作，后音乐家陈刚与陈蝶衣成为忘年交。陈蝶衣去世后，记者采访陈刚。说到陈蝶衣对流行歌曲的贡献，陈刚说："蝶老做过报人，属于文人写市民歌曲，极其精致讲究，因此他的作品才传唱至今。"陈刚还说："在蝶老的歌词里，除了一个永恒的爱字之外，就是一种精致的城市精神了。蝶老通过细致的观察和体味，将老上海的味道浓缩在歌词里，并定格成永恒。"

陈刚此言不妄。就说《南屏晚钟》，虽不过一首小小情歌，可其语文字面之意通俗明快、隐含淡淡愁绪浅浅迷惘外，还内藏典故无数：它以西湖十景之一托底，借色北宋大家的同题名画，并将南屏山怪石耸秀、绿树惬眼、满山岚翠、佛寺星罗、晨钟暮鼓的斑斓迷人用最浅显的文字勾勒在字里行间……对比当下的歌词语文，确已是黄鼠狼下刺猬，一窝不如一窝。

■忘旧事者失双目

一天，在网友一介书屋博客日记里看见上面这句话。据一介书屋称，本句出自作家索尔仁尼琴。诱导一介书屋想起这句话的，是她在俄罗斯旅游时路过的一处场景：该地不是旅游景点，位于"距叶卡捷琳堡四十公里的欧亚两洲分界处途中"。

"在一片空地上突兀地矗立着一个高大的黑色十字架……三面环绕白桦林和针叶林的空地，一个黑色大理石凿成的巨型十字架俯瞰着另外几块横卧在地上的褐色大理石，石碑上密密麻麻地凿刻着死者的生日和死期。另有一块墓碑，那是为无名死者树立的，上面刻有四种宗教符号：基督教、东正教、犹太教、伊斯兰教。"

"在我一再地追问下，俄罗斯导游告诉我：这里是斯大林时代的刑场，从二十世纪二十年代至五十年代，有一万八千人在不同时期的政治斗争中被处死；直到近年才被发现，修建成政治殉难者纪念碑。"

"导游的话平平淡淡，我的心潮却汹涌澎湃。我一行一行，仔细地看着碑上所刻的名字，我希望我专注的眼神能代表我的心去抚慰他们：被枪杀者中有许多人的年龄和我女儿相仿，甚至更小；对持不同政见者所采用的极刑令我不寒而栗。"

"阴云密布的天空下起了冰粒，打得脸生疼。临上车前，我最后忘了一眼那高耸入云的黑色大理石十字架，想起了索尔仁尼琴的一句话'忘旧事者失双目。'"……

对于一个历史悠久的民族而言，很多忘记本不该忘记。冥冥中，一介书屋之语好像也是针对诸多健忘的提醒，音量不大，过耳留音，且沉且重。

温柔的灯永远是孤独的

一天，诗人高星赋诗一首，献给昂山素姬，上面是诗中的一句。高诗标题《献给昂山素姬的诗》。全诗如下：

我曾去过缅甸南坎

从那里我买了几粒罂粟壳和一张性感的画片

是你让我认识了人的渺小

像一粒稻米在罪恶的手中

人类之善的终极体现

竟像一个逗点

让人无法持久地希望

你写给阿里斯的一百八十七封情书

让你成为月亮之下的繁星花环

你曾对他说：我永远不会站在你和你的祖国之间

素净的人心呀只有在夜空中存放

温柔的灯永远是孤独的

只有孤独的灯才能照亮人类的前程

所有的人民都选择了你

但只有一个人拒绝了你

他才可能成为人的反面

你消瘦的面容是剔除了人类最多余的疣肉

你用柔弱的手

将自由从紧闭的枪口中掏出

你的美丽犹如你的追求一样令人向往

我与你的距离似乎就像奢侈的民主一样遥远

当我说爱你的时候

只因为你是一位多情的女性

我的青春都浪费在青春上了

一天，作家杨葵推荐收藏句子一枚："我的青春都浪费在青春上了！"语出作家棉棉。这种句子如红铜，延展性极佳。我们可直接用它造句。

如"我的长假都浪费在长假上了"，如"姜文的天才都浪费在天才上了"，如"王朔语文的犀利都浪费在犀利上了"，如"我的老花眼都浪费在老花眼上了"等等，不胜枚举。

从修辞格上看，这个句子既是一种"频词"，也是一种"复叠"（复辞），其奇妙在于，它常常可以在一种既简单明了又复沓环徊的文字效果里掩蔽某些狂喜，某种大悲。

我干吗要作弊，我骗谁

一天，媒体报道称，在国际知名统计网站 Alexa 更改算法后，搜狐网站流量排名大幅下跌。这一异常变化引起业界怀疑搜狐此前是否作弊。

面对这一质疑，张朝阳辩白说："我向毛主席发誓，向天发誓，搜狐绝对没有作弊，我干吗要作弊，我骗谁？董事会？我自己？"

张的愤怒不难理解，但这段愤怒语文实在不高明。"我向毛主席发誓"一句无情地泄漏了自己的年龄，"向天发誓"一句也无法证明言说者的宗教倾向，而"我干吗要作弊，我骗谁？董事会？我自己？"一句貌似连珠炮，其实毫无力量感，反倒因修辞不当而晒出"董事会 = 我自己"的潜意识歧义。

愤怒语文不好整啊，日常加紧学习为要。

我关心什么使片子烂

语出导演牟森。针对姜文电影新作，牟说："我不关心片子怎么烂，我关心什么使片子烂。"

牟导的话极度浓缩，高度概括，一点儿水没掺，直接就是"酒精"。好像要针对姜文的"酒精说"，对仗出一个观感版。

牟导的这句"酒精体"观感与作家尹丽川的"太阳"观感好有一拼。针对"照常升起"，尹丽川说："如果不能带着大伙儿一起嗨，就不要自嗨，更不能假嗨哦"……

推荐大家快速传播"不要假嗨"这个句子……看看咱周围，"假嗨"的人好多啊。越来越多啊。

我建议重新计票

一天，前美国民主党总统竞选者戈尔荣获二〇〇七年度诺贝尔和平奖。美国某报刊载一幅新闻漫画，画面上，小布什在得知此讯，脱口而出："我建议重新计票！"媒体记者们的记性就是好，大家都还记得，当年竞选时，小布最爱说的，就这句。

在我们这儿，新闻漫画从来不是强项。恁多年来，我们唯一小小不然的进步，是只可能颇费掂酌小心拿捏地在二版三版的报屁股上拿某某娱乐红人开一小涮。

如此禁忌已然导致作为漫画重要品种之一新闻漫画委顿之外，也大致已无大家名家。大家都去画行画去了？

我决定为这个事情后悔一辈子，我乐意

语出网友寂地怀念母亲的短文《不敢过得不快乐》。寂地的母亲二〇〇四年去世。文中的寂地貌似很轻松，其实很悲伤。

开头写：

"她最后高高兴兴地说，'乐乐，我走了哦！'我在沙发上看电视，电视

上正在放妈妈说过她欣赏的刘晓庆的采访。（她欣赏刘晓庆的理由是她很坚强）所以我居然看着屏幕没有回头看妈妈，说：'妈妈再见！'盯着屏幕看我妈喜欢的刘晓庆。像一个冷笑话的结局，她就真的走了。"

中间写：

"我去广州签售我妈特想自费陪我去．我想我要去见我的偶像明星漫画家们还要跟别人介绍'这我妈！'是件多可笑的事啊。所以说，以后还有机会啊！这第一次就让我自己去嘛！嗯，我决定为这个事情后悔一辈子，我乐意。"

结尾写：

"有句话是'父母在，不远游。'我可以远游了。我只能去远游。妈，大部分时间我都过得挺快乐。不要安慰我，我想得比谁都开。只是我是个念旧的巨蟹座，啰啰嗦嗦的总是想很多很多。"

写成这样刻骨铭心的快乐，泪如雨下的快乐，无言。

■ 我们不想看见你的臀部

语出美国议员安妮特·拉迪格。在起草有关禁止穿着低腰裤的法案时，她这样说道。她的原话是："我们传达的信息很明确——我们不想看到你的臀部。""禁止穿低腰裤法案"的新闻背景是，在美国的路易斯安那州，新近又有两个城市禁止民众穿露出内裤或臀部的低腰裤。

据称，已然全球流行的松垮低腰裤最早出现于监狱——监狱不允许犯人系腰带，以防止腰带成为上吊或鞭打的工具。二十世纪个世纪八十年代后期，这种裤子出现在说唱音乐录影带里后，深受滑板少年、高中生青睐。

已通过相同法案的亚历山德里亚市对违例者的刑罚是：罚款最低二十五元，裤子每下滑一次，罚款额都将随之上升。

▌我一代

语出二〇〇七年十一月第一周出版的美国《时代》周刊作者西蒙·埃勒根特文。埃勒根特认为，在中国，"我一代"人群年龄在二十至二十九岁之间，这个年龄段的年轻人目前在中国近两亿，他们是中国过去和今天的连接者，是中国现有经济发展的推动者和受益者。

文章说，根据瑞士信贷第一波士顿银行最新调查显示，在过去三年里，二十至二十九岁的中国人的收入增加了百分之三十四，增长幅度超过其他所有年龄组。在描述"我一代"族群的特点时，埃勒根特说，他们唯我独尊，以自我为中心，缺乏政治热情，沉迷于消费主义、互联网和视频游戏。

与上代中国人比，"我一代"大都受过良好的教育，更聪明也更世俗。埃勒根特说，"我一代"强烈的自我意识以及不谈政治的实用主义人生观使他们很有可能成为执政党的救星：只要执政党能持续带来经济发展的好处——"我一代"是中国经济持续发展的主要受益者。

直觉说，埃勒根特所谓"我一代"应该就是我们这里的烂俗概念"八〇后"？不同的是，埃勒根特没有像我们的概念制造那样，死追小四、韩寒的八卦不放，致使"八〇后"概念日益干瘪空无，而是用"百分之三十四"这样的统计数据支撑起"八〇后"人群的钱袋要害。

它使得"我一代"概念中的那个"我"，那个潇洒务实功利时尚的"八〇后"样貌浑圆，轮廓清晰，颇具说服力。

无景点旅游

国庆长假，各人忙各人，其中有一种"出行DIY"被称之为"无景点旅游"，亦有"半自助旅游"、"懒人游"、"自由行"、"自助游"、"自驾游"等多种变称，概念相近。其特点大致即在抵达一个模糊目的地的途中或抵达一个大致的陌生城市后，漫无目的、全无景点地闲逛，随心所欲安排行程。

专家称，"无景点"旅游带有异地性、业余性、享受性，它是都市群体摆脱现有社会角色压力，在异地城市短期体验陌生生活方式的一种短期行为。其优势在于旅游成本低、等候时间少、自由度高等。它有助于游客看到更自然、更真实的异地景观，并体验自由自在的心灵宁静。

在我看，"无景点"之类也是年轻人潜意识中对"景点"的一种反动吧？它是对某些既定价值或意义的一种扬弃，跟写没稿费的博客、没人颁奖的妙文、全无诺贝尔指望的短信、段子、笑话、故事在本质近似：它的"回报"是身心愉悦，它的"嗨"是喜欢，它的"无怨无悔"是因为它原本就是自凿的佛龛自请的佛，自己烧香自己供理所当然。

像有人在拉无穷大的手风琴

某日，读王朔《致女儿书》。首段很大片，百感交集的回忆与幻想像浓缩鱼肝油一样掩蔽其中。

是，浓茶水样的焦虑比比皆是，可如果是为幻灭或不朽，怎么想怎么不值。比起《我的千岁寒》，王朔对语文节奏的控制重新浮现，只读首段，即顿感意外，它不长，却朴素得相当豪华：

"有一天夜里，看见这样一个画面，夕阳里，一座大型火车站的道口，很多列车在编队，在进站，层层叠叠在一起，像有人在拉无穷大的手风琴。"

小偷在我家过了一个黄金周

语出南方都市报刊载的一则社区新闻，广州一小区住户国庆长假期间探亲访友九天后回家，发现家中被盗。除首饰、现金等约近四万元私人财产被洗劫一空外，盗贼还稳稳当当在被盗住户家中开火做饭饮食男女无比惬意——警方从被盗住户家厨房一堆没洗的锅碗瓢盘中得出如上判断。记者采访被盗住户，住户说："小偷在我家过了一个黄金周"……要说和谐，这也算一种？姑且名之为"另类和谐"。想想说，此盗贼不仅富于生活情趣，还真不把自己当外人：随遇而安，走哪儿吃哪儿，心胸开阔，不忌生熟。二十一世纪，这类"人才"将越来越多？

易建联日

密尔沃基市长巴雷特宣布，二〇〇七年十月七日为密尔沃基市的易建联日，这是第二个以中国球星命名的城市节日，二〇〇二年十二月十一日，姚明也曾享受过同样待遇，休斯敦市市长在那一天宣布十二月十一日为休斯敦市的姚明日。

这种命名方法大有借鉴推广的可能吧？一年三百六十五天，这个资源此前却被我等忽略，有点儿浪费。随着英雄消失名人诞生世界趋势的愈演愈烈，我等无妨将身边此起彼伏的名人按黄道吉日分别依次排开，分别设立诸如蕾日、春日、屹日、朔日、文日、雨日、岩日、寒日、凹日、明日、晃日、冰日、畅日……以此表彰他们对丰富我等业余文化生活所作出的持久贡献与努力，多好啊。

它成本低，好操作。接着这"日"那"日"，还可联络挂历厂商，在新年度到来之前，抢先刊印带有各位名人大头贴的万年历，互惠共赢，再创辉煌。

月文化

伴随"嫦娥一号"成功升空，与"月文化"相关资讯在媒体上连篇累牍。我对月文化此前点点滴滴，稀里哗啦。凑热闹，补课。得知"月文化"带有全球性：

在日本，绕月探测卫星叫"月亮女神"，其昵称为"辉夜"，取典自日本家喻户晓的"辉夜姬"，她是日本古老传说《竹取物语》中的主人公，而后落入凡间，民间称之为月亮公主。

在美国，登月计划的名称为"阿波罗"。这个命名出自古代传说，太阳神阿波罗是宙斯与黑暗女神勒托的儿子，是月亮女神阿尔忒弥斯的胞弟，他掌管光明、诗歌和音乐。

在印度，探月探测器被称之为"月亮车"。在印度，"月亮之神"的意思是"明亮和耀眼"。印度学者阐释说，月亮之神为男性，有四只手，一只手拿着权杖，一只手拿着长生不老的仙露，一只手拿着莲花，剩下的一只手处于防御状态。

在俄罗斯，太阳、月亮被比拟成夫妻关系，其中月亮神被比作男性。天空中的乌云密布、电闪雷鸣被认为是这对夫妻争吵激烈时的对应现象。

在欧洲，其月文化深受希腊神话影响。传说中的月亮女神阿尔忒弥斯是希腊奥林帕斯十二主神之一。在欧洲人眼中，月亮女神代表"永远占有"，它体现着西方人性格中自私、索取的一面。

归结起来：在中国、日本、欧洲的月亮想象中，月亮为女性，在美国、印度、俄罗斯的月亮想象中，月亮为男性。三比三，平。

▮ 这个可怜的女孩不知道该不该和我说话

《纽约每日新闻》的一则报道说，美国前总统克林顿在出席妻子希拉里六十岁生日派对时，开场白无比煽情："我们相遇时她只有二十三岁——这个可怜的女孩不知道该不该和我说话。"

这段玩笑杂糅深情（一说肉麻）、兼顾自夸的开场白赢得满堂喝彩，希拉里甚至为此"一度哽咽"……在我看来，在汉语里，"深情"与"肉麻"原本就是一对孪生"范畴"，不同的只是角度有异。

汉语里有个词儿叫"体己话"。我理解的是，说出得体的"体己话"的第一要素，即它非要十足肉麻不可。否则，很容易被混淆为"豪言"或"评语"。

而如将"体己话"放大到视频或博客或《国际先驱论坛报》之类的页面版面上，"肉麻"之说常被善意地置换成"深情"、"柔情"之类的抽象。

编辑们不愿因此刺激日渐不懂"肉麻美学"的读者或听众？果然慈悲。

这绝对不是我干的

一天，以经典恶搞《一个馒头引发的血案》为蓝本、以姜文新片《太阳照常升起》为对象的恶搞视频《屁股血案》开始在网络流传。记者为此事采访"馒头"教父胡戈，胡很冤枉："这不是我干的，这绝对不是我干的！"

模仿"馒头血案"，"屁股血案"亦借用央视法制节目《今日说法》外壳，将短片包装成"法制照常播报国庆特别节目"。虽恶搞短片制作上远比"馒头"精良，但亏在创意，影响力一般。

有趣的，是"胡戈"所不得不面对的"株连"之累。无论做哪类"教父"都不仅会按时收到掌声、鲜花或见面礼，也还要将臭鸡蛋、烂菜花、坏名声等照单全收。"你演了一个茄子，所有的紫色都将属于你"……这话是好多年前艺人宋丹丹说的。

这是一个有牙齿的提案

语出美国针对消费品安全的一个新提案。上面这句话是对这提案的一个褒义性评价，意为这提案"有力量"，"全方位"。一直喜欢这种富于表现力、想象力的语文……而它居然出现在"公文语文"中，实在让人大跌眼镜。

语文表述中，一般性陈述越来越多，也越来越乏味。在网络时代，它们速生速朽。我的感受是，语文最先需要突破的，即一般性陈述，创造出一种被自我想象自我经验温暖过的特异性陈述或文学化陈述……反正文学早就死了，它的位置让位给芸芸网友，一点儿没浪费。

除上面这句，曾读到的"特异性陈述"还有很多。

如来自记者孟静：俗语"吃醋"到她那儿变成："我心中的醋可以蘸饺子"；

如来自某网友：俗语"脑袋进水"到了他（她）那儿变成："我脑袋里的水可以养鱼"；

如来自某网友留言：网友 cheri 说："我眼里的泪可以把五湖变四海。"

赞一个。

职倦

"职业倦怠症"的简称。在诵读过程中，建议切记将舌头捋直了再念。我个人的实验结果告诉我，它很容易被念成"纸卷"。

"职业倦怠症"亦称"职业枯竭症"。专家称，它是一种由工作压力等复合复杂原因引发的心理枯竭现象，上班族人群为"职倦"多发人群。"职倦"是一种由工作重压导致的身心疲劳，一种内心的疲乏、厌倦与无力。

为此，专家开方无数。可我觉得，要说简单，"手机短信"就能治这毛病。有条经典短信说："人不能太敬业了：董存瑞拿得太稳了，刘胡兰嘴巴太紧了，邱少云趴得太死了，黄继光扑得太准了，张思德跑得太晚了，白求恩会得太多了……教训啊。"

这短信猛一看有点儿那个，可仔细想，其本意未必对革命英雄有那什么，不过是将这些红色符号当成比附的起跳点，告诫那些凡事逞强、吃屎都吃尖儿的主悠着点儿。当一个人的"执著"变成"着魔"，所谓"追求"也就很容易变成"追个逑"。

只且将一支秃笔长相守

语出作家宗璞新作《告别阅读》出版。记者郑嫒为此书出版采访年届八十高龄作家宗璞，成文"八十宗璞无法阅读，就学着在黑暗里倾听"见报，报道中有多处宗璞自白：

"在父亲的最后几年里，经常住医院，一次医生来检查后，他忽然对我说'庄子说过，生为附赘悬疣，死为决疣溃痈。孔子说过，朝闻道，夕死可矣。张横渠又说，生吾顺事，没吾宁也。我现在是事情没有做完，所以还要治病。等书写完了，再生病就不必治了。'我只能说'那不行，哪有生病不治的呢！'父亲微笑不语。我走出病房，便落下泪来。"

"对于从小躲在被子里看小说的我来说，不能阅读真是残酷的事。我觉得自己好像孤零零地悬在空中，少了许多联系，变得迟钝了，干瘪了，奇怪的是我没有一点儿烦躁。既然我在健康上是这样贫穷，就只能安心地过一种清贫的生活。我的箪食瓢饮就是报刊上的大字标题，或书籍封面上的名字。"

"一个夜晚，我披衣坐在床上，觉得自己是这样不幸，我不会死，可是以后再无法写作。模糊中似乎有一个人影飘过来，他坐在轮椅上，一手拈须，面带微笑，那是父亲。'不要怕，我做完了我要做的事，你也会的。'我的心听见他在说。此后，我几次感觉到父亲。他有时坐在轮椅上，有时坐在书房里，有时在过道里走路，手杖敲击地板，发出有节奏的声音。"

"我坐在父亲的书房里，看着窗外高高的树。在这里，父亲曾坐了三十三年。无论是否成为盲人，我都会这样坐下去。"

在我们这儿，事关一个作家晚年生活情状的报告通常假大空，无非老骥伏枥志在千里不待扬鞭自奋蹄之类，其实，哪有那样风光？郑媛报道中当事人的多则自述语文不避老态，不避伤逝、羸弱、无助与怅惘，还原出一个真切的、经验的、可感可念可叹可哀、一件旧风衣似的晚年，将"夕阳无限好只是近黄昏"的古意用一种现代的窃窃私语自说自话自解自嘲式的呢喃呈现而出。

宗璞写过一首自述生平的《托钵曲》，曲云：

"人道是锦心绣口，怎知我从来病骨难承受。兵戈沸处同国忧。覆雨翻云，不甘低首，托破钵随缘走。悠悠！造几座海市蜃楼，饮几杯糊涂酒。痴心肠要在葫芦里装宇宙，只且将一支秃笔长相守。"

这曲子听上去悲复悲哉，可那悲绝的最深处，有坚韧，有风骨。

█ 做两个同样的梦将是件无趣的事

导演姜文新片《太阳照常升起》公映前后相关评论、讨论、争议四起。影评家卫西谛著文发表观感："对于《太阳照常升起》，有这样一种说法，大概是'你可以一遍不看，但一定得再看一遍'。"

卫说："我觉得这部电影'可以看一遍，不必再看一遍'。'可以看一遍'是说，它是中国院线里的稀罕物，很多人可能没有见过这么一意孤行的东西，满眼睛色彩，满耳朵旋律，直让人心潮澎湃，甚至目瞪口呆。"

"'不必再看一遍'是说，它未必那么好看，也未必那么难懂，更何况姜文说这个电影就是自己的梦，做两遍同样的梦将是件无趣的事。"

█ 作家的文采、训诂家的眼界、愤青的心态

学者李零作品《丧家狗：我读论语》面世，学者陈明发表评论，标题："学界王小波或者王朔: 我读李零《丧家狗: 我读论语》"，上为该文中的一句。文章没看见，标题看见了，以为是表扬。一天，看学者徐来评论陈文，才知根本不是表扬。是什么呢？很复杂。

徐来说："在这三项评价中，'作家的文采'不过是句客套话，'愤青的心态'则满是骂人语，不足观。'训诂家的眼界'才是问题的核心……陈明知道，李零身兼'三古'之学，在考古、古文字与古文献研究方面均有建树，论训诂功力自己当然比不过。于是对此做了一个'只见树木，不见森林'的比喻，并最终引导向'管窥蠡测'、'盲人摸象'。"

"陈先生的言下之意，考据之学纯粹只是单纯的知识积累，却并非在道德、伦理层次上对圣人教诲的深入领会，甚至可能会成为深入领会的重要障碍，亦即知识越多越反动。"

"不过，陈明也没能从文献层面上反驳李零，只是批评李零说'孔子靠学生出名'之类的细节。需要提醒陈先生一句的是，其实不仅孔子是靠学生出的名，连孔子的学生，出名也靠着自己门生后学的鼓吹。层层叠叠历朝历代的鼓吹，最终全都集中到孔子的身上，神圣的外衣就是这样披上去的。"

"今天，陈明等诸先生所做的，无非是在孔子身上再刷一层金漆罢了。"

徐来洞若观火。这句子果然非批评表扬之类可以概括。很复杂。

EPOCHAL DRAMA, PSYCHOLOGICAL PLAY

《苏三起解》变成了大合唱

语出作家连岳。他在一篇名为《惯骗没有承诺权》短文中说到上面这句话。原文第一段如下：

"'洪洞县里无好人'，《苏三起解》的这句唱词，是政治不正确的地域歧视；不过一代代听众考虑到苏三的奇冤，都会许她发泄一下情绪吧？洪洞县里有好人的，十二月五日，在洪洞矿难里死亡的一百零五位矿工，他们都是可怜的好人。还好唯心论被打倒了，没人相信有冤魂，不然那些活着的责任人，可能会听到《苏三起解》变成了大合唱。"

"《苏三起解》变成了大合唱？"这幽默很黑，黑到极限，黑到声色俱全诡异飘忽……为此，我甚至情愿相信冤魂都在，一个不少。

索性依照连岳的鬼马之喻，请一位作曲以《苏三起解》原为蓝本，重新填词制作出一首"死难矿工之歌"然后合之唱之，刻成光碟，每位健在的矿难责任人人手一碟，并规定他们每日子夜时分聆之听之至少十遍之上，岂不快哉？

聪明实力

语出美国某研究机构针对布什政府多年来的外交政策所提出修正策略。所谓"聪明实力"，系指熟词"软实力"、"硬实力"之外的第三种实力，即综合软硬之优后的那种实力。

放大这个似乎新鲜的说法，它与熟词"情商"（EQ）多有点近似，只是放在国家语境中，你要说一个国家情商不高，多少有些"过度拟人"？

我们无妨将"聪明实力"理解为一种处世态度，一种巧劲儿，一种综合硬软实力的现挂，一种傻乎乎的混沌状态，一种不计较细末得失的、只顾一股脑聪明、无暇孤芳自赏的聪明？

这是瞎猜的，是对是错不知道。

二线头，一线尾

语出著名报人奶猪。在一则畅谈"通胀"严肃话题的短文里，奶猪嘻嘻哈哈……奶猪语文魅力恰在于她尤擅长将嘻嘻哈哈与锋芒毕露搅拌在一起，放进微波炉里煨上三小时，端出一小碟撒满青绿色灌装芥末的小米红枣粥。

奶猪写："国内某二线头一线尾女明星，半年前被包价格为七天一百万；一个星期前变成三天三百万，还是折后。看谁敢说中国没通货膨胀。"

其中最妙处是，奶猪的提示告诉我们，至少在娱乐圈里，当下最为张扬、勤奋、奋斗且不惜一切代价的，不是一线明星、二线明星乃至三线明星，而是位居"二线头、一线尾"的那些男娃女娃。

此精准描述概括其实也广泛适用于当下其他诸多圈子——在作家圈、地产圈、八〇后圈、电影圈、小资圈、养基圈乃至医药圈里，最活跃也最少道德意识乃至羞耻感的，常常正是那些头尾交界处的后生们。

反精致

语出美国《名利场》杂志短文。该文哀叹富有魔力的华府宴会时尚风潮魅力不再，华盛顿的名流们正在成为大卖场的拥趸，他们会和普通人一样抢购大罐去皮蒜和大卷卫生纸。

"华府社交名人、肯尼迪中心名誉理事巴菲·卡夫里茨说，现在的私人宴会已越来越不正式了，连英式烤牛肉都不见了。我们甚至开始用普通的肉饼宴客。"

评家称，这番"反精致"风潮是富人们面对经济动荡的一种应变之举。为此，五角大楼附近的富人区已成为零售企业新的经济增长点。

"我不需要花钱来支撑自尊。"前面这话是以修车厂起家、财产净值达二十二亿美元的富人约翰·高德维尔所言。这种话说得比"节约生活"、"节俭生活"之类哲学了许多。我们这里的名流们呢？还要学习吧？

国标馒头

二〇〇八年第一周，国家标准委联合国家质检总局联合发布的《小麦粉馒头》国家标准正式实施。该准则对馒头在感官方面要求馒头形态完整和美观，应该是圆形或椭圆形，没有褶皱、斑点。这一标准很快成为网络热议话题：最热最软话题。

别紧张，让我们轻松一下吧……假使，国家新闻主管仿照如此标准，制定出一个新闻话题标准，要求此后举凡新闻话题，必须是一个圆形或椭圆形的话题，没有褶皱、斑点，并要求其话题气味有小麦香，话题体积既不太小也不太大，话题水分小于或等于百分之四十五……

当然，当然%￥#@也是可以的，也不是没有可能的，可问题是，如此"国标话题"如何操作？

瞬间，各种"馒头"话题纷纷下届。如"长发"，据称为"馒头"嫡亲，为苏北地区逢年过节都要蒸的一种"非国标"长方形的馒头，名为"长发"，含"长久发财"之意，取其吉庆之意。

再如"开花馒头"，据称为"馒头"表弟，顶端成花苞欲放状，味微甜。

再如"花卷"，据称为"馒头"的远房表妹，喜欢臭美。它是花枝招展版的馒头，是没有实际内容（馅儿）的包子，亦称主食界的八〇后。

哈八

一天，哈利·波特之母罗琳在接受《时代》周刊采访时表示，如果写"哈八"的话，主角可能会是哈利·波特的后代……这个"表示"很让我失望。在我看，"哈八"不能写啊。主要原因是，我觉得，一个不懂得完美退隐的老大不是好江湖。其次呢，"哈八"这个中文压缩短语也太难听了吧？你看人家佳能，G系列在出到"G7"后，直接就出"G9"了。为什么？不想也知道啊。"哈八"……*（）#￥%&？怎么想，怎么二。

很黄很暴力

一天，出自 CCTV《新闻联播》、由一名十三岁女孩脱口而出的上面这则短语成为二〇〇八第一流行语。伴随此语流行，"很什么很什么"也成为使用频率极高的流行句式。

这个短句其实很简单，可附着在其后面的内容与其所传递的信息芜杂不堪。它像一个携带了多个 USB 接口的转换器，同时传递着来自四面八方的海量信息。一句话，说不清。

那位十三岁的小姑娘有点儿类似早间年刘心武成名作《班主任》中的人物谢惠敏，在二〇〇八年第一波舆论混战中成为多重替罪羊，备受伤害，承受着来自不同语境中风马牛不相及的各式"暴力"。

这个句式的快速传播与快速裂变几乎同步。从原始版"很好很强大"，到爆发版"很黄很暴力"，再到后续版"很傻很天真"几乎就在同时完成。其毋庸置疑的剽悍语感不仅显示其统领二〇〇八全年流行语的可能，跨年流行也不是没有可能。

证明是，在接续冰雪灾害及艳照门事件后出现的"恒源祥"恶俗广告、"刘羚羊"PS 事件等新闻事件中，本句型的套用频率已抵达峰值。

当"很好很强大"衍生出"很黄很暴力"、"很傻很天真"、"很恒很源祥"、"很假很坦白"、"很红很爆发"、"很色很无耻"、"很乐很 OPEN"、"很累很混蛋"、"很爽很摇滚"、"很丑很封建"等一大家子七舅八姑的亲眷后，任何人为清除、摒除的努力均属无效。

表述上的方便，是促成一个句型快速传播和流行的原因之一。再有一种原因，即这种句型的流行与单纯的流行语不同之处在于流行句型本身具有较大互动空间。

与诸如诞生于二〇〇七年春晚的那句"你太有才了"相比，"很什么很什么"中的"什么"的部分，是需要使用者自行填空的。这个填空的余地即所谓互动空间，创造空间，想象空间，它恰当的引用流行语更富于挑战性。

是，最具兼容性的句型也会有局限。尤其是当它应对繁复多端、斑斓芜杂的现实生活时，套用现成句型难免将复杂稀释为简单。而当一种简单化表述成为语文表述的习惯性选择后，"真相"的揭晓多半遥遥无期。在这个句型不可遏制的泛化中，我见到的一句是"很小很强大"，这个句子与任何新闻事件无关，它不过是一家网上商店为一款笔记本电脑拟定的广告词；另一个相似的例证在二至三的例证出现过——那句"很累很混蛋"其实是一位网友对自己二〇〇七年生存状态的一种概括。它一点不剽悍，反是内藏酸楚。

■ 红灯笼

用以代之中国国家大剧院标志。这标志远看很眼熟……面对它，难免见仁见智，但据媒体说，设计者称，它远看果然很像"红灯笼"。这一大众化、国家化、中国化的阐释本身会让很多纷争不灭自消。美术上的事在大多数情况下是没有标准的。有强势的梦幻符号、国家符号作为一个"设计作品"的背景色，所有关于这一集约式语言符码优劣的讨论皆因力量悬殊而全无意义。

活人不能让蚂蚁憋死

"赵本山蚁力神"事件后不久，"蚁力神"及其相关语词在搜索引擎上"被和谐"。上面这个奇怪的句子属为避免"被和谐"而走技术路线后编造出的一个句子，它改编自俗话"活人岂能被尿憋死"，作者潘采夫。这个句子里果然没有出现在搜索引擎上已"被和谐"的那三个字，可也果真没被"憋"死，可喜可贺。汉语的魅力在遭遇如此语境时，往往更富魅力，魅力四射。

站在"蚂蚁门"前，王小峰用"爬行小动物"、和菜头用"蚁附蝇集"、"蚁穿九曲珠"、"蚁斗蜗争"、"蚁拥蜂攒"、"如蚁慕膻"等为丰富汉语的表述方式做出了积极而极富建设性尝试。

年根儿底下，总是会有点儿累，有点儿闷，有点儿颓……原以为"年度成语"非"正龙拍虎"莫属，却没想又多出温和其表尖锐其里的"活人不能让蚂蚁憋死"，让我有点为难。

对，一边傻笑，一边为难。

家事

语出电视人陈晓卿博文，标题为《在上海仰望北京》。博文从那数日在上海撮局凡局必"胡"（胡紫薇）必"斌"（张斌）说起，谈到北京人的"空大"与上海人的"务实"，妙语成堆。

"家事？"说到这个词儿，一位上海朋友大为不屑："北京人都是屈原，都以天下为己任，哪里有家事？"

上海朋友列举 CCTV5 年末视频活报剧中，女主角的独白里引用了法兰西外长名言，并就此：在上海人看来，北京人都很大气。

另一位朋友附议此论，并以一坨小故事论证。故事来自十年前。说北京的街边上，一个卖冰糖葫芦的和一个卖烤白薯的聊天。

糖葫芦：您这最近生意不怎么样啊。

烤白薯：可不？看的多，买的少。

糖葫芦：因为什么呀？

烤白薯：还不是因为 TMD 的亚洲金融风暴？

糖葫芦：全球一体化啊！我这儿也受影响。

烤白薯：是吗？

糖葫芦：暖冬！您瞅这葫芦上的糖稀，愣不凝固。

烤白薯：真的，看来这发达国家温室气体排放是得控制控制了。

糖葫芦：这不，联合国刚刚通过了《京都议定书》，听说美国还不大乐意……

烤白薯：TMD 的美国鬼子。

陈妙笔生花。由他转述的这个陈年老段子放大了北京人话语方式中的空与大，在不经意之间将上海人的务实作为背景，一明一暗，相映成趣……二○○七年有让天下掩口的"家父门"，这才年初，自动又有了"家事频"……趣事要来一定成双？

■ 贾奥运

　　语出德国《世界报》记者约翰尼·埃尔林短文。短文说，自二〇〇一年七月十三日获取奥运主办权至今，已有三千四百零九十一个新生孩取名"奥运"，其中男婴三千二百一十六人。另外，还有四千四百四十九名女婴以"福娃"或"贝贝"、"晶晶"、"欢欢"、"迎迎"、"妮妮"中的一种入名。而奥运金牌获得者"刘翔"目前的重名人数已有一万八千四百六十二个，"姚明"的重名人数已有五千五百零九十八个。

　　这种主动、自愿、欢天喜地将出于时事、政事、文体大事之专用名词吸纳入名，在我们这里历史悠久。我大学同学的同学的同学的同学，姓胡，上世纪五十年代生人，"文化大革命"期间赶时髦，更名"胡卫东"。某日，革命小将查户口，当得知胡某名"卫东"时，怒火万丈，挥拳痛殴之。一边殴一边振振有词："卫东你还不好好卫，让你胡卫！让你胡卫！"

　　今事旧事混杂一处，让人不妄想而不能……假使今秋贾府添丁，娃娃取名"贾奥运"，今冬苟家弄璋，小子取名"苟奥运"，写出来还算好，真要念出声儿，歧义丛生不说，也属大大不恭。更有甚者，如果姓"史"名"刘翔"，姓"朱"名"姚明"，那对如许体坛宠儿到底算是敬还是亵？是希望揩油沾光还是闹成个鱼死网破两败俱伤？

■ 精神福利

　　一天，收入新词"精神福利"。

"精神福利"不是"精神病患者"的"福利"，而是指企业在物质奖励之外，对员工精神状况的一种关照与扶助。世界上有些企业开始关注"精神福利"。具体做法，是花钱购买一种专门服务，简称"EAP"，将其作为一种福利提供给企业员工。

"精神福利"的主要功效在于帮助员工克服职场困境。具体操作办法通常是，邀请心理专家对员工进行详细的心理调查，包括心理健康、工作满意度、自我接纳与接纳他人、幸福感等，通过单独访谈、焦点座谈会等方式，帮助组织成员克服工作压力导致的心理方面的困境。

评家谈瀛洲认为："'精神福利'是相对于物质福利而言的鼓励、安慰、荣誉、夸奖等精神奖励。过去单纯依靠精神福利鼓舞员工不对，但像这二十多年这样过分依赖物质福利激励员工，也有偏差——物质福利，好比生活中的盐，一日不可缺少；精神福利，好比生活中的糖，最好也能来一点儿。"

■ 雷桂英

二〇〇七年十二月十三日，南京大屠杀七十周年纪念日。南京大屠杀纪念馆新馆选择在这天开始免费对公众开放。新馆新添三千多件文物，其中有个小的玻璃瓶，内装高锰酸钾。

这件展品是今年四月离世的雷桂英老人生前所赠，小瓶中所装高锰酸钾是侵华日军让慰安妇清洗下身时所用的消毒品。

二〇〇六年四月，雷桂英老人在其养子唐家国说服下，将自己九岁遭到侵华日军强暴、十三岁被骗慰安所做慰安妇一年半的屈辱经历公之于众，成为在世亲历者中公开慰安妇身份的第一个人。

理想够大，衣服够小

语出好莱坞女星帕丽斯·希尔顿。上海走秀后接受媒体采访时，帕丽斯称自己是一个有远大理想的人。针对这个充满豪情的自我期许，《南方都市报》记者就其时身着鲜红超短旗袍，发表如上"观感"。

两分五十九妙

二〇〇七年十二月二十八日下午发生在央视五套更名仪式上的一幕突发事件成为岁末年初最为八卦的社会话题，众网友对此津津乐道，无情想象。好事者甚至为那短暂的"两分五十九妙"视频编写出类似"电影剧本式"的文字描述，为无缘目睹"两分五十九妙"视觉"震撼"的读者备案，周到备至。

未出三日，当事人胡紫薇的博客被和谐。与之同步，匿名网友自建的胡博客"春风吹又生"。

"有风度地退场"（一说"有风度地对抗"）一句，快速成为大众茶余饭后从牙缝里剔出的肉屑……虽无大用，但总归比无聊着无聊要好很多。

还有一句"肉屑"很贵重，其传播度与认同度也高度一致："中国在能够输出价值观之前，不会成为一个大国。"

是，尽管大家都难逃"成为被删节的小片段"的卑微下场，可如许视频、文字、链接的"战壕真实"仍以诸如"你搜索的页面并不存在"之类的"小字"作为它们曾经存在的遗址罪证而被万众凭吊。

在这一语境中，"被删节"等于被放大，被镌刻，被强制不朽……如此庙堂与大众间的永恒博弈好生吊诡。

▌没有福气看你白发苍苍

一天，忽发现在二〇〇七年年末人大教授余虹自杀事件的众多议论中，有一句被我忽略了。感谢作家庄秋水收藏此句。

这句"没有福气看你白发苍苍"据说是余教授学生的一个感言。它是一个小小的伤逝之慨？里面还折叠着万千期许一丝懊恼？没人知道。

它甚至有一缕爱情的清香？相恋的迷惘？还是没人知道。永远没人知道了。

▌年纪轻的杨振宁希望你不再结婚

一天，在书店见杨振宁作品集《曙光集》上架。该书精选杨振宁及其友人所写文章五十余篇，并由杨振宁妻子翁帆逐一编译、编辑整理而成。

在所有有关本书的"新书消息"里，杨氏夫妇的婚姻生活成为"焦点"。在通常不过千字文的新闻消息中，"三四十年后，大家一定认为这是罗曼史"

（杨振宁语）这句话格外抢眼。

书中传主自曝二人婚后一段对话——杨振宁曾跟翁帆说："将来我不在了，我赞成你再婚。"

这段对白的"脚注"是杨博士的另外一段话："赞成你将来再婚，是年纪大的杨振宁讲的；年纪轻的杨振宁希望你不再结婚。"

这则新书消息在中国书业名人图书中并不多见：它有率性的坦诚，也有难得的高调的、磊落的陈白乃至一些稀罕的来自一个老理科生的幽默。

它的潜台词也许是：既然大家都一对名人夫妇的未来关注备至，那么不妨公而开之，将这桩婚姻的前世今生和盘托出……看你们还说什么？

当然，一本诺奖得主散碎文字的《曙光集》本来有十大意义，可在其传播过程中，只剩下了第八个意义，杨振宁翁帆会有遗憾，你会有悲哀：这个社会包括我们自己更在乎的，果然只是那些琐屑的"八"皮毛的"卦"。

■ 浓妆腔

语出日本东京大学中文部教授藤井省三，他是在一篇针对林（少华）译村上春树的批评时顺手创造了这个语词。藤井省三说：

"村上作品用的是'口语体'，唯有最大限度传达这一文体或风格的翻译才是'良质'翻译，而林译本用的却是'文语体、书面语体'。"

为此，藤井还引了《挪威的森林》中的一段译文，把林少华的翻译和叶惠译的香港版、赖明珠译的台湾版进行了对比，认为林译"浓妆艳抹"……所谓"浓妆腔"，即此。

这番译文优劣探究有趣有益。它提示出文化传播中普遍存在的时差与误读，提示出一个著名作家的跨国遭际，同时，它也从一个侧面反证出村上春树在中国读者心目中的重要。

更有趣的，是藤井省三有理有据开列出来的"译本比较"让我想起粉丝们关于塞林格、马尔克斯、巴尔扎克、雨果、奥威尔等著名作家名作诸多中译本的讨论。

在我看，这些讨论终哪怕并无标准答案，可其议论风生本身所指，已是一种精致的精神生活。

好多年前就有人假设，加入王朔外语好，加入王朔愿意做一件幕后的事而不是总要亲自在前台翻跟斗拿大顶，由他翻译《麦田里的守望者》可说别有意味。有关那种骂骂咧咧的语感王朔之外，还有谁？

附：《挪威的森林》中的段落：

林译大陆版：玲子……缓缓弹起巴赫的赋格曲。细微之处她刻意求工，或悠扬婉转，或神采飞扬，或一掷千钧，或愁肠百结。

叶译香港版：玲子……慢慢弹起巴哈的赋格曲来。细腻的部分故意慢慢弹、或快快弹、或粗野地弹、或感伤地弹……

赖译台湾版：玲子姐……慢慢地弹起巴哈的赋格曲。细微的地方刻意或慢慢地弹、或快速地弹、或尽情挥洒地弹、或敏感用情地弹……

努力想象那删减的小片段

一天，歌手组合"羽泉"举办跨年度演唱会，演唱曲目以翻唱老歌为主。上面这个句子出自羽泉翻唱老歌《最近比较烦》。歌儿是老的，词是新的。填词人沈松。沈松又称"鬼马词人"。

原句为："最近比较烦比你烦也比你烦，我梦见了和汤唯一起晚餐；梦中的餐厅灯光太昏暗，我努力想象那删减的小片段"……这句歌词从那个漫长的重新填写的口水歌词中"脱颖而出"，是因为其"准现挂"即时效应。

巧的是，同一周，读到作家比目鱼的二〇〇七贺岁帖：《史上最牛名人派对》。在比目鱼的帖子里，汤唯也来了：

"电梯门开了，我信心十足地走了进去，身后跟着进来一个女人，然后电梯门无声地关闭了。我抬头一看，发现那个女人正是《色｜戒》的主演汤唯。"

"汤唯忽闪着大眼睛望着我，然后温柔地对我说：'亲一下吧！'我顿时心跳加速、面红耳赤，尴尬地站在原地不知如何是好——直到汤唯放慢语速把刚才的话重复了一遍：'揪一下八！'"

如是种种，有趣固然，但其运用纯文本咬合现实、分享个人想象和个人经验，是其快速传播的主要原因。

而诸如此类的更大背景在于当下都市人内心深处的文化寂寞。面对二〇〇八乃至高速奔腾的数字岁月，谁不渺小？又有谁不会成为被删节的小片段？

■ 朋友价

一天，电影《投名状》明星片酬曝光。李连杰片酬一个亿，刘德华片酬一千六百万，金城武片酬一千二百万，徐静蕾片酬二百万。

据悉，导演陈可辛为此异常恼火。在陈导反复的解释中，"朋友价"是被他用到最多的语词。李连杰的一个亿是"朋友价"，刘德华的一千六百万是"朋友价"，金城武的一千二百万是"朋友价"，徐静蕾的二百万，也是"朋友价"。

这么看，陈导的朋友一个一个，可都够贵。而自此往后，我们再说到李连杰，无法以"史上最贵朋友"称之？

■ 破鞋随色狼

一天，读到网友笔落花开摘录的校园顺口溜一则，曰："南大本无美娇娘，残花败柳排成行。若有鸳鸯三两对，必是破鞋随色狼"……笔落花开记录下的南大到底是哪个南大搞不清，不过，这种记录再过些年月，会格外珍贵。

■ 普遍幸福主义

语出学者王先生文章。王指出，社会主义即"普遍幸福主义"。文章读完，感觉论据充足，论证条分缕析，论点鲜明突出……不过，我仍有疑惑。

你想啊，"幸福"这一概念多么模糊啊！它有时很硬——跟收入、住宅关系密切；可有时它又很软——假使有一天，我将医生的谆谆教诲抛诸九霄云外，细细致致吃掉一小碟道地的回锅肉，那种幸福感满满的，都会溢出来……

那前后一小时，我该多么的社会主义啊！这理解是否太不严肃？

■ 人脉存折

语出网友 xilei。这个新词的大致意思是说，据斯坦福研究中心发表的一份研究报告显示，一个人赚的钱，百分之十二点五来自知识、百分之八十七点五来自关系。有关人脉重要性，除这类"权威数据"强调，民间早有概括：如"人脉即财脉"，如"粉丝就是生产力"，有很多。

■ 忍看朋辈成主席

岁末，作协主席换届。记者木叶写短文一则，就作协诸位新晋主席发表感慨：

"全中国的作协颇有默契，铆足劲要把本省本市最具实力或貌似最具实力的作家推到主席的位子上去：王安忆连任上海市作协主席。贾平凹当选陕西省作协主席，方方当选湖北省作协主席，张炜担任山东省作协主席……当然，总舵主是铁凝。铁主席履职已一载。坊间最鬼马的评议是：忍看朋辈成主席。"

好一个"忍看朋辈成主席"啊。那个脱胎于鲁迅先生笔下的"忍"字，让人忍无可忍坏笑起来。

■融化的眼镜滴落在额骨上

一天，重新读到作家阿城怀念父亲钟惦棐的文字。在不同时间、不同地点甚至不同节气里，此文读过多遍，每次读，感慨殊异。文中"在热水里，父亲紧闭着眼睛，舒服得很痛苦"一句，还曾收入语词笔记？大概是。

十八岁那天，钟惦棐对阿城说："咱们现在是朋友了。"回应这句，阿城"以一个朋友的立场，说出了一个儿子的看法"："如果你今天欣喜若狂，那么这三十年就白过了，你已经肯定了你自己，无需别人再来判断。要是判断的权力在别人手里，今天肯定你，明天还可以否定你。"

其时，钟惦棐刚刚被摘掉右派的帽子。阿城的早熟自是在这段"朋友的立场"里和盘托出，可除此之外，还有父子间那股子冰冷的滚烫，无言的深情。

"我与大哥去捡父亲的骨殖，焚化炉前大厅空空荡荡，遍寻不着，工人指点了，才发现角落里摆着一铁箕，伏下身看，父亲已是灰白的了，笑声不再，鼻子不再，只有融化的眼镜，滴落在额骨上。"

"融化的眼镜滴落在额骨上"一句既似写实，又似非写实。它像飞扬的幻觉，喧嚣的深情……

谢阿城，这句我也收。

上帝也是单亲

语出一本图书书名。据悉，该书以"单亲家庭"为主题。面对这个书名，感觉蹊跷、诡异足够了，可制造如此蹊跷诡异的代价，是它完全剥夺了我等对上帝他老人家婚姻状况复杂性的无限想象。不好吧？

审红

一天，读新华社驻金边记者采访报道。报道说，由联合国和柬埔寨政府共同组建的审判前民主柬埔寨领导人特别法庭已先后收押多名前民主柬埔寨高官，其中包括前 S–21 监狱负责人杜奇、"民主柬埔寨"二号人物农谢，"民主柬埔寨"副总理兼外交部长英萨利和其担任社会事务部长的妻子英蒂丽，以及"民主柬埔寨"前国家主席乔森潘，并以反人类罪和战争罪对他们提出指控。

至此，在由于多种因素拖滞一年多时间后，"审红"终得大幅提速。

"民主柬埔寨"一词作为一个专指名词其实不长，但因其属性，它同时又有两个同位复指词，一是"红色高棉"，算形容词词性的名词，一是"民柬"，算压缩性名词。将"审判前民主柬埔寨领导人"压缩为"审红"后，当地人对此了然于心，可对外人而言，则需额外注释，否则极易混沌。老歌里有句词儿，叫"鱼儿离不开水，瓜儿离不开秧"……语词与语境，也如此吧。

■世态汉字

年底，日本汉字鉴定协会宣布，反映二〇〇七年日本社会世态的汉字是"伪"。该协会每年都会在年底从大量投稿中选出一个汉字表示当年的世态。据该协会称，在全部回收的"投稿"中，"伪"字"得票数"最高，约占全部投稿的百分之十八。

"MEATHOPE"、"白色恋人"，就连"不二家"、"赤福"、"船场吉兆"等知名老店也相继被曝光造假问题。此外，政治资金及养老金记录不全等问题也被列为理由。

排在第二位的是"食"字，第三位是"嘘"字（意为谎言）。再次为"疑"、"谢"、"变"、"政"。

"世态汉字"一称"年度汉字"，日本汉字鉴定协会从一九九五年起每年的十二月十二日举办这项活动，二〇〇七年已是第十三次。

■双份蓝

语出作家 btr。btr 出差北京，看什么都新鲜。面对北京上下班高峰期交通状况的感受是："那不是堵，那是五分钟两块钱的停车场。"这种感受我天天有，时时有，却麻木复麻木，懒得说，习以为常。

"这城市的困境在于：即使你可以用四种不同的方法描写堵车，那种绝望感也是类似的。"

这话也是他说的。那好，就着它，我可以说，关于这个城市的困境我已麻木，但那种绝望感硬硬的还在。至少 btr 的文字提示出它真的还在。

在另外数则"北京日记"里，btr 描述对北京天空的印象，有句说："这里阳光明媚。天是很直接的蓝。"另一句说："天空晴朗，双份蓝"……他这个"双份蓝"逗得我松开鼠标，往窗外瞥了一眼：

咦？今天，周末，果然，那么蓝。

看来，北京的死党发小们不仅需要外地的狐朋狗友穿针引线借机攒局见面畅怀痛饮，还需要过客们的新鲜感协助激活疲劳的审美或潜伏的绝望……他们无意中动了一下书桌上那盏老式玻璃台灯，让"灯下黑"好歹也亮上一次。

双份蓝。

■ 跳沙发

语出奥普拉脱口秀节目录制现场，其时，影星汤姆·克鲁斯参加节目录制，正被新恋情冲昏头脑的他在节目中过度表白他和恺蒂之间的浪漫。

节目录制时，汤姆·克鲁斯不但指天画地，还数度单膝跪地，最后，他甚至在节目现场的沙发上跳来跳去，让名嘴奥普拉在现场都不知如何应对。

此后，"跳沙发"（jump the couch）一词迅速成为美国新俚语，用以形容某人情绪一场激动，陷入不能自拔状态。

▌玩人气玩出人命

　　语出《解放日报》一篇时评文字。事由是，重庆市沙坪坝区"家乐福"超市进行十周年店庆促销活动，不幸发生踩踏事故。事故造成三人死亡、三十一人受伤，其中七人重伤。《解放日报》就此发表评论时用到上面这个句子，是标题。

　　此标题所针对的新闻事件很快会被忘掉。在信息时代，再大的灾难都只是瞬间爆炸，瞬间消失……可上面这个句子，我感觉至少不会比这则灾难新闻本身更快消失吧？

　　在这个简单的句子里，"人气"与"人命"之间常被忽视的那条连线被简明扼要提示而出。假使那些博客人气王、广告人气王、娱乐人气王乃至恶搞人气王们会因此开始警惕"人气"后面的"人命"，防患于未然，坏事也就变成好事，一曲共产主义凯歌再次奏响。

▌万能时评家

　　语出作家王佩。在王佩定义中，"万能时评家"是这样一些人：

　　"他们是 Google+ 偏见学派的传人，先预设观点，再筛选材料。他们可以洋洋洒洒写出一部立陶宛独立思想史，只要有人约稿，尽管动笔之前的二十四小时，还不知道波罗的海在地图上哪个位置。他们也可以滔滔不绝援引凯恩斯、弗里德曼、巴菲特、加菲猫来评述 CPI, FPI, QFII, QDII，只要他们认为此刻不该噤声。他们忽而是物理学家、动物学家，忽而是社会学家、女权学家。根据需要，在文科生、理科生、工科生和法科生之间，自由变换角色。当然，他们有几样"撒手锏"一直握在手中，"宪政"、"制度"是必不可少的，"自由"、"真相"是不能不提的，如果还能祭出几样"公民社会"、"公共空间"那简直就是完胜了，可以刊登在《心经报》上，并被各大门户广为转载。"

这个定义形象生动，精准确切，下次"现汉"修版建议直接引用，与现汉现有词条如"万金油"、"万年历"、"万事通"乃至"万用表"之类平起平坐。

■温胀

某学者在描述二○○七年下半年开始的物价颠簸，用词委婉，称之为"温和的通货膨胀"，这个词在我的词典里被直接压缩为"温胀"。

这个说法让人感觉很舒服，让各方人士都不至于脸红脖子粗地翻脸。从语词集合角度看，双音节语词一直被我认定为"压缩语词"的最后防线。在一个高度速度年代，除双音节语词外，别无更确切的压缩格式。

相关语词如"枪稿"，意为"枪手"所写稿件，又称"软广告"、"软文"；在如新词"软黄"。它是对李安导演作品《色｜戒》的一种俏皮定义，意为"微微带有黄色"。

不说"微黄"而说"软黄"，在一个小小的缭绕里，有点儿小厚道。呵呵。

■文化杂种

语出记者康慨关于美国硬汉作家诺曼·梅勒去世新闻特写。从康慨报道中得知，关于诺曼·梅勒，除去他二十五岁时完成的《裸者与死者》等一系列个性鲜明的作品外，他还是一个语词与狂言的制造者。

诺曼·梅勒一直是一个逆潮流而动的家伙，他自称"白种黑鬼"(White Negro)，用以强调自己文化杂种的身份；他反战，先反越战，后反伊战，为恶咒布什之流，造词"布屎们"(Bushites)。

关于人生，诺曼·梅勒的坦陈"我会不朽"；关于写作，他的狂言是，他会写出一部"让陀思妥耶夫斯基和马克思、乔伊斯和弗洛伊德、司汤达、托尔斯泰、普鲁斯特和斯宾格勒，福克纳，甚至老朽的海明威都要去读"的小说。

■我会用我的方式爱你，我的宝贝

一天，在 A 报读到娱乐红人杨二车娜姆向法国总统萨科齐的求婚宣言："我想对法国总统说，娶我吧，我会是一名模范妻子，我会用我的方式爱你，我的宝贝。"

这种话从杨二嘴里说出来，就算捏造百分百，我也会想：二人说二话，靠谱！

没曾想，没隔多久，又在 B 报读到一则花絮，称，日前接受一家法国杂志采访，萨科齐老妈快人快语，说："我希望他不要再结婚啦！我已经受够新媳妇啦！"

看来，虽则杨二求婚足够大胆足够热辣足够二，可真要圆梦成亲乃至举国欢庆，路仍够长，夜仍够长……我还当真了？

■ 我们都不是孤岛

语出作家王小峰博文《支持一下连岳老师》。王说："虽然我不是厦门市民，但在中国，任何一个城市发生的事情都可能在其他城市发生……我觉得他也是在其他城市争取。"

网友 balter Says 在"支持"后留言："确实很喜欢厦门，厦门也不只属于厦门市民，所以，是不该让连岳一个人在战斗，我们都不是孤岛"……所言极是。

早年间，导演谢晋拍过一部电影，叫《最后的贵族》，潘虹、濮存昕主演，情节早忘了，可还记得"潘虹"从始至终唠叨的一句台词：世界上的水都是相通的。

这意思说得更直接，就是，鼓浪屿连着永定河、潮白河、北运河乃至昆明湖，连着海河、珠江、淮河……

"谁都不会作为一座孤岛自成一体，每个人都是那广袤大陆的一部分……别去打听丧钟为谁而鸣，它正在为你敲响！"（约翰·堂恩）

■沃森先生，过来一下

语出尼尔·帕普沃思。一九九二年圣诞前一周，他给朋友发送了全球第一条短信，很短，四个字：圣诞快乐。

据美国媒体报道，十多年后，帕普沃思承认，这则四字短信虽然算不上世界上最有创意的节日问候短语，可它至少比世界上第一句电话通话内容——"沃森先生，过来一下"更富节日气氛。

无论是"圣诞快乐"，还是"沃森先生，过来一下"，都属难得的"语文细节"。没有它，历史自然照样呼啸前行，可有了它，回首它，心会有一个小小的停顿、小小的闲散，好像在一个漫长的句子中间，那位好心的责编帮我们加上了一个确切的顿号。

■戏杀

语出"俄罗斯报纸网"中一则关于美国专家预言普京遇刺事件的报道文章，文章标题为"戏杀普京"。阐述这一概念时，莫斯科卡内基中心副主任德米特里·特列宁说：

"有时政治学家需要临时充当小说家。情景是一种特殊的分析形式，在想象出的画面中加入现实而有趣、任意挑选的情节，是政治学上常用的手段之一，与事实没有直接关系。不过是包含一些真实成分的智力游戏。"

这个解释令人眼界大开，它甚至就是网络上甚为流行的"二〇〇七中国十七大新闻"创意的理论基础：在无垠的虚构和想象中兑入少许现实细节的墨汁，以煞有介事为本，以虚张声势为壳，最终达成社论、政论之类的宏大叙事所无暇顾及的民间感受？

小三

语出《新周刊》一则专题报道。这个怪异新词为民间对"职业第三者"的戏称。《新周刊》说，所谓"职业第三者"中的"职业"二字意指它与"女秘书"一样，有"正式工作"，而"三"系指其位排列于"女秘书"、"生活助理"之后，属于"情妇"第三梯队。

此概念较之情妇、二奶、小蜜之类，属升级版。它描述的，是那种似乎是职业的职业，似乎是位置的位置，可颜色暗淡，对人而言，难以启齿……当然，人家"小三"，甘愿如此。

本语词估计较难大面积流行。关键在于，"小三"这一"戏称"歧义度过高——在实际语用过程中，它既可以被理解为"小学三年级"，也容易被误会为隔壁苦练摇滚、破锣嗓子动辄劈开十万八千里的"小三儿"，而音乐童子功一流的主儿，从它想到"小三和弦"？也未可知。

小资也是靠不住的

语出学者崔卫平，在著文评价《集结号》的叙事学后，崔老师继续撰文讨论冯小刚电影《集结号》的美学特质，本句为崔文标题。关于语词

"Kitsch"，崔版定义详尽周到：

一、自我感动及感伤；

二、难以拒绝的自我感动和感伤；

三、与别人一道分享的自我感动与感伤；

四、因为意识到与别人一道，感伤变得越发加倍；

五、滔滔不绝的汹涌感伤最终上升到了崇高的地步，体验感伤也就是体验崇高；

六、这种崇高是虚假的，其中附加含义大过实际含义；

七、当赋予感伤崇高的意义之后，容不得别人不被感动与感伤。谁要是不加入这个感伤的洪流，就是居心叵测；

八、这是最主要的，Kitsch 是一种自我愚弄。

如此定义"Kitsch"，与作家苗炜在《随时准备感动的人民》一文中描述的观念异曲同工。前者是后者的理论版，后者是前者的直觉版，崔老师苗老师意外完成了一组男女声小合唱。无论如何，"靠不住"也只是一种他者的观感吧。当事人自己不以为然的：

"在这个乱哄哄狠叨叨的世界，托福拿高分，白领拿 offer，每个人为自己的成功和尊严所进行的那一点点努力，非常温和。所以祈求上苍保佑吃饱了饭的人民，请上苍来保佑这些随时可以出卖自己随时准备感动绝不想死也不知所终开始感觉到撑的人民吧。"（苗炜语）

■ 新年零绯闻

语出歌星周杰伦新年之愿。记者以新年新愿望采访歌星周杰伦，"新年零绯闻"为心愿之一。此句一出，很快成为京城一些朋友之间的见面玩笑语或手机短信调侃语。

不过，在某些语境中，这一"新年之愿"诡异而蹊跷：一位挂单儿多年的朋友收到"祝你新年快乐，新年零绯闻"短信的好友先大笑，继捧腹，可转瞬间，他满脸褶皱中五官通力合作，奉献出一个漫长而又尴尬的苦笑……比哭还难看。

这大概也就是一种温柔的诅咒了。人家一资深老光棍，不长眼，还非祝人家"新年零绯闻"，这跟祝人家打一辈子打光棍何异之有？

■ 丫不压你，你压丫

语出作家东东枪在博客里撰写的一首"打油诗"，上面是标题，下面为原诗：

你与丫说丫压你，

丫倒笑你想压丫。

丫问凭何不压你，

又问谁人丫不压。

压你无非丫压你，

丫却常被世人压。

你丫只见丫压你，

他丫也怕人压丫。

若要他丫不压你，

除非你丫先压丫。

这正是——

你不压丫丫压你，

丫不压你你压丫。

"江上一笼统，井上黑窟窿。黄狗身上白，白狗身上肿"……这首名为《咏雪》的打油诗的作者据传为唐人张打油，他的这首名为《咏雪》诗作通篇不见"雪"，却又处处描绘着"雪"，渲染着"雪"。为此，评家不仅将"形神跃然"之类的好词儿一股脑塞给他，还顺手封之为"打油诗开山掌门"。好大的名号！

"张打油"之后，"打油诗"瓜瓞绵绵，不断发展，而其首创者公认"张打油"。甚至连打油诗"用语俚俗"、"本色拙朴"、"风致别然"、"格调诙谐"之类的美学风格也统统与张打油密切相关。

以是观之，就打油诗诗人潜质而言，东东枪已高出其偶像"good gun"……期待中。

▮腰龄

从诸如"年龄"、"骨龄"、"髻龄"、"树龄"、"艺龄"、"党龄"、"工龄"、"育龄"、"心理年龄"以此类推制造出的一个新词？这是我的一个以此类推。

这个"腰龄"说牵强不牵强，说创新不创新。整体感觉是，它七姑八姨之类的亲戚够多。仔细研究，发现"腰龄"一词多用于"二十岁的身体四十岁的心脏"之类语境。它是对当下年轻人健康状况的一个形象描述。为什么会"二十岁的身体四十岁的腰"？都是电脑互联网惹的祸？

据此，我的歪想是，当下各界喜好八卦的人日见其多。为此，我们无妨仿照"腰龄"一词，发明一个"八龄"专用语词，用以表达我们对一个人持续八卦、穷追不舍、万难不辞、几十年如一日精神的敬意？我看行。

一部发生在昨天中午的中国电影

语出影评家郭江涛。他在评论尹丽川导演电影《公园》时这样说。这个句子用"发生在昨天中午"这个时间语去定义电影《公园》，将诸如"常态"、"简单朴素"之类的抽象熟词具象化，是我看见的最优评论标题……赞一个。

一个不提供饭的饭局

一天，作家周黎明举办个人大型 party，上面是他个人在定义"party"时说到的一句话：

"party，其实就是一个不提供饭的饭局。我把饭改成了一个带有表演性质但又不拘泥于表演类型的业余表演。所以，跟堂会也有本质的区别。堂会通常是专业表演人员（往往是有身份有地位的）演给同样有身份有地位的外行看。而在我的 party 上，真正的主持人在来宾中，台上的主持是最业余的；真正有身份有地位的在观众中，台上是业余的。正因为这样的定位，才能玩得尽兴。"

"party"之周定义比较复杂。我似乎看明白了，又似乎没搞懂，似乎理解了，又似乎更糊涂了。不过，"party"之周定义的最大贡献在于，它的确厘清了"party"与诸如"饭局"、"堂会"、"鸿门宴"、"小学同乡会"、"商业同乡会"之间那些原本细若毫发的差异。

与如上锱铢必较繁复定义相反，周为这个被他称为"私人 party"所做的广告任性奔放。说：

"我没有能力做一个伟大光荣正确的 party，那就做一个醉生梦死的party，a totally corrupt party。若不够颓废堕落，请多担待，下回改进。

在上面这个段落中，"下回改进"四字让人晕——我的歪想思贫才窄，也只是歪想到改进为"死梦生醉"？

期待中。

用机智和幽默把自己混过去

语出《收获》副主编程永新新书《一个人的文学史》。书中对当下很多作家的率直点评成为媒体关注点。

说到著名作家王蒙，程认为，其作品缺少一种把心灵放到作品中的感觉。程说："在王蒙的小说里，既不会拷问自己，也不会拷问别人，他用机智和幽默把自己混过去。"

这个"用机智和幽默把自己混过去"极传神，果真直捣老王软肋。

据此，回头看小王（朔），其新作《我的千岁寒》、《致女儿书》，粗看似乎仍旧在混，可他混得执著，混得锥心刺骨，混得那么不要混、不想混、不想欺、不想诈……

忽就禁肃然起敬。

这本书写得太好了

时近岁末的年终专稿也可以叫"媒体年货"，每年都有，大同小异。二〇〇七年年底，忽有不同的，是最博眼球、见诸网络、快速流传的一则名为《二〇〇七中国十七大新闻》的帖子，其中所列新闻均为子虚乌有，但用句老话说，它把假的说得跟真的一样。

其创意、想象力尤可嘉奖。它们既一石多鸟，又虚实参半，最后合成出的，是民间视角中一个光怪陆离热气腾腾的世界，一个百姓幻觉里泥沙俱下沸沸扬扬的现实。

择其要，以下数则可留备忘：

〇 某二线女艺人近日把《南都周刊》及搜狐娱乐频道告上法庭，原因是被告没有按照事先签署的协议及时履行投拍义务，导致假绯闻没有在发片前得到及时传播。

〇 在上周举行的"二〇〇七年中国企业领袖年会"上，柳传志、马云等一批企业家发出了"准备过冬"的警告，一批参会代表会后径直前往王府饭店地下集中购买了一批名牌棉袄。

○ 甘肃彩民独中亿元大彩的消息公布后，甘肃民众兴高采烈奔走相告。他们说"以前我们只知道我们甘肃出了个潘石屹，现在没想到又出来一位牛人，居然比干房地产的潘总挣钱还快！"

○ 北京市虹桥菜市场近日给每一个摊位配发了一本正版的《货币战争》。很多卖菜和卖水产品的商贩在翻阅了这本书后高兴地表示："这本书写得太好了，它提醒我们要时刻警惕假钞！"

争取做一个后妈式的亲妈

语出我媳妇。

其时，媳妇出差半月返家。在每日短信互动中，媳妇对我主政期间家中的鸡飞狗跳早已了如指掌。

返家后，我将佐思佑想的生活浮皮潦草自理混乱不堪丢三落四之种种恶行一股脑归罪于媳妇的亲切呵护百般照顾嘘寒问暖无一不足……面对"责难"，媳妇忽说：

"那行，我以后争取做一个后妈式的亲妈。"

媳妇这话让我大笑。

句中深意虽有点儿绕，可却因缭绕而多趣。在独生子女时代，在八九十个大人围着一个小屁孩儿团团转的现实里，它也算是"护犊一族"乃至天下所有亲妈们可以参照的一个方向？

敬希各位读到本条语词的亲妈们广为传播，身体力行。

EPOCHAL DRAMA, PSYCHOLOGICAL PLAY

■ "石家庄" 更名 "苏东坡"

一天，在河北省政协十届一次会议上，石家庄市科技局副局长、省政协委员陈玉建议为石家庄改名。陈认为，河北省会是全省六千九百万人的形象，它需要一个更加响亮和富有韵味的名字。陈为石家庄拟订的三个名字，分别是西柏坡市、冀都市、北宁市。此言一出，争议蜂起。多数意见认定陈说荒诞无稽：

美国《侨报》二月一日的评论说："改成带金带银的名字未必叫得响。在美国的华人朋友，有时还称华盛顿为'花生屯'呢……爱因斯坦的名字Einstein，德文是a stone，要在中国，就是'一块石头'，也不能承载大科学家的'文明和人文素养'，可是这并不妨碍人家的成就。大陆央视名嘴王小丫，也没听说她要改名，不少观众恰恰就是因为这个名字，对其顿生好感。"

作家王小山的评论说："石家庄这三个字作为城市名，我个人没觉得有什么不好，倒是陈委员建议那三个名字多少有点问题：西柏坡，跟'庄'比起来，'坡'显得更土，再小的庄子也不止一个坡吧，按这个思路，不如叫苏东坡，不仅名气大，韵味更足。"

■ 暧昧不已，暧昧不起

语出影评家卫西谛。评论王家卫电影新作《蓝莓之夜》，卫云：

"看看他们的面孔，也许也能理解拍《蓝莓之夜》的王家卫：就像《重庆森林》里面说的'什么都有期限'——暧昧也有期限。倘若一个关于暧昧的梦要持续十年，那份情调不变稀薄才怪。虽然大家都说王家卫还是那个王家卫，但相信事隔多年他不再有以前的那份激动了。所以说：暧昧不已，暧昧不起。甜的东西，都喜欢尝，尝到最后往往变淡了或者变苦了。好在电影是可以戛然而止的梦，王菲可以再画一张登记卡给梁朝伟；而裘德·洛可以吻上诺拉·琼斯的唇。"

"暧昧不已，暧昧不起"八个字真好。不是好在"暧昧"，而是好在对"暧昧"的解读：简单明了，一箭双雕：既然所有交流的终极目的早已不再是交流，那还"暧昧"个述啊。明火执仗的媚眼都没人接招儿，还要抛出暧不已，昧不起的眼，好辛苦，好绝望。

■ 安妮树

英国《独立报》报道说，因荷兰小女孩安妮·弗兰克作品《安妮日记》为世人所知的那棵已有一百五十年树龄的老栗树（又称安妮树）因遭遇真菌及潜叶蛾的侵蚀，目前面临死亡。

当年，安妮一家藏身的密室，就在这棵老栗树所在花园的对面。那时，安妮常常透过天窗仰望栗树，并在《安妮日记》中多次提及它，给读者留下深刻印象。

"安妮树"树高二十二英尺，重约三十吨。为防止大树染病的"安妮树"轰然倒下，建立一个钢制支架势在必行。这项工程预计耗资七万欧元，其后，每年的维护费约一万欧元。

主张拯救"安妮树"的人士认为，"安妮树"是犹太人遭遇大屠杀的象征；而持相反意见的人士则强调说，即使现在想办法维护了它的生命，"安妮树"最多再活十五年，而这期间的花费约二十万欧元。

■败家

看上去是个新词，其实是旧词翻新吧。据媒体说，在八〇后人群日常口语中，"败家"二字被刷新为熟词"花销"、"花钱"的变异性代指语。这个"变异"将一种日常行为终极化，显示出八〇后人群较高的哲学水平和思想觉悟。关于"败家＝花钱"的另一种解释是，"败家"即"buy 家"，其中隐含"消费高手"之意，属音译＋音译组合。

■不寄不达不溜也不外就下结论是不道德的

语出网友老摇。他在博客里撰文质疑一首老歌，下结论前，分别以 google、wiki、youtube 三类搜索方式旁证。老摇原句较长："在有 google, wiki 和 youtube 的时代，不 g 不 w 也不 y 就下结论是不道德的。"其诵读版需念成"不寄不达不溜也不外就下结论是不道德的。"

这个判断句霸悍直白。它道出网络时代、尤其是所谓二〇〇七"网络民意元年"所彰显出来的一个重要特征：起底。历经纸包子、纸老虎事件历练，"起底一族"不仅搜索、求证、证实、证伪手段日渐丰富，且其专业精神亦渐次形成。

是，google 出来、wiki 出来乃至 youtube 出来的种种大都仅为"旁证"，可当海量旁证汇聚到一起，也就有了所谓"力量感"……它让原本轻飘飘的遮羞布开始具有下垂感，渐次不胜重负，下垂，再下垂，直至脱落。

■趁兜里还有毛主席

语出某网友博文。原句说："趁兜里还有毛主席，我到卓越下了一大单"……委实可爱。句中的"毛主席"以局部代指全体（人民币），有画面，有轻微的变形，温和的冒犯。据此，我的小小联想是，暮鼓晨钟，当我们把主席折进钱包时，主席的耳朵会有轻度酸胀，主席宽广前额也会因为钱包摁扣的频繁张合而略感刺痛……轻点哦，别过分惊扰主席休息。

■床照门

"艳照门"事件最早的媒体缩略语，此语直白露骨，最早见诸港台媒体。尾随其后，有关陈冠希"床照"事件，"阴谋说"、"作秀说"、"转移注意力说"纷至沓来，莫衷一是。指涉此事件相关语词还有无码激情照、激情照、吐血推荐、八百一十八张、木马病毒镶嵌激情照、裸照、性爱视频、淫照等多种。

等香蕉变成铅笔等苹果变成柑橘

二〇〇八年春节之尾与情人节相衔。作家和菜头发表情人节"光棍放假通知"，内中含俗对一副：上联：和尚路过美发店，下联：光棍遭遇情人节。横批：撒盐。作家东东枪没写"通知"，而是作文一则，发在博客上："等寒风吹起等太阳沉去等大海枯寂等石头变成烂泥等香蕉变成铅笔等苹果变成柑橘等明天变成过去等过去变成失忆……"

费了半天劲，还不是刨个坑把自个儿埋了

语出网友陈冀佷文字。文章转述一位北京出租车师傅的话。聊到南方大规模冰雪灾害、气候变化、温室气体排放等，师傅说："咳，您说咱人类，这费了半天劲，还不是刨个坑把自个儿埋了！"

广告插播电视剧

有媒体小结春节期间电视剧播出状况，发现《士兵突击》《闯关东》《武林外传》《家有儿女》等热播剧的"N+1次"地"重播"成为特色，某电视台甚至创下一天连播九集纪录。《士兵突击》制片人张谦接受记者采访时称，"山东电视台为了插播更多广告，将原本二十八集的《士兵突击》重新剪接为四十集，简直变成了广告插播电视剧"。

■闺房相声

语出编辑杜然。他将道听途说的本语词写在他的博客里。猛地看到这个语词，有点懵，再想，马上就想到全北京人都知道的"非著名"郭德纲。

这一语词的在修辞上的意外效果在于，它在一个最为通俗的层面为巴赫金的"双声对话"理论奉献上了一则经典实例。

它用"闺房"定义"相声"并不确切，但刚好是这种不确切是一个小小的阴谋 它将"闺房"的小、私密之义放大，至于你是否顺便想到香、软、艳俗，等等，他就不管了。

■过年嘛，怕什么

语出凤凰卫视老牌儿脱口秀节目锵锵三人行。那是一期纪念节目开播十九周年的"祝寿"节目。为此，主办方特别录制"锵锵新春闹斯卡"系列，春节长假期间播出。

延续一贯的闹剧美学，节目将嘉宾增至多人，顺手将原本的那种"聒噪"风格加油添醋，折腾得无比聒噪，其话题尺度亦更为随性随意，无遮无忌。

嘉宾梁文道之一在言及"床照门"事件时，开始口无遮拦，以言辞描述艳照画面中上半身、下半身、位置、体位……主持窦文涛佯装不妥，慌忙打断……梁义无反顾，悄声嘀咕曰："过年嘛，怕什么？"

很恒很源祥

语出网友对于恒源祥二〇〇八年最新广告的一个评论。在网友热议中，上面这句"很恒很源祥"句字简单，可讥讽、不屑、崩溃、恼怒尽在其中。它沿用年初流行语"很好很强大"句型。而有些网友则直接用"很傻很天真"形容恒源祥广告，义愤无比。

恒源祥新广告采用"重复"修辞。糟糕的是，富于创造性的重复修辞前提在于富于创意，否则效果适得其反。众网友以"绝对脑残"评之，可见"弱智"已成为这则广告最为鲜明的特点。

当然，其迅速流传也恰恰因为这种零创意笼罩下的垃圾美学。它从其标志性广告"恒源祥，羊羊羊"脱胎而出，将十二生肖在一分钟的广告时长里抽筋般依次道出，果真很有钱，很暴力。

众多对之讥讽不迭的网友所担当其实是一个颠覆与传播合二为一的角色。"传播"当然会使恒源祥乐观其成，可那些口无遮拦、嬉笑怒骂的讥讽，却在另一个角度将传播归零。

在百度帖吧，这则弱智美学的广告代表作已有"十八禁版"、"百家姓版"、"脑白金反击版"、"梁山驴鞭版"等众多搞笑版本，这些"酵生"当然也是一种传播，可却相当于将一种弱智广而告之。

红墙名媛

语出《南方周末》记者潘晓波、沈亮二〇〇八年一月三十一日报道，报道主题为名人章含之辞世。上四字为章含之专用定语。老人一生颇具争议。那番叽叽喳喳延及身后，即造成"章含之"三字之前定语丰富斑斓，"红墙名媛"仅为其繁多定语之一。而每种定语仅只可涵盖逝者人生的一部分。当然，它也曲折传达出定义制造者的价值判断及斑斓期许。"章含之"所属部分定语有：

外长夫人、一代名媛、著名外交家、作家、主席老师、乔冠华遗孀、畅销书作家、总长女儿、中国著名女外交官、传奇女性、毛泽东英文教师、翻译家、章士钊之女、上海名媛、中国作家协会会员、总督孙女、毛泽东英文翻译、女外交官。

■ 京广线上无熟人

二〇〇八年年初中国南方冰雪灾害频仍。二〇〇八春节期间，一则短信广为传播。该短信版本各异，其较为完整的版本是：

"本周幸福最新定义：床上无病人，牢里无亲人，京广线上无熟人，股市里面没无家人。"

此短信仿"名词解释"格式编写而成，其"现挂"（雪灾＋股灾）的部分尤见整合当下语境繁杂信息之功力。赞一个。

咯吱咯吱，他滚蛋了

美联社说，一款名为"布什的最后一天"的数字钥匙链在美国市大受欢迎。此款钥匙链在最显眼位置上标有布什离任的时间。据称。在一款名为"布什倒计时辣椒酱"的包装纸上也特别印有布什漫画头像。市面上另外一种叫做"布什饼干"的狗粮包装袋仿效的，也是近似创意，上印有一句广告语："咯吱咯吱，他滚蛋了！"

马之悦的老婆往尿盆里倒了一点儿茶根儿

二〇〇八年二月中旬前后，香港艺人沈殿霞、法国小说家罗伯·格里耶、中国作家浩然相继辞世。

沈殿霞人称香港"开心果"，我看过她的节目和电影；罗伯·格里耶在写小说之前，是一位受过专业训练的农艺师，我读过他的小说；浩然的《艳阳天》是我念小学那会儿读到的第一部长篇小说，至今我仍记得里面有一个细节，是写萧长春探望装病的马之悦，慌乱中，马之悦他老婆在萧进屋前半分钟往尿盆里倒了一点儿茶根儿……他们为这个世界奉献过聪明、才智和快乐，谢谢他们。

每天送一辆QQ出去

股市跌风四起，以"熊市"为主题的牢骚、怨语陡增。"今天你跌了吗？"成为股民间常见问候语。接受记者采访，一位股民称，熊市使自己损失巨大，相当于每天送一辆QQ出去，赔老了。牛市翻成大熊市，另一股民说，在大户室，每天面对着电脑曲线图狂砸键盘者比比皆是："就差撞墙了！"

免费族

新语词，英文为"freegan"，据称由"free"（免费）和"vegan"（严格的素食主义者）两词合成而来。"免费族"的基本生活方式是，完全凭常态消费者所抛弃的物品过活，刻意与所谓的失控的消费主义保持距离。他们当中并不都是没钱的穷人，他们有的人年薪达数十万美元，可他们却最终选择"免费生活"，衣食住行等大都从垃圾中寻回。美国《时代》周刊二〇〇七年十大热门词汇中也收入本词。

面了

旧瓶装新酒之类的"新"词，为近年部分应届大学毕业生找工作期间常用口语，意为"已经面试尚无结果"。这个"新"词词尾的"了"字为轻读字。与"面"字组合后不仅更"面"，且"了"极易读丢，赢而弱。相对日益惨烈的就业局势，有"了"这个语气助词的倾力配合，不仅保证了已成功面试者必要的谨慎，也为"面了"一夜之间变成"灭了"在语音学上打好伏笔……很复杂很单纯。

民主是最好的复仇

语出贝·布托十九岁的儿子比拉瓦尔·布托·扎尔达里。他在接任巴基斯坦人民党主席后，接受记者采访，说出上面这句话。

完整版："我母亲总是说，民主是最好的复仇。"

在语文上，这个短句将"复仇"动作感虚化成"民主"这样的形容词，意味在含混里被延展。

南方春意盎然

语出 CCTV 二○○八春晚第三次彩排上的一句串场词。其时，宋祖英刚演唱完歌曲《绿色的田野》，主持董卿上台串场，曰："现在全国人民都在欢度春节，北方一片雪花飘舞，南方则是春意盎然"……这则念稿播报引发现场观众哗然，随即引发网友抱怨。董卿之言不是走嘴，而是不走心，遭遇责难在所难免。就语言表达而言，语境重要，妥帖重要，走心更重要。南方大雪成那样了，您不知道？

▌你是CNN，不该问这样的问题

语出影星安吉丽娜·朱莉，她以联合国亲善大使身份造访伊拉克时，CNN记者就"朱莉已怀上双胞胎"传闻当面求证朱莉。面对如此直截了当，朱莉说："我觉得你需要保持你这个台的风格，你是CNN，不该问这样的问题。"

记者坚持问。朱莉说：

"你一定要问，可我不一定要回答。"

▌气候觉醒

语出《财经》杂志主编胡舒立文章《特大雪灾呼唤"气候觉醒"》。胡认为：

至少在二〇〇八年南方特大冰雪灾害前，对于正处于"环境觉醒"中的中国转型社会来说，"气候觉醒"还是个相对超前的话题。

此后，虽然仍无法将中国的冰雪巨灾与温室效应简单挂钩，恰如三年前的印度洋海啸、两年前的美国卡特里娜飓风，并不能与气候变化画上等号。但此类极端性气候事件，本质上源于人类活动导致的气候异常，正是大自然的报复性肆虐，应属不争事实。

二〇〇八年春，身处或遥望千里冰封的中国南方大地，国人已不得不呼唤"气候觉醒"。对于这个世界来说，真正的问题只是"气候危机何时到来？"真有此发问，则中国今天为措手不及的雪灾付出的一切就算值得，我们才不至面对悔恨的明天。

缺德市场经济

语出网友燕山潭客的一则评论，原题为《恒源祥的广告是成功了还是失败了》。在评论中，燕山潭客说：

"恒源祥成功了！准确地说，是他用缺德制造广告效应成功了。用缺德来推动市场经济火热运行，这是当代中国市场经济的一个特点。像恒源祥这样的广告能获许播出，就证明，我们是缺德市场经济，谁不缺德谁产品卖不出去，谁竞争失败关门走人。所以，在这种环境下，厂家、商家变着法子缺德是他们的能耐，老百姓没别的办法，不但只能受着，谁缺德还得把钱递给谁，在这点上房地产商最缺德，可他们的房子卖得最火，获得的暴利比哪个行业都多，这个例子还不能让每个老百姓清醒和深思的吗？！"

人民谷歌为人民

语出网友对谷歌二〇〇八春运期间特别推出"春运地图"的一句赞美语，该地图以标注式电子地图形式提供春运沿线各主要城市的天气和交通整合信息，受到网友赞许。

"人民谷歌为人民"系"改良"而来，其原始句型如"人民军队人民爱，人民军队爱人民"等。

社会学家通常将非常时期一家企业或一个人的表现统称为"印象管理"。此次谷歌印象管理胜过同行百度乃至同类搜狗雅虎不说，也实在厚道，加分。

人生就像大便

网络流行顺口溜，上为该顺口溜的标题。在网上，这则顺口溜照例被称吹捧为"史上最牛"。顺口溜立意于"便便"，处处围绕"便便"展开想象，臭气熏天：

人生就像大便，一旦冲走了，就不会再回来。

人生就像大便，怎么拉都是那个模样，可是每次又不太一样……

人生就像大便，有时拉得很爽，有时却拉得五官纠结！

人生就像大便，你永远不知道，会拉出个什么东东……

人生就像大便，想要怎么结果，就要先怎么栽。

人生就像大便，往往努力了半天，却只迸出几个屁……

人生就像大便，就算点缀得再漂亮，其本质还是一样……

人生就像大便，只有自己默默的勇敢面对。所以，就像大家常说的——你去吃大便啦！

其实，它的本义是你要认真融入自己的生活。这番臭气熏天是否意外旁证出在八〇后、九〇后部分人群中始终存有一种幼齿美学爱好？其审美趣味或则停滞于屎尿齐飞童稚状，或则维系于肛门期上下？

再者，它在意外成为成人情色资源匮乏的一则小例证之外，也隐约让我们捏紧鼻子，从屎飞尿迸背后看见独生一代特有的敏感、敏锐乃至一坨片面的深刻？说不好。

荣誉总是令他不快

二〇〇八年一月二十日，参加过第一次世界大战仅剩的最后两名老兵中的路易·德卡泽纳夫在法国上卢瓦省的布里尤德辞世，享年一百一十岁。

"荣誉总是令他不快。因为他说，死于战场上的那些人甚至连棺材都没有。他已成为狂热的和平主义者。"德卡泽纳夫的孙女阿利克斯回忆说。

作为最后的幸存者，德卡泽纳夫曾拒绝希拉克总统为一战最后的老兵举行国葬的建议，他希望丧事从简。他也曾一再拒绝法国政府授予他荣誉勋章。德卡泽纳夫认定战争是荒谬的，无用的，没有任何理由可以为之辩护。

德卡泽纳夫生于一八九七年十月，一九一六年入伍，参加过一战中著名的索姆河战役和埃纳河战役，生前始终远离荣誉。

"他只是最近几年才会跟我们提到一战。"德卡泽纳夫的儿子说。

如果你回来，我将叫停一切

语出法国一家新闻网站刊发的新闻报道。法国总统萨科齐的律师称，总统先生已就此正式起诉法国这家新闻网站，指控他们对总统先生私生活报道不实。

那则新闻报道说，萨科齐在与前超级名模卡拉·布吕尼成婚前八天，曾向前妻发短信："如果你回来，我将叫停一切！"

总统先生的这个"起诉"是在声讨媒体，可仍有借机炒作之嫌。网站"新闻"真不八卦，有谁会看？没人当真的，总统先生。堂堂一国之君手机里的短信，哪个记者会看见？

更何况，"如果你回来，我将叫停一切"亦温良文雅，并无不妥。看来不仅法国人民亦有类似"浪子回头金不换"的心愿，而且，对于总统先生一而再再而三的这桩热恋，他们更倾向于谨慎乐观。

■ 散步

从厦门 XP 事件，到上海 CXF 事件，历经多种近似事件往复震荡，汉语"散步"这个寻常动词已被众多网友"特化"为"游行"活动的一个网络代词。

在现汉里，"散步"的近义词有"遛弯儿"、"溜达"、"漫步"、"信步"等。而如果将方言中的"散步"逐一收集整理，蔚为大观肯定错不了。

在"散步"的方言里，"轧马路"是最为普及的。在成都乡下，"散步"被说成"逛田坝"，在山西，晋城话的"散步"读作"各溜"，在语言学研究中，专家认为，"特化"是人类语言符号系统的一个定义性特性。语言学家认为，在各种动物族群中，唯有人类的语言具有高度特化的属性，即在人类的语言活动中，一个语言信号所引发的一系列行为后果是很难预测的。

将这个说法简化后，我的理解是，人类语言的创造性和实验性高于其他动物。

在词典上，以"步"为词根，有一个庞大的家族 拔步，百尺竿头更进一步，大踏步，鹅行鸭步，方步，放步，高视阔步，规行矩步，后步，狐步，疾步，箭步，健步，脚步，举步，阔步，劳步，留步，起步，跑步，却步，碎步，踏步，台步，同步，望而却步，稳步，五十步笑百步，正步，逐步……

在这个大家族里，唯有"散步"被拣出，被赋予厚重斑斓之意。

舍粥

农历腊八，北京雍和宫"舍粥"活动如期举办。在北京这样的大都市，"舍粥"一事"济贫行善"本义基本已被"祈福"、"接福"、"沾光"之类的象征意向取代，各位大妈大婶二叔三舅站立于凛冽寒风中喝下的那碗八宝粥已如精神补药，粥中八宝尽显神性。

在社会心理学中，如此情形常被归入"愧尔特现象"一类。这类现象所描述的，是那种没有合理的现实根据而只有一个历史根据的行为。前面这段拗口的定义到了英国作家、文学批评家、词典编纂者约翰逊嘴里就格外生动。他说：

"遵循一个已无现实基础的信仰或一种迷信的人们，就像羊跳过一个并不存在的围栏一样，因为它们的祖先曾在过去跳过一个真实的围栏。"

首席员工

时值年末总结高峰期，新词"首席员工"曝光率骤增。仔细研读各类表彰稿、嘉奖稿、总结稿，大致明白了，所谓"首席员工"，无非是旧词"劳动标兵"、"技术尖子"、"业务骨干"、"劳动模范" 等语词的升级版。新词中 "首席" 二字有点儿扎眼，透着虚。它大约大从 "首席执行官" 之类挪移而来？虚而不实。与诸如 "掌勺" 之类的老词比，假如我是一厨子，我宁可被人称为 "掌勺大厨"：它具体，真切，实诚。"首席" 个半天还是个厨子，正如马铃薯再捯饬也还是一土豆吧。

■ 鼠年你是所有人的大米

语出一则贺岁短信。它是这则短信的标题，也是内容，就这一句。

按成规，旧历新年，即年三十儿下午至初一凌晨，对都市人而言，属一年中短信社交最为密集交集的黏稠时段。在此时段，语文简明扼要最打紧。以此衡量，这则一句话短信句短意简，虽内藏一段俗典，寻常至妇孺皆知。

当原本抽象之至的动词 "爱" 被具象为老鼠与大米之间的本能后，也便定格为寻常身边事。

短信拜年大俗事，言简意赅外，庸俗也很重要。没谁想借机夺得诺奖不是？

■ 她的皮肤像形容词

语出网友小花牛。全句是："她的皮肤像形容词。很奇妙，很不可信任，很漂亮，兼没有科学依据" ……虽搞不懂作者所指何谓，搞不懂前后左右来龙去脉，可这句子本身新鲜奇异都在。

记这里。

▌网络回锅肉

本词意指昔日网络名人再曝新闻，重登网络红人宝座。据网友说，本词源自二〇〇七年渐被冷落的芙蓉姐姐凭借自称"藕真的不是有意"的露点事件，再次引发关注。对此，另有一位网友点评说："永远有多远，女人就能走多远。"这个"远"主题的酷评实在高妙。走啊走啊走那么远，还回得了家吗？

▌我的心是阳痿了的阳具

语出网友吕然。读到它的第一感觉是，绝望而残酷。我的猜测是，与其说这句话像一部残酷青春小说的开场语，不如说它更像一部悬疑小说的结束语。我常想，好的语文其实是"结束"语文。俗语所谓"语不惊人死不休"的另外一种解读方式是：一句狠话说完已经约等于你的绝望之心死掉一次，随后，人性的天边才会出现更扎实更真实的光亮。

下半身风暴

历经"床照门"、"房事照"、"不雅照"等语词筛选过滤，起始于二〇〇八年一月二十七日的陈冠希事件称谓最终归结为"艳照门"三字。

伴随这一语词的最终确认，围绕艳照，网民狂欢亦抵达沸点。考据派、禁欲派、索引派、忠告派、技术派、传输派等众多立场、观点、态度交会，相互影响、挑逗、激发，以互联网为平台，一场下半身话语风暴就此成形。

作家王佩说：

"我们总是同时扮演着三个角色，施暴者，受害者和旁观者。有时候是因为我们不善良，有时候只是因为我们不清醒。不管是不善良还是不清醒，这都是我们每个人的苦难，总会落到自己头上。"

咸相风暴

语出香港评家查小欣。自此前闹得纷纷扬扬的"艳照门"事件并未因为陈冠希视频道歉乃至警方的介入而偃旗息鼓。媒体报道说，"道歉"之后，又有近两百张艺人不雅照流入网络。

香港评家查小欣将如此压而不服、欲盖弥彰以"咸相风暴"一词概括。其中"咸"，即粤语熟词"咸湿"，为"下流、猥琐"之意，与物组合，有咸片、咸戏、咸碟等，与人组合，有咸湿仔、咸湿男、咸湿佬、咸猪手等，较少用于女性。

在情色语文中，"咸湿"属通感类词组，"咸"为口感，"湿"为体感，组合在一起，那种黏黏糊糊咸咸嗒嗒的感觉怪异而外，也极易使道德敏感者仅凭此语词本身引发轻度生理不适。

▌小姨子是相邻权

语出作家连岳转发的一则短信。短信曰：

"民商权利解读：求婚是请求权，结婚是永佃权，爱情是形成权，婚外情是期权，老婆是自物权，情妇是他物权，二奶是承包权，小姐是股权，小姨子是相邻权。"

这则短信极具知识性之外，其传播时所可能生成的冷幽默效果由表及里，通透无比。它的作者多半是个理科生？比之文科生的渲染浓度想象浓度而言，理工科修辞更喜谨严确切？

针对妇孺皆知的唐诗名句"床前明月光"，百家讲坛新晋讲师马未都说：

"教科书上就说李白躺床上睡不着觉了，生起思乡之情，我现在问你，你在屋里躺在床上，你这头能举起来吗？你低头还能看见自己的脚吗？再有唐代是板门，懂建筑的就会知道，光线是进不了屋的，小窗糊着绫子，屋里不可能有月光。但我通过所有的证据证明这个床是一胡床，就是一马扎。"

这位昔日王朔文学之旅"首发"贵人、王朔处女作责编的见识让人佩。而所谓见识，简单说，它是被融会后的知识，是腿脚与心胸混合后的怀抱。不仅熟语"知识就是力量"没有过时，而且，知识的快乐也远远大过八卦、九卦，哪怕十卦。

■ 压

二○○七年末，持续多日的南方大雪已蔓延为波及半壁江山的特大雪灾。据官方消息说，在受灾省份中，湖南、湖北、贵州、广西、江西、安徽六省区灾情最为严重。

《南方周末》将二○○八年元月出刊的一期封面故事标题定为"雪压中国"，凤凰卫视杨锦麟在"天天读报"时，对这个"压"字解读再三，玩味不已。

在现代汉语中，"压"字主要做动词用。作为动词的"压"包括从上往下施加重力、用强力制服、竭力抑制、胜过超过、逼近迫近、搁置不动等义项；作为名词的"压"则主要包括压力、电压、气压、血压等。

无论动词名词，其辖下十余个义项均可根据本周雪局愈演愈烈写出相应的造句，相应的感动与无奈。

与此相关语词有冻雨、春运、灾难性天气、抗冰、回家、过年、车票、极端气候、机场抗冰、捐献、慈善、应变、赈灾、捐款等许多。

■ 一百米

语出网友清风不识字。此短语来自春运大堵塞期间一则网络经典段子。其母本为抒情酸词，现挂改写后，变成对春运艰苦卓绝回家之路的一种无奈或绝望："世界上最遥远的距离，不是你站在我面前，而不知道我爱你……而是从广州火车站广场到站台的那一百米。"

■一个老人想把桌子清理干净

语出君特·格拉斯回忆录《剥洋葱》封底语。原句作者为德国评家延斯，这话原为延斯《剥洋葱》读后心得之一，上了封底后，变成一句广告。

喜欢这个句子。喜欢它简单，朴素。早年间看谢晋的电影《牧马人》，里面小媳妇丛珊嘴里老是嘟囔：面包会有的，牛奶也会有的……这句老苏联电影台词放在一部写中国老右的电影故事里，摇身变为百姓哲学。

我或多或少总是喜欢"过度阐释"，这样，一个句子也就不再只是一个句子，而是一个发酵的起点。它甚至好歹还能帮我挣点醋钱……我很欣慰。

回到句子。我觉得，清理桌子，不是能不能，而是想不想。其中道理很简单。有的人在自己的简历、自传或操行评语里，根本不想把桌子收拾干净，因为关于桌子上的那些细微的划痕或污渍让他们心有余悸。乱点儿好。

多年前，我在一家杂志上班。一年冬天，领导让我们写总结。百无聊赖日复一日的空转让我们日复一日憋满一肚子屁放不出，难过得很。如是憋闷感促使我在总结结尾处没搂住，轻声道出一句怨妇语文："为什么生活就像擦玻璃，脏的那一面我们总是够不着？"

这个句子被我忘过很多次，也絮叨过很多次。到今天，我觉得它依旧在怨妇腔调之外，说出一种坚定、结实的无奈。这才是生活中真正的"不能"，再怎么"想"也"不能"——尽管我们人人都想把它从里到外都擦得干干净净。

迎送远近通达道，进退迟速遊逍遥

全国冰雪大灾过后，一款"对联软件"引发众多网友对于楹联的怀旧雅兴。相对此前多有流传的"小说软件"、"情书软件"而言，此款对联软件因其字数较少（限十字之内）、富于互动性（自己随便出上联）、可自由组合选择（在给出的合乎平仄要求的成句或单字中自由组合）而成为办公室一族近期乐此不疲的休闲游戏之一……我注意到，本周时段刚好是旧历新年降临、楹联记忆复苏时段。

关于此款"电脑对联"，我的感觉是，它终究还只是一种游戏。其更多的智趣，多半它很方便制造许多黑色幽默、灰色幽默的起跳点。而如果严格要求，它是永远对不出什么名堂的。

常用楹联虽不外乎春联、婚联、寿联、挽联、灯联、言志联、名胜联、行业联、交际联、书画联等，但其常用修辞格却数不胜数。"电脑"或许还可勉强做出一副"正对"，可更多的"反对"、"串对"、"自对"、"无情对"都交给它，瞎了。

楹联修炼里，有一种叫做"联边"的修辞格。这种修辞格要求在选字时间，须特别选用若干个偏旁相同的字，让它们组合串联在一起，以营造氛围、烘托气势，表述心迹。如旧时一副"海神庙"楹联，上联：浩海汪洋波涛涌溪河注满，下联：雷霆霹雳霭雲雾霖雨雯霏……

这副对联上联选择十一个"三点水"旁的字，下联选十一个"雨"字头的字，这个老联儿让我好像看见南方冻雨冰雪大寒刺骨；而同样采用联边修辞的另一副楹联早年是贴在车马店的，如题。

上下联合在一起，此对连用十四个"走之旁"，我把它献给那些还没回家的兄弟姐妹。你们都慢点啊，稳着点儿，一步一步，回家，过年。

有没有心情做点肌肤相亲的事情呢

语出性别和人工智能学教授戴维·利维著作《与机器人性爱》。新作中，戴维·利维教授断言在不久的将来，人类无论男女都将有兴趣与仿真机器人发生性爱关系。

果真如此，上面这句话大约就是发生于真人与机器人间缱绻之爱的"前戏语文"。利维认为，不仅目前机器人模仿人类肌肉和行动的技能越来越高，而且，复制人类情感和性格的软件也正不断取得突破。

"即便是现在，把最高端的人工合成声音与真人声音放在一起，已然难辨真伪。一些人造皮肤现在甚至已可与婴儿屁股上最滑嫩的皮肤相媲美。"利维说。

这个志太拧巴了，励得我很颓

语出作家、导演尹丽川观看周星驰电影新品《长江七号》的观后感。原句说："咱不反对励志，且常常在颓时，专找些电影来励志，可长江七号的志太拧巴了，励得我很颓。"

这个句子属典型的动宾反义矛盾修辞。当它用一种拖泥带水的口语表现出来时，一种类似"东望见西墙，南视睹北方"的惶惑效果油然而生。

面对这位曾将那锅叫做无厘头的烂粥烧至滚开的星爷，要求太低反倒有欠尊敬？

■ 这是为什么呢

语出二○○八年春晚小品。与每年春晚一样，"春晚"二字已如号令，集合恶评好评汇成热评之潮，而春晚本身也在如是街谈巷议的不断重复中放大变形，并为已然固化的春晚记忆添加新元素。

二○○八春晚中，蔡明、郭达、王平三人合作演出的小品《梦幻家园》是整个晚会中唯一具有明确讽刺肌理、幽默趣味的语言类产品。其中蔡明嗲声嗲气、脱胎于新晋笑星小沈阳的那句插入语"为什么呢"（或"这是为什么呢"）快速成为流行短句。

与其原创者小沈阳的语音技巧近似，蔡明在移植这句口头禅时，采用声音造型法，而其功能除用于表现一个售楼菜鸟的尴尬外，较之小沈阳原创语境中此插入语的多功能（插科语、衬托语、自嘲语、无厘头、垫句、包袱）而言，蔡明版的"为什么呢"目标确定而单一，现场效果好，丰润感、斑驳感稍逊。

有网友总结二○○八央视春晚十大流行语，分别是：

一、为什么呢？（蔡明）

二、农民工挣钱不容易，出钱更难。（王宝强）

三、后来呢？（周涛）

四、手铐在门口，就等你伸手。（周涛）

五、结婚之前要彩礼，结婚之后要理财。（黄宏）

六、你这小模样长得就有点儿犯法。（黄宏）

七、两口子不一定住一起，住一起不一定是两口子。（巩汉林）

八、找准自己的位置！（宋丹丹）

九、感谢所有 TV！（赵本山）

十、每一个成功男人的背后都有一个多事的女人。（赵本山）

■真徐来，假貂蝉

语出《咬文嚼字》。该杂志为《百家讲坛》节目及相关出版物挑错，挑拣出王立群主讲《史记》时的至少八处文史、语言文字方面的差错。其中之一是，王老师拿貂蝉与西汉衡山王刘赐的王后徐来对比，以期证明中国历史上常用女人挑拨父子关系。文史专家说：徐来实有其人，貂蝉却只是小说《三国演义》里杜撰出来的一个虚构人物，史上并无其人。

■真正的自由是失败的自由

一天，从《基督教科学箴言报》上知道，美籍华裔作家哈金最新作品《自由的生活》出版。哈金这部最新小说将故事背景从此前作品中惯常出现的中国转移到了美国，描写一个移民家庭逐步融入美国社会的过程。

评家称，小说中描写的故事带有明显的亲历性。与小说中的主人公吴楠一样，哈金当年也是为攻读研究生学位来到美国，原本打算学成后回国，可最终放弃了回国的计划。与吴楠不同的是，哈金拿到了学位，并就此在美国开始教学生涯。哈金现为美国波士顿大学英语教授。

小说借主人公吴楠之口表达的人生感喟是，自由生活有着高昂的代价。在追逐自由的旅途里，没有的恰恰是自由。真正的自由是失败的自由——或者拒绝失败的自由。

■ 主旋律文化中的一个十六分音符

语出西西里柠檬的一则留言。事由是接续"周老虎"未竟事业，"刘羚羊"东窗事发。与"周老虎"铁嘴钢牙死不改口相反，面对网友"dajiala"针对CCTV 二〇〇六年度记忆新闻图片铜奖作品《青藏铁路为野生动物开辟生命通道》的质疑，摄影者刘卫强坦白造假，原报社总编下课，极富戏剧性。

众议纷繁中难免拔出萝卜带起泥。有网友提示上海知青陈健曾因信守承诺为战友金训华守墓三十六年而获选"感动中国二〇〇五年度人物"一事，亦有商榷空间。有网友曝料称，"陈健守墓"一说不过是记者的"提炼"。一些上海知青亦认为"过分"。陈健本人在澄清报道中夸大的成分后时说：很多是记者的想象……有网友为此事件制作专属名词：虚构感动。

更有多位网友目光深邃。他们从《大庆晚报》看到大庆市委宣传部，看到大庆市，直至看清主旋律文化。网友西西里柠檬在一则留言里说：

"如果网友们非要认为愿景就是子虚乌有，就要遭受痛陈，那么我请问，你看到的'和谐'社会到底有多和谐？你看到的反腐成果后面又有多清廉？

你看得到吗？'刘羚羊'不过是中国主旋律文化中的一个十六分音符，而且还绝对不是休止符。如此而已。"

■ 走到她的墓前吐一口唾沫

语出英国《观察家报》一则报道。报道称，英国著名剧作家汤姆·格林创作的新剧《玛格丽特·撒切尔之死》引发舆论关注。该剧对撒切尔这位当代最著名的政治家的政治遗产进行思考，并探讨了她为何依然极具争议性。剧中人之一是一名矿工，他发誓要从英格兰北部走到这位首相墓前，吐一口唾沫。剧中另外一位人物是一名新闻主播，他认为，亲口宣布撒切尔死讯视将是自己职业生涯中的最大幸运。

■ 正龙拍虎

二〇〇七年著名新成语。

对这款妇孺皆知的新成语，网友老鱼的释义有二：

一、意指某人或某集团为利益驱动做假，被揭穿后还抵死不认；

二、特指那种社会公信力缺失状态下的民众心态。

老鱼列举的"正龙拍虎"造句练习中亦内嵌近日多种时政新闻，亦庄亦谐，妙趣横生。它们短则短矣，但其锋芒未必输于长篇阔论。如下：

汉芯造假者正龙拍虎，最终咎由自取。

中石油上市，各媒体正龙拍虎，使新股民站在四十八元之巅。

中国彩票正龙拍虎，再次告诉国民双色球再创彩市中奖纪录，一名彩民独中一点二亿元，使彩民趋之若鹜。

■ 做着做着新闻就把自己人作成新闻人物

语出专栏作家王小山短文。二〇〇七年十二月十四日王小山在博文中对央视新闻联播更换新主播发表观感。上面这句话出现在该篇日记的开篇部分，好恶爱憎被细腻精致传达。它让我想起《纵横四海》里小马哥嘴角的那根儿牙签：不是那种愣头青式的鄙视或蔑视，而是裹着一款通透机智风衣，好比蘸满原宥糖衣，内里塞满不屑之哂，一粒糖丸……佩服。

Peking

关于究竟是将"北京"的英文译名写成"Beijing"还是"Peking"，一直存有争议。众说纷纭里，编辑杜然的见解很有趣：

"前段时间，有学者说把龙翻译成 dragon 不妥，因为 dragon 是一种怪兽，会让外国人觉得中国的形象充满威胁。如果那位学者要是知道了北京的英文缩写还有口交的意思，他是不是会出来鼓捣给北京改名呢？谁说中国的学者不是笑料的最大提供商之一？"

把语文变成菜市场分不同部位出售的猪肉

语出网友七哥老乡的一则留言。内容痛陈应试教育糟蹋中国语文。留言说：

"我是语文老师，但当下的语文，被考试冲昏了头脑，个个肢体残破，血脉喷张，红着眼睛找得分点，把语文变成菜市场分不同部位出售的猪肉！高考已经把语文糟蹋的体无完肤了！"

保存在某个遥远的国度，某个遥远的图书馆

一天，在《中华读书报》上读到记者康慨关于作家阿摩司·奥兹新闻报道。阿摩司·奥兹是以色列著名作家。二〇〇八年二月十三日，奥兹双喜

临门：他与两位同行一起获得丹·大卫奖，奖金一百万美元，并同时获悉好莱坞将投拍根据其回忆录《爱与黑暗的故事》改编的影片。

康慨报道中，让我歆歔不已的，是奥兹二〇〇八年二月十四日接受《新闻周刊》专访时说的下面这段话：

问：你写过，你儿时的梦想，是长大了变成一本书。书比人更长久吗？

答：这跟个人安危有关。我那时好怕。那会儿我是个受惊吓的小孩子。二十世纪四十年代初，耶路撒冷开始出现欧洲犹太人遭到大屠杀的流言。空气中充满了先兆，好像耶路撒冷的犹太人也会遭到同样的命运。我就想，要是长成一本书，会更安全些。做书比做人更安全，因为书至少会有一本幸存下来，保存在某个遥远的国度，某个遥远的图书馆。

■补妆门

"口误门"、"穿衣门"事件后，央视再爆"补妆门"：二〇〇八年三月十九日晚，央视《晚间新闻》节目播出过程中，主播贺红梅拿出粉扑补妆镜头闯入画面。此事瞬间引发网络激辩。

在这样一个话语滔滔年代，"激辩"正成为家常便饭。相比沉默或动辄"封杀"须臾"敏感"而言，很多喧嚣正在成为一种不得已的姿态。

有沫的未必都是啤酒，有可能不过一泡长尿，可它好过年画上的动物凶猛，更好过舞台上浓施粉黛、补妆不迭的万世太平。

▌蹿客

新语词之一。其中"蹿"为英文"try"之音译，有"试试"、"尝试"之意。"蹿客"之意特指那些热衷于"试用"新产品的人群。媒体报告说，"蹿客"人群的生成主要仰仗于"试用网站"之类平台的逐步发达。据称，此类网站注册用户在约一年的时间里已激增至三百多万人。化妆品、快速消费品、保健饮品和教育培训服务这四项为过去一年最受"蹿客"欢迎的使用品。一名职业"蹿客"说，那些"蹿"来的东西每月至少可以帮她节省四分之一开支。

▌从感恩出发，从谦卑做起

二〇〇八年三月二十二日，二〇〇八台湾选举揭晓，国民党候选人马英九当选。马萧获七百六十五万八千七百二十四票，谢苏获五百四十四万五千二百三十九票，马萧配取得压倒性胜利，创下台湾选举史上最高票纪录。

当晚十九时三十分，当选者马英九发表题为"从感恩出发，从谦卑做起"的当选宣言，承诺执政后优先拼经济，落实选举承诺，以响应人民的改变期待。

这当然仅仅是口号、说辞、文字。它是不是游戏，是不是花活，我这种人也说不清。可我觉得，用最妥帖语文制作一个妥帖传递希冀或企盼的口号，很重要。

多年前，我将一句流行语挪为小学生佐思佑想班级运动会口号，虽被他们老师以"油滑"为由婉拒，可那口号还是好。到现在想，还是好。那口号说：锻炼身体，保卫自己；锻炼肌肉，预防挨揍。

■ 第七大洲

来自法国《国际信使》周刊的一条消息说，世界"第七大洲"已大致成形。"第七大洲"又称"垃圾板块"，位于夏威夷海岸与北美洲海岸之间，由数百万吨被海水冲击于此的塑料垃圾组成。在这一地区，顺时针流动的海水形成了一个可让塑料垃圾飞旋、永不停歇的强大涡流，面积约三百四十三万平方公里，这一面积相当于欧洲的三分之一，比法国面积的六倍还多。

在这一水域的主要部分，塑料垃圾的厚度可达三十米。自一九九七年至今，这个垃圾板块的面积增加了两倍，它们给海洋造成的损害无法弥补。它们无法生物降解，其平均寿命超过五百年。随着时间的推移，它们只能分解为越来越小的碎块，而其分子结构却一点没有改变。

于是，海水中出现了大量的塑料沙子。它们看似动物食物，却无法消化、难以排泄。很多鱼类和海鸟吞食后，最终会因营养不良而死亡。此外，这些塑料颗粒能像海绵一样吸附高于正常含量数百万倍的毒素，其连锁反应亦可通过食物链扩大并传至人类。

多年前，作家三毛写过一篇短文叫《塑料儿童》，文中那个当年多少有点儿为赋新词强说愁的主题如今已成现实，真真切切。

短书

美联社纽约消息说，一种更为精简的书写方式正在成为传统出版业"复兴"趋势，简单说，即"短书"。

"短书"是简短艺术的一种，又称"短篇非小说"。从科学家到总统到神话，都可以成为作品的主题。作者彼得·阿克罗伊德通读了二十余册爱伦·坡作品，做足满满两文件柜的阅读笔记，信息量比最忠实的坡迷了解的还要多。

而所有这一切，只是为了写一本不足二百页、几小时就可以读完的书(《埃德加·爱伦·坡》)。十年来，在全世界至少有十家出版商推出了各自系列短篇非小说。其历史，至少可以追溯至古希腊传记作家普鲁塔克，后继者则有十七世纪的约翰·奥布里以及二十世纪初的利顿·斯特雷奇。

"我认为，这就像是为一本杂志写一篇文章，不会有很大的利润……尽管它会和所有泡沫一样，都会破灭，但是，书市泡沫的优点在于，即便市场暴跌，我们还有书可读。"

曾因小说《一千英亩》荣获普利策奖的小说家简·斯迈利这样说。

段子代沟

语出作家庄雅婷博文《那些跌跌撞撞的段子啊》。文中有两句话给我印象最深，一是她说："我跟你讲，连耍流氓都有代沟的"；一是她首创"段子代沟"、"短信代沟"概念。一绝。

再早，我们已知"卡拉 OK"包房里无法掩蔽年龄，看你唱的那些歌，就能知道你的年龄乃至阅历，现在，猜想一个人的年龄，看他（她）发给你的短信温度和成色，至少可以略知一二。

有些短信的确带"包浆"，字词句篇，无不裹挟着农耕时代村公所式的烟火与风尘；而有些短信则簇新，明媚，哪怕言及床笫之欢，照样欢愉，锋利，爽朗，绝不黏糊。

■ 赶紧给自己生一救命恩人吧

某日，读作家严歌苓新著《小姨多鹤》至第八章：多鹤自打有了渐次动情的张俭后，意念中最强烈的计划、谋略，仨字儿："生孩子。"

到了第八章，多鹤在世间已无亲人。她只能靠自己的身体给自己制造亲人。她每次怀孕都给悄悄死去的父母跪拜，她肚子里又有了一个亲骨肉在长大。

忽想起此前一个月，读到陈老师接受《心理》月刊记者采访时的谈话。

言及心理困惑严重时，吃药看大夫外，还把儿子照片放在车上、办公桌上、电脑屏幕上。

"他是我的救命恩人！"

康复后，陈老师说。

又想，那些还在左思右想前思后想胡思乱想犹豫不决的准爹准娘们啊，还愣着干吗啊？赶紧给自己生一救命恩人吧。

▌圭寸杀殳三易口隹

一天，"汤唯广告被封"由传言变成现实。"汤唯"二字成为热词，同时也瞬间变成敏感词。此后，网民提及汤唯，文字"藏猫猫"盛行，一种类间谍文化趣味此起彼伏: 或以汤唯汉语拼音字头"TW"称之，或如上，称之为"三易口隹"……当谜语猜，很好猜。在此类新闻猜字游戏中，熟悉繁体字（湯唯）者略占优势，否则，这个文字游戏有点闷。其时最为流行的鬼马标题即"圭寸杀殳三易口隹"。在如此拼拼贴贴里，可见焦灼，紧张，甚至可见愤懑。为什么这么紧张呢? 豆腐做的吗?

▌国际母语日

一天，自德国之声电台网站得知，二〇〇八年二月二十一日为国际母语日，这一纪念日由联合国设立，旨在促进语言的多样性及多语种化。

报道称，中国目前有五十五个少数民族，人口超过一亿，有超过一百三十种方言和民族语言，但很多少数民族语言正在消失。

旅居德国的蒙古人席海明说，在实际生活中，年轻一代学习民族语言困难很多。在内蒙古，原来每个生产大队都有蒙语小学，现在蒙语小学都搬到旗里去了。这样一来，学生必须住校，一些收入拮据的家提供负担不起，孩子自此失去学习蒙语的机会。

虽然推广普通话有利于交流和经济发展，但越来越小的使用范围让民族语言前景堪忧。有学者认为，目前中国百分之五十的民族语言均受到威胁，很多语言只有老年人在互相交流时才会使用，更有大约二十种语言由于使用者太少已经濒临消亡。

还是有希望的

语出作家连岳。他在回复一位陷入苦恼的恋爱怯懦者时，说了上面的话。

连岳原句："你有鸡鸡，她没有。所以还是有希望的。"

洁食

一天，据美联社报道说，北京第一家犹太餐馆正式开张营业，餐馆名"洁食"。

开业半年多，用餐者包括一些旅居中国的犹太人以及好奇的中国人，他们的招牌菜据说叫做"咖喱鱼头"，什么味儿啊？

找个机会去尝尝。

九号客户

一天，美国纽约州州长斯皮策因召妓丑闻正式宣布辞去州长职务，辞职自二〇〇八年三月十七日生效。斯皮策担任州长尚不满十五个月。据美联社美国纽约州奥尔巴尼三月十二日电，召妓丑闻曝光仅一天，网络上即有印有"九号客户"字样的 T 恤衫出售。"九号客户"是斯皮策在一卖淫团伙内的代号。

拒绝

"某女，超级色。一日，其 QQ 昵称忽写成：'拒绝。'好友问之：'为何如此？'女曰：'你不觉得加上偏旁比较含蓄吗？'"

上面这段文字为一则流行短信，冷笑话吧。

如你所知，作者为谁不详短信其笑点来自传统的拆字游戏。拆不开或完全不知拆字游戏者逗趣效果减半，乃至归零，亦未可知。

瞿希贤

经典怀旧歌曲《听妈妈讲那过去的故事》，作曲瞿希贤因病二〇〇八年三月十九日午间在京逝世，享年八十九岁。在百度上搜索本歌的音频链接，发现本歌很多署名写着"佚名"，可见作曲者早已淡出江湖，而歌声自五十年前传唱至今。

瞿希贤一九四四年毕业于上海圣约翰大学英文系，一九四八年毕业于上海音乐专科学校作曲系。在音乐作品方面，瞿希贤尤其擅长合唱作品。

瞿希贤最为人传诵的《听妈妈讲那过去的事情》在海量经典怀旧歌曲、

经典红色歌曲中实属少见的叙事性音乐作品。

其中淡淡的伤感、空旷、寂静的音乐造型使它打动了一代又一代怀旧者，成为高亢美学、嘹亮审美之类主旋律霸悍天下岁月里难得的例外与孤证。

可怕的是那些给魔鬼化妆的人

语出评家五岳散人。事由为复旦大学教授葛剑雄在上海《东方早报》与广州《南方都市报》同时发文，就其两会"中华文化标志城"提案做澄清式解释。学者五岳散人的回应是对回应的回应：

"记得此事在报章上披露的时候，我曾经写过一篇评论，文中最后两句是'魔鬼从来都不可怕，可怕的是那些给魔鬼化妆的人'，这话葛教授看来没有忘记，此次还提了一下。从葛教授这次的言论来看，我这两句断语看来没有必要收回，还要更详细的解释并强调一次。"

五岳散人文中"魔鬼从来都不可怕，可怕的是那些给魔鬼化妆的人"一句，让我想起保罗·福塞尔在《恶俗》一书中对"恶俗"所下的定义：

"如果你家盥洗间的水龙头划伤了你的手指，那不是恶俗，而是倒霉，但如果你还非要给那个水龙头镶上一层金边儿，那才是'恶俗'。"

两会就是一春晚

语出记者刘天昭，主题为"扩大公众政治参与不能止于代表结构调整"。

刘文观点鲜明论据扎实。最好玩儿的是她说："两会就是一春晚，勉强一下可以算是时政春晚。但是媒体非要装疯卖傻地表情会意。意淫并且不愿意认为自己是意淫。可怜见的，我现在是媒体工作者。"

在这段简明扼要的"态度"中，"春晚"暗喻乃至"时政春晚"这一新造词尤为活络。这比喻的奇异度、创新度与《围城》中著名的"真理"以及"局部的真理"之喻好有一拼。

■ 零眼袋

某饭局，大家拿影帝小强开心，说到小强没遇"组局"差事，不仅肾上腺素高浓度分泌，整个人也极度亢奋，神采奕奕容光焕发，连眼袋都没了。

至此，有人插嘴："那不成'零眼袋'了？"

话音未毕，爆笑四起。

顺这戏言联想，果真如此，有关北京治安状况，看报表之类岂不啰嗦？直接看小强的眼睛就好了：小强熊猫眼，十日无饭局，四海安康；反之，小强零眼袋，饭局天天有，京城交通大堵，各界人士骚动不安。

■ 咯吠

上班途中读小说，消磨时光，好多年的习惯。早年，北京路况尚好，国产的一天就读完了。后来，基本天天死堵，堵死，国产小说已猛增至三到五本，才堵得上那个将近两小时的时间黑洞。

不过，严歌苓例外。

那周，一至五，开读严歌苓新作《小姨多鹤》。前四章读完，感觉上佳。早年，写严歌苓读后感，曾用奢侈的冷形容，而这部本新作圆融于世态人心，悲怀于人性错杂，在在弥漫着的，已是一团滚烫的冷。

第三章，写土改时张站长的心态："谁说要出事呢？是怕万一出事呗。他一个政府总有他喜欢的有他咯厌的，就是怕这个新政府咯厌咱家这样的事呗。弄个日本婆生孩子，二孩还有他自个儿的婆子，算怎么回事。"

读到其中的"咯厌"二字时我正从五环进机场高速……模仿宋石男，就这俩字，让我忍不住深邃地笑了起来。

"咯厌"为北方口语，在书面里我们很少用到。可在严信手拈来的这个桥段里，非它不足以传神。神，神乎其技的神。

马上就会好

新加坡《联合早报》的一则报道说，台湾大选后，美、中、台三方第一反应惊人相似：对未来两岸关系持审慎乐观态度。

如此"官方表述"文辞换在坊间，是五个汉字："马上就会好"。这五个汉字利用汉语词性、词义交叉特点，将副词"马上"暗自挪移为"马（英九）上（台）"，创造出一个新的压缩短句，官腔语文里的含混暧昧被具象。

不同的屁股锁定不同的脑袋，这我知道。我的想象是，那些深度审慎者们在"马上就会好"这个短句后添加的多半不会是惊叹号，而是问号。一个大问号。

骂不完就放过他们吧

语出作家冯唐短文《我妈》。我跟媳妇一起读此雄文，读完后大笑间或小笑无数。

冯唐形容老妈，用到"剽悍"、"大器"、"茂盛"三词，新鲜，有劲儿，传神。而在劝慰老妈时，冯作家写：傻×太多了，骂不完就放过他们吧。

此语喜剧效果在联想的移挪中继续发酵。比如，假使忽然想到青歌赛或其他傻×之类，大可不必浪费精神。冯老师有言在先：骂不完，放过他们，就好了。

毛毛雨

语出作家赋格博文：

"有次在图书馆翻《明报》，天气栏里看到'三藩市，毛毛雨'，感慨香港报纸能用这个词报道天气，不是干巴巴的'小雨'、'小到中雨'。"

这细节是语文细节。按照这一假设，"小雨"改为"毛毛雨"，"小到中雨"改为"白天毛毛雨，天擦黑后瓢泼大雨"，生动之外，也让信息传递者与接收者之间由远而近，热络亲热起来。

毛主席看了会不高兴

有时，一个新闻话题里会同时出现两个或两个以上的酷词、趣词，让人手痒，忍不住先点击，再收藏。上面这句即属此类。其新闻原点来自《南方周末》有关葛浩文的报道：

"葛浩文，美国汉学家，目前英文世界地位最高的中国文学翻译家。曾被美国作家约翰·厄普代克誉为中国文学首席且唯一接生婆。他的翻译清单包括萧红、陈若曦、白先勇、李昂、张洁、杨绛、冯骥才、古华、贾平凹、李锐、刘恒、苏童、老鬼、王朔、莫言、虹影、阿来、朱天文、朱天心等。葛浩文还曾主编中国内地当代短篇小说译文集，书名有趣，叫《毛主席看了会不高兴》。"

"首席且唯一接生婆"或"毛主席看了会不高兴"等，都属于让人忍不住要坏笑大笑的新语词。

等闲下来，我预备做两件事，一是用"首席接生婆"做几道造句练习；一是不管听懂听不懂，对佐思佑想谆谆教诲：

你俩如果老玩"魔兽"的话，毛主席看了会不高兴的。

那边钱根也紧啊

扫墓那天，兄弟姐妹买来的冥票都是大额票，六十个亿一张，厚厚一大叠。烧大票时，老婆一边挑旺纸火，一边唠唠叨叨：大票好，大票好，大票好啊……这边通胀，那边钱根也紧啊。

"清明"重获官方重视，二〇〇八是头一遭。对一个日益嘻嘻哈哈无忧无虑充满"节日般性格"的民族而言，有了一个因被制度化而得以放大和强调的假期，不算坏。毕竟，清明，这是个有那么一点重量感、下垂感的假期……任你何人，心里总会有点……那个。

清明前后，还读一些令人神伤的清明语文。有陈晓卿老师的"请在嘀声后留言"，有大米粥同学发掘出的"给我一个经济适用坟"等。

这些有重量的语文让我心里感慨，明白人性并未完全没心没肺、二百五……哪怕，哪怕，它不过只是在这一天、那一刻静默并黯然。

■ 弄他！弄他

语出评家张晓舟二〇〇八年二月二十五日刊载的体育随笔，上列为随笔标题，它也是其时最富争议的短语。意见较为激烈的多为重庆网民。一时间，"弄他！弄他！"之声铿锵弥漫，夹杂脏话泼街，一地鸡毛。

汉字"弄"为会意字，本义为把玩，引申义为玩耍、游戏、乐于做某事、演奏、戏弄他人乐、淫乱等。引发群情公愤或万众瞩目，其基础分歧，无非因为不同的人站在一个语词的不同侧面摸啊摸啊，"盲人摸象"。

就说这个"弄"字，声讨张晓舟者，多取其"淫乱"之意。其实，张晓舟本人的那篇率性文字，本义未必如此。我向来认为，爱之深者，责之切。换成其他城市，张晓舟未必有兴趣写下哪怕只言片语。

而读众非将这个"弄"字解读为"二爷在外头弄了人"之类的情色暗示，也是无可奈何。在这个"弄"字的近十个义项中，确也有这一讲的。

缺乏辩论的大会是寂寞的

语出学者刘瑜针对两会的评论文字，上面是标题。赞同刘文观点：

"西式议会的'吵吵嚷嚷、互相攻讦'情形也许不那么优雅，但任何一个多元化社会的基本特点就是利益冲突和理念竞争，如果政治的冲撞恰恰是反映了这种社会现实，它也没有那么可怕。相比把矛盾藏到桌子底下来维持一个桌面上的团结融洽，倒不如把矛盾摆到桌面上来公开讨论。说到底，'混乱'之间失的是'礼'，而沉默之间错过的却是'理'。我以为，在政治当中，道理比礼节更事关重大。"

读过刘瑜小说《余欢》。喜欢。对比着想，一个的文学造诣、文学旨趣所可能营养的内容，远非帮助你成为一名作家那么寡淡。

假如另有一位不读不写小说的"刘瑜"，我相信她仍会在诸如"混乱—沉默得失比较"之类的议题间表达意见与态度，可却难以"礼""理"这样一组汉字同音字即将这番繁复纠葛一语道破。

文学更多时候无法使我们成为一个畅销书作家，却可以帮助我们在观察这个世界时多出一个视角，多出一种以形象思维为辅料的特别眼神。

让艳照门成为历史

某日，在一纸媒上见一则"便携式外置硬盘"广告，上为其广告口号。这则广告口号的灵感来源如你所知。可"成也萧何败也萧何"的是，这则广告口号但在强化其实"数据加密"功能的同时，也成边将自己列为"情色保险箱"之一……这个广告策划没想过吗？

上帝糊涂，把我忘了

记者采访百岁老人周有光。言及一百三十岁高龄，周先生自嘲："上帝糊涂，把我忘了。"

他从未长大，但他从未停止过生长

语出刊载于《经济学人》杂志上的亚瑟·克拉克讣闻。讣闻庄谐并置，温厚感人。

喜欢《经济学人》讣闻中颁赠给亚瑟·克拉克的那个定语："亚瑟·克拉克爵士，幻想家，三月十八日辞世，享年九十。"

"幻想家"，是一个晶莹的奖杯。

当然，更喜欢讣闻最后那句以所谓"倒刹车"技巧编织而成的文字："他的墓志铭或许正如所愿。'他从来没有长大，但他从未停止过生长。'"

这就不仅仅是一个奖杯了。

读到它，我觉得自己飞上一列刚刚靠站城铁，沿时间隧道往回开，再次回忆这位写过六本关于地球末日小说的长者温厚奇异的一生。

全是爱。

全是幻想。

他完全是个不及物动词

此语由作家杨葵推荐，原为作者毛尖描写孙甘露时用到的一个句子。原文是：

"（孙甘露）太不慌不忙了。我们跟他说，有人为你心碎呢！他只是笑笑。他的目光投在远处的一只气球上，令人觉得他完全是个不及物动词。怎么说呢，在一个过于及物的时代，他的状态，包括生存和写作，都显得过于不及物了。"

在人人思变、思财、思名语境里，"及物"果然就是"同一个世界，同一个梦想"。而那些"目光投在远处的一只气球上"的那些人稀罕而外，自有一种别样的清爽，别样的安静。他们拥有一种稀罕的幸福。羡慕他们。

我表哥是做中医按摩针灸的

球星姚明骨伤引发网友关注。在一位网友的留言里，我抄下上面这句。我的联想是，当我们有一天非使用诸如"网络暴民"之类的词组时，或许会想起来这个貌似平常的"留言"。怎么可能都是暴民？在网上，温情大把大把。

我请了我的香肠们来烤肉

在一则书讯中读到上面这句话。它出自一本名为《城市词汇》的新书，由法国七个女孩与四个男孩（十九岁至二十五岁）合作编写而成，费时三年。书中搜集到二百四十一个法国当下城市年轻人热衷的词汇，这些词汇在普通的法语字典上无法查到的，比如，在上面这个句子里，蹊跷的，是语词"香肠"。在法国现在的年轻人中，它的意思是"朋友"。

我忍不住英俊地笑了起来

语出作家宋石男博文。那博文早就读过，可并未特别留意。某日饭局遇见罗老师，罗老师很正式地说：这句一定要收啊！

"它的确写得很装，可它好调皮啊！我喜欢。"

罗老师评点这句时这样说。

宋博文相关段落如下：

"只喝到九点半他就带着女友告辞，说是打算在川大校园里走走，享受下温馨的二人世界。我却不怀好意地猜测，他们根本不会在校园里走，而是直奔最近的一张床。他们将在上面激烈地聊天，打架，流汗，事后王佩一定还会掏出楠木烟斗，抽上几口。想到这里，我忍不住英俊地笑了起来。"

罗老师"点评"中说到的"装"，翻成书面语，多半即"煞有介事"。"我忍不住如何如何"曾是文青惯用语。而此语的调皮，则主要在于他刻意误用"英俊"二字……请注意，这里的"英俊"是自况，而非他指……在场无人，他者在宋的想象里早已"直奔最近的一张床"。

在"宋语文"里，一直有一种狠劲儿的缭绕。他当然吹上一声口哨就可以写出诸如"这句话写得太口吃了"之类的聪明话，可他更写过《救火的人》那种狠狠的文字。

以前，形容这类狠文字之，我爱说，它们好像"鼻子里冒着冷气"，看完宋文，我愿免费将这个比喻升级：那都是一些连心扯肺的狠话啊！它们尖锐赤裸，咣当砸地，好像来自开足了两匹大制冷空调的鼻腔。

■ 香港不能修电脑

新民谣之一。关乎艳照门事件，经由短信载体，广泛流传。该民谣标题为《七省禁忌》，谣云：

陕西不能提老虎，长沙不能坐火车，山西不能下煤窑，上海不能进社保，济南不能聊大雨，广州不能去车站，香港不能修电脑。

此新民谣全以否定句组成，其"不能"仅为虚，实情是，广为流传，妇孺皆知。

■ 小规模惺惺相惜

语出王小峰博客留言。某日，王小峰在博客发文邀请网友参加新书《文化＠私生活》见面会。一位网友在留言里说：

"签名比签证有趣，售书比售货有益，扯淡比扯面有劲，猩猩还是那个猩猩。小规模惺惺相惜。"

喜欢留言尾句"小规模惺惺相惜"。在陌生人社会，这类"小规模惺惺相惜"等于将日益稀缺的熟人社会文化复活，重新排演。

沿此继续妄想，那个相聚的场合很方便幻化为村东头的那棵大槐树，小强、老六也随之摇身变为村长、村支书：该嗔怪嗔怪，该棒喝棒喝，该抚慰抚慰，所有赵钱孙李周吴郑王之类的参与者也因此成为异父异母的兄弟姐妹，打打闹闹，成了亲人。

■ 新四项

语出一则元宵节短信，母本见过 N 次，可此次新见，已是升级八卦版。它大致也是一种集体创作，作者众多。每发一次，改几个错字，凑上个韵脚，不费事儿的。在手机短信日渐成为一种民间信息交互平台的当下，俗语所谓"沉默的大多数"正缓慢改变，姑且名之曰"短信的大多数"？该短信如下：

元宵节到了，喝一杯吧。但请切记如下最新四项基本原则：喝高了别失身，失身了别拍照，拍照了别存电脑，存电脑坏了别修。切切。

■ 新闻摄影界真是动物凶猛啊

沿着"周老虎"、"刘羚羊"的惯性轨迹，"张飞鸽"忽就滑进公众视野。

在沸沸扬扬的议论中，庄哈佛、黄耶鲁的上面这句评语简明直白，切中要害。这种"PS新闻假照"的批发式曝光令人不安。它意味着一个潜伏巨大危机正浮出水面。

■ 虚拟圣火

语出香港网友"公园仔"的一个倡议。倡议主题为"网络传递奥运圣火"。倡议发出后，响应者众。针对这一创意，网友胡缠说：

"这个活动的参与传递圣火的方式是写一篇关于圣火的博客并且标出自己的所在地以方便火炬路线的连接。这个活动的宗旨是'同一个世界，不同的梦想，一火各表，百火齐放'和'人人都可以作网络上的火炬手'。喜欢玩火的，扑火的，护火的，点火的，甚至包括上火的和泻火的各位，你们的机会到了。"

这个"虚拟圣火"玩的是创意和想象。在这个更虚无缥缈、更无边无际的世界里，玩火、扑火、护火、点火，哪怕上火或泻火，都远比真实的物理世界更容易实现。当然，它也更方便"走火"。

薛蟠体

语出《中华读书报》记者王胡报道。报道中，王胡说，一部名为《美国最佳春宫诗》的诗集二〇〇八年二月由西蒙和舒斯特公司出版。

该书主编大卫·莱曼此前曾主编过《美国最佳诗选》。此番新选集则聚焦爱情、性和欲望在诗歌中的丰富表现：从身体部位到私密恋曲，从火热的激情到孤独的自我愉悦。书中收录了大量名家名作，惠特曼、艾米莉·狄金森、罗伯特·弗罗斯特、格特鲁德·斯坦因、华莱士·史蒂文斯、威廉·卡洛斯·威廉斯、约翰·厄普代克、查尔斯·西米奇等作家的香艳之作均有收入。

二〇〇八年三月十六日，评家丹·奇亚森在《纽约时报书评》撰文评论本书。奇亚森认为，《美国最佳春宫诗》一书四分之三的篇幅是过去五十年的诗作，这一时期也是美国"荷尔蒙大行其道，而性充斥于市"的阶段，著名的厄普代克先生就曾写过薛蟠体的不文之作——"恕我们无法在此转译。"

上文中所谓"薛蟠体"，当是王记者的想象和意译，换一种说法，即"本土化"。这是一个好的本土化，前提是，因为那些类似"淫词浪调"的诗歌无法"转译"。

言犹在耳

一天，惊闻翻译家乔志高先生因肺炎病逝于美国佛罗里达州，享年九十六岁。很晚才知道乔志高，读过他写的"美语录"语文随笔系列《言犹在耳》、《听其言也》、《总而言之》等，好看。

常常因一个人走了，才忽然想起他或他写过的书。这时，再读书，果然已是"言犹在耳"。乔先生的《美语录》妙趣多多而外，极为看重对于语词的辨析，对语文学习而言，辨析本身就是一种学习。

"evenings"、"傍晚"、"天刚擦黑"、"黄昏"、"天快黑了"、"黄昏时分"……意思差不多。我猜琼瑶多半不会选择"天刚擦黑"，刘恒也多半觉得"黄昏时分"有点儿酸。写小说不是吃饺子，免了。

■ 一眼货

语出马未都关于文物鉴定的一个说法，口气牛 B，坚定肯定："大部分民间藏品对我都是'一眼货'；凡是一见东西就磨磨叽叽，吭吭哧哧的'专家'鉴定大都没戏。"

有关"一眼货"，马比喻说：

"当你看到你的儿子从幼儿园门缝中露出半张脸，你马上就做出正确判断，立刻满脸堆笑，迎上前去；而不需等儿子走到跟前，脱去衣服，看看后背上的胎记才能确认是自己的儿子。你的迅速判断源于你对儿子的熟知。"

喜欢马语文，也理解马的粉丝为何自诩"马屁精"。马语文好在将阅历与经验、知识与文采无隙混合后，搅拌出一种通透简明、晓畅活络的文本。

听马说古，能看见他私下里用过多少功；听马谈天，能在他信手拈来的妙喻里窥见他广博的生活经验。

连用现代白话描摹叙述很难整得妥帖得体、真切而不泛酸水的抒情，到了马语文中，一样让人感慨欷歔：

"人怕站在一个中心点向两头看，一头看得清楚，风华正茂；另一头看不清，如有也是耄耋昏聩，风烛残年。过去形容料峭春寒时常用乍暖还寒一词，而此时，形容我的心情却十分贴切。"

■ 愚人语文

与往年愚人新闻良莠不齐左奔右突比，二〇〇八年愚人新闻、愚人语文冷冰冰的，左奔右突没有，连良莠不齐的热闹也恍然不见，活生生过掉一个"和谐"无比愚人节，好生闷也。

愚人语文是聪明人正餐之余的甜点，看似不费吹灰之力，如一声轻巧口哨，可它带给我们奇异联想，诡谲悚然，奇妙无比。印象中，擅此者，高手有二，一南一北。北是胡淑芬，南是浪得虚名。

这两位老兄即或不在愚人节，亦常喜好撰写那种证据确凿的乱想，妙趣横生的扯淡，奇异新鲜。在我们这儿，如是才华横溢的语文不是太多，而是相反。缺什么，补什么，每次看到，都等于又过了一个纸上的愚人节：

北胡二〇〇八愚人作品：

〇 为了使自己下定决心离婚，穆拉德大夫进行了长达十三年的研究，终于发明出一种能使人心肠变硬的药物……伟哥。

〇 其后不久，上帝发现人类在干那事时动了手脚，满足了性欲却又可以不怀孕。这一发现让上帝深受打击，他一度怀疑自己不是万能的，并患上了抑郁症。在服用三个疗程的心灵鸡汤后，上帝重新振作，推出了伪高潮、不应期、意外怀孕等一系列补丁。稍后又发明了不孕不育专科医院，及其升级版不孕不育本科医院。

○ 这项旷日持久的研究几乎令贝尔先生倾家荡产。为了节省开支，贝尔先生忍痛剪掉了电话线，由此诞生了世界上第一部移动电话。

南浪二〇〇八愚人作品：

○ 为避免清明期间交通压力激增，证监会决定明日起暴涨两天。

○ 一年一度的愚人节街头调查今天在闹市区淮海路进行。七成受众表示"沉默是金，但不像金那么有价值"。近三成受众同意"用五花肉烤肉能为设计马桶盖增加灵感"。近六成受众表示"我曾经担心自己的屁股不对称"。另有两成受众对愚人节街头调查格调不高表示担忧，其中一位不愿出示脸部的市民称："就像股市。"

○ 中国作曲家协会日前证实，"牛奶伤身体"的说法并不确切。

■ 炸宫

某日，一条"炸掉故宫建小区"的新闻在网络风传。成都晚报首席记者薛玲对本热门新闻做出类福尔摩斯式追究，推断称，这一新闻属高度疑似伪新闻。

比如此推断令人爆笑的，是在假定"炸掉故宫建小区"为真前提下，万千网友已为即将在故宫遗址上开盘小区起名儿，曰"祚麻小区"。

看来，"网络人事处"所秉持的行事理念多半即熟语所谓"前事不忘，后事之师"……颇有历史感。

▊枕头大战

原本可能发生在二〇〇八年三月二十二日的一场枕头大战由于警方干预被劝阻。此前，"三月二十二日世贸天阶枕头大战"曾以网络召集的方式鼓动在京网友参加。

枕头大战是近年流行于欧美的一种心理减压游戏，它类似一种设计好的模拟"群殴"，样貌疯狂，可所用工具并无危险："平时拘束的生活令人窒息，抡起柔软的枕头，即便是肆无忌惮地打架，也不会伤及被打者，紧张、压抑也随着一次次击打而烟消云散！"

我觉得，枕头大战更理想的场所并非"世贸天阶"，而是雄伟的天安门广场，当然，八月不好，天儿太热。在胡乱妄想里，感觉如果是在北京秋天的某个周末，十余万人汇集于斯，十万只枕头横冲直撞凌空怒放，是日即创吉尼斯世界纪录，当无异议。

▊职业被调查人

一天，在《广州日报》上看见一则报道，称广州新近有一种新的"社会职业"叫"职业被调查人"。这个全新"职业"的从业者每天不用上班，以"被调查人"身份谋生即可糊口。

其通行办法，是与调查机构合谋，为预先设定的调查结论提供相关数据。从业者杨小姐说，目前，市面针对白领人群的新产品特别多，以年轻白领作为样本的"市调"也相继增多。"但是那些真正月薪过万的白领群体未必在乎几百元的礼金"……乘隙而入，"职业被调查人"就此得逞。

十数年间，从职业卖血人，到职业哭灵人，从职业乞丐，到职业研讨会发言人，每个新行业或每种新产品的推广，阳光之外，多伴有血污腌臜，一如娃儿降生。

Spam

二〇〇八年五月三日，是世界上第一封垃圾邮件发出三十周年纪念日。一九七八年五月三日，DEC 计算机公司（现已倒闭）的一名营销人员向美国西海岸大约四百人发送了一封电子邮件。那过，这封邮件没有被称为垃圾邮件，邮件发送者也没有恶意。后来，情况发生了很大变化。

垃圾邮件的出现改变了世界各地人们电子邮箱的状况。垃圾邮研究者坦普顿说，"垃圾邮件"（Spam）这个名称来自一个电视剧中的搞笑情节：一群海盗在一家餐馆里吃饭，由于每道菜都佐以"Spam"品牌的罐头猪肉，他们边吃边唱歌，歌词反复重复这个词……后来，"Spam"一词的意思衍变为"某种再三重复、以致令人生厌的东西。"

三十年来，"Spam"高歌猛进，飞速发展。从二〇〇四年至二〇〇八年，谷歌公司的电子邮件账户使用者收到的垃圾邮件数量所占比例提高了三倍，从百分之二十增加至百分之八十。发送垃圾邮件的技术也日新月异。第一封垃圾邮件发送时，发件人不得不注意输入每个收件人的地址，而现在，这个工作通过使用僵尸网络远程即可轻松搞定。"僵尸网络'劫持'了大约百分之三十安全措施不充分的个人和办公室计算机，并利用这些计算机每天发送数千封垃圾邮件。"坦普顿说。

国内研究者韩磊先生说：Hormel 牌的"Spam（火腿罐头）"以长达五十年的保质期而闻名。据此，电子"Spam（垃圾邮件）"的会非常长寿……韩的这个判断固然吊诡，可却是实情。而另外一位评家的话则提示我们必须做好与病毒和谐相处的足够准备："只要电子邮件还可用，我想，垃圾邮件就会是必要的背景噪音……那些坏家伙还有足够的手段继续制造垃圾，所以在一段时间内我们也还会受其困扰。"

■八成鉴定专家过劳死

语出《南都周刊》。这是一个较为少见的以假设和虚拟情境为特色的新闻标题，其假设、虚拟前提为：在全国各省市自治区包括西藏在内，大面积出现华南虎。

■被自杀

二〇〇八年网络著名流行语之一，最早出自作家禾愚文章。禾愚热情赞美发明本语词的网友：

"我有理由相信诺贝尔评审委员会的那些没多少见识的委员们看到这个词后一定会深深地为博大精深的中国语言所折服，一定会被中国网民闪光的智慧所征服，所以他们一定会像《时代》杂志当年把网民评选为二〇〇六年度影响人物那样，毫不犹豫地把诺贝尔发明奖授予发明'被自杀'一词的中国网友。"

禾愚说："其实'被自杀'一词没有半点新意，不过是网友不得不'脱裤子放屁'的一种表达方式罢了。没办法，不脱裤子就不让你和专家一起'放屁'"。

禾愚强调的，一如你我感同身受的当下压力与忌讳。对于语词创造而言，那一切反是必须，未必就坏。有限制，才有迂回的才情喷礴；有压力，才有刁钻伟大的舌头们左奔右突，嚼出另一片风光。

逼善

语出评家刀尔登专栏文章《彼此即是非》。

"劝善与逼善是有分别的，因为道德命题并不对称。我们可以说让梨是高尚的，而不可以就此反推不让梨就不高尚，不道德，无耻，该打屁股。提倡美德，是鼓励性的，推行规范，是禁止性的。规范禁止杀人，但我们很少会在日记里写下'今天又没杀人'，以为做了好事，沾沾自喜。反过来，人没有达到某种美德，不意味其在道德上有缺陷。经常发生的是，那些鼓励性、建议性的伦理信条，被不正确地逆推后，产生了一种压迫性的道德环境。"

刀文以古证今，字句皮相平缓冲淡，可内瓤字字含刀带刃。放在捐了又捐捐完特别费很可能还要捐生活费的语境里，刀文不仅阐明了道德命题的非对称性，也顺手为所谓道德压迫找到历史个案。

不抵制法货，只抵制蠢货

"抵制家乐福"事件高潮期间的一句流行语，出自互联网。此语亦包括"不抵制美货、不抵制法货，只抵制蠢货"等变异版本。

对此流行语，作家连岳补充解释说："我认为这种抵制很愚蠢，但它是你的权利，不能粗暴压制与剥夺，表达权显然包括表达愚蠢的权利。"连岳的补充解释亦引发争议。误解处是，连岳的句中尤其句末的犀利让有些网友挂不住。

我理解，连岳解释之句中的那个"玩笑"所强调的，其实是关键词"表达权"，它与"表达方式"、"表达内容"不是同一概念。

■ 出轨不可怕，可怕的是被撞到了

语出一则流行短信。信曰：

"通告所有已婚人士：胶济铁路火车相撞的事件以血的事实告诉我们：出轨不可怕，可怕的是被撞到了！（网友阿甘版）"短信在"出轨"与"撞见"二词的多义上做文章。它的滑稽效果因为有了胶济惨案黑色背景而由热转冷，成为一则冰凉的幽默。

■ 大戏

语出央视名嘴白岩松。他在二〇〇八年五月十四日抗震救灾直播节目时，脱口而出说……"这幕抗震救灾的大戏"。此言一出，即遭网友痛扁。这场痛扁的导火索是语文，可也不全是语文吧。

■当另一个枕头永远失去温度

本周，读到作家方方五月二十三日在博客里写成的诗作：《到那个时候》。诗作字句简单，家常，情感真挚，浓郁，收在这里：

当喧嚣声潮水般退去
当周围的人越来越少
当生活变得庸常

当日子成为自己的
当静夜
当孤独像空气一样弥漫

当别人家正热闹地说笑
当冬夜里一个人站在窗口看雪
当五月十二日下午两点二十八分

当生日
当春花盛开邻居一家人出去郊游
当清明的雨无声落下

当一个人吃着晚餐
当凉爽的风穿过空荡的房间

当中秋

当空空的秋千无节奏地摇晃
当另一个枕头永远失去温度
当病卧在床茶杯里没有热水

当早上醒来习惯地喊着的一个名字
当年关
当人们去关注无数与你无关的事

当你再次进入茫茫人海不再是焦点
当最艰难的时候沸腾地过去
当更加艰难的岁月寂寞着来临

当当……
当到了那个时候
到那个时候
我希望我是你的亲人

我虽然痛过，却没有像你这样的惨痛
我虽然哭过，也没有像你这样的悲哭
虽然没有
但你的惨痛和悲哭也是我的

到那个时候

我请你走到月光之下，

或许你会从那里感觉到我的温暖

虽然很淡，但它却会落在你的身上

到那个时候

我请你伫立窗口向远方眺望

或许你能发现我的目光

虽然很遥远，但它正在向你凝视

到那个时候

我请你在春天远足去

或许你能遇上我

我们一起看漫天碧绿看河水流淌

到那个时候

我请你读一本书，

或许它正是我写的

书中有一个人像你一样孤单而坚强

到那个时候

你的生活若需要帮忙请你一定说出来让我知道

我的能力虽然微薄，但会尽力

到那个时候

你要想哭就放声大哭

请相信，纵然千里之远，我也能听到

就让我陪着你一起哭泣

到那个时候

你若无助，请想想我，我也正无助着

因我不知道我能为你做什么

就是知道了，能做到的恐怕也不是太多

到那个时候

日子比过去更加漫长甚至残酷

可是生活除了继续，别无选择

到那个时候

请让我陪着你，我们一起走吧

一直走到那个时候被时间掩埋

反二奶同盟

某日，日本《读卖新闻》报道说，中国一些遭遇丈夫遗弃的女性近日成立旨在"消灭情人、严防二奶"的"反二奶同盟"组织。该组织的全称是"中华全国民间反二奶同盟会"，该同盟会于今年年初成立，挑战对象是那些包养二奶的腐败官员。

该组织发起人为家住西安的张玉芬，目前有年龄跨度自三十至六十岁的十六名成员。这十六名成员都先后深陷与包养情人的丈夫的斗争漩涡之中，张本人曾先后十一次以重婚罪对丈夫提起诉讼，均因证据不足未获支持。

放响屁

语出演员张铁林。某日，作客窦文涛节目锵锵三人行。说到抑郁症话题，张称自己在历练中不断提高自己的抗打击能力。节目收尾处，张称前不久参加书法比赛，获奖，有幸题字镌刻于某紫砂壶上，他题写的是"放响屁"三字。张解释说：那当然是在私密场所，没人之处。"一个人活一辈子，在没人的地方连个响屁都没放过，窝囊死了。"

改到制片方满意为止

语出《离婚了就别来找我》编剧费明。费说："最恐怖的就是编剧合同上有这样一句等同于'卖身'的条款：改到制片方满意为止。"《家》编剧阎刚说："什么叫'改到制片方满意'？连莎士比亚也未必能让他们满意。"

高性感，低温度

某日，美国凯悦基金会宣布法国人让·努维基荣获二〇〇八年度普茨克奖。评委认为，努维基"推动建筑理论实践，实现了新的突破，丰富了现代建筑的内涵"。

普茨克奖由凯悦基金会于一九七九年设立，被认为是"建筑界的诺贝尔奖"。二〇〇五年，他为巴塞罗那设计完成的"阿格巴大厦"常被民间戏称为男性生殖器。

努维基为人低调，上句中的"高性感"指其建筑风格，"低温度"指其做人及行事风格。

公益力量

语出评家赵牧。赵说："汶川大地震，为中国民间公益力量提供了一次集中展示的机会，也为观察他们的生存状态提供了一个机会。与此同时，诸多民间救助活动在实行过程中所遭遇的种种困境也表明中国民间公益事业的成长还有很多障碍需要克服。"

■九万兆

台湾领导人换届结束，前"行政院副院长"、东吴大学校长刘兆玄受命"组阁"，新"政府"将由马英九、萧万长和刘兆玄组成"铁三角"，马萧刘体制即将开启新的一页。台港媒体关于这一台湾政坛全新"铁三角"新"简称"随即普遍使用。新简称从马英九、萧万长、刘兆玄三人姓名中各取一字，组成"九万兆"，恍然间，似在搓麻。

■就像是太阳系一样，永远没有尽头

台湾著名作家柏杨八十九岁高龄辞世。我感觉，二〇〇六年先生所谓"不为君王唱赞歌，只为苍生说人话"，其实已经是他一生最精简的概括。评家叶匡政说：

"我是在青春叛逆期阅读《丑陋的中国人》。彼时，对传统文化，也往往用（酱缸）二字一笔带过，等发现并非如此时，已经过去十多年了，柏杨先生倒是抛出了很多研究（酱缸）的专著。如此说来，我们也蹲了十多年的'酱缸监狱'。"

二〇〇七年底，柏杨先生已卧病床榻，他仍有着"清醒而独立的意识"。柏杨在医院中对前去采访他的记者说："对人权、民主的努力，就像是太阳系一样，永远没有尽头。"

■ 螺丝起子

出自美国小说家钱德勒作品《漫长的告别》中的一种酒："一半金酒加一半螺丝牌青柠汁，不加别的。"评家苏七七反用出自作小说里的酒比喻小说作者钱德勒小说，奇妙别致。

苏认为："这些比喻都很好，比方说：'我跟着特里出来，关上门，关得很轻很轻，活像屋里刚死了人。'再比方说'特里说话充满了标点，像一本厚小说'。但这些比喻显得太文艺了，它们让节奏变慢，让书变长，让凶手是谁不那么重要，让人物与写人物的作者，变得更重要。"

■ 米荒

由于基础粮价上涨及市场供应短缺，发展中国家不少地区发生米荒，为此发生的骚乱随之增多。

据西班牙《起义报》报道，二〇〇八年四月底，海地首都陷入瘫痪，示威人群试图强力冲入总统府，抗议大米、豆类和食用油价格上涨。骚乱造成五人死亡。在埃及、喀麦隆、菲律宾等地也先后发生相似示威活动。世界银行预言说，大米平均价格在二〇〇九、二〇一〇年期间将继续上涨。

世界粮食计划署总干事表示，随着粮油价格的不断攀升，为养活世界上的饥民而付出的成本已经增加近百分之四十。

■ 你要允许我唯心一点是不是

主要景点选在云南腾冲拍摄的电视剧《我的团长我的团》不断遭遇拍摄事故。接受记者采访，主演之一张译说：

"当地有一种说法，说是因为我们在这拍摄战争戏，打扰到了在这里长眠安息着的无数烈士的英魂。我不是个迷信的人，但是有些事真的无法简单用意外来解释。解释不了，你要允许我唯心一点是不是？……尊重，尊重当地的风俗，尊重每一个生命。不因为敬业、投入而忽视生命，这是两次事故带给我的最深的感受。"

"你要允许我唯心一点是不是"这个句子不奇异，不抢眼，但它让我知道并非所有艺人都没心没肺……至少，至少这位艺人在用心反省世事人生，那心，简单说，即所谓"敬畏心"。

几年前，曾顺路拜谒云南腾冲的国殇墓园。那个墓园里安放着抗日烈士墓碑三千余座，且为罕见的实名制墓碑。

那天是与解玺璋老师一起去。中午，空大墓园只有我俩。在里面转悠两个多小时，我们基本没说话，只是静静地一个墓碑一个墓碑地看。想。

■ 弃档族

据悉，在全国人才流动中心保存的三百三十万份人事档案中，约有六十万份与主人失去了联系。这部分放弃档案、自游人间的人群被媒体称之为"弃档族"。

去愤青化

奥运前，某日新闻称，七家境外媒体获邀采访圣火登临珠峰，CNN 亦在其中。这个新闻多少有些令人意外。作家连岳将此称之为"去愤青化"。他说：

"对 CNN 的态度迅速去愤青化，无论是发自内心的改变，还是公关行动，都是个良好的开端，请坚持下去。对自己最严厉的批评者，反而更要请来，而不是号召签名抵制。"

让那些没有银子的同志去下载吧

语出歌手左小祖咒新唱片《你知道东方在哪一边》。这张新唱片尝试网络行销。新专辑计有唱片两张，封面两页，收入四个主题十八首作品，定价为人民币五百元。在这新专辑的唱片内页里写着上面这句："让那些没有银子的同志去下载吧，我不会怪你们。"

人品爆发

从佐思处得知本语词。语境是，佐思期中考试遭遇两道超难数学题，他忽然灵感泉涌，全部答对。回家后，大发感慨，一晚上说了一百多回"人品爆发"。问其语源，称大致来自电竞游戏。

山寨

最早对国产手机的一种戏称，本意用于泛指那些未获得合法授权或半正规状态的企业或产品，与出版业熟词"二渠道"、"二点五渠道"等近似，如"山寨机"、"山寨厂"、"山寨货"等。二〇〇八年，本语词超级流行，其实内涵、外延亦随之扩大泛化，现本语词所指内容已极端繁杂。

实情与伪证杂糅，真心与违心交用

语出作家邵燕祥长文《李慎之的"服罪"与"不服罪"》，见解独特。言及"文化大革命"检讨书，邵燕祥用到上面这句话。邵认为，"文化大革命"中李慎之的"检讨书"写的与大多数检讨书都不一样：

"在这些作为被批判者、被整肃者而写的材料中，保存了他对自己原始思想状态的清醒描述，使我找到了他晚年思想的源流。我设身处地，发现他所做的这些陈述，以他一贯维护个人尊严的自觉看来，不像是仅仅为了迎合权力者的指供诱供，以求'过关'而已。他一方面确也是出于共产党员的组织纪律性，一切如实地提供组织审查，情愿接受这'审查'的后果；另一方面则不排除更深远的用心，就是'立此存照'，留待历史的公论。正如李秀成被俘后的自述，瞿秋白牺牲前的《多余的话》，他们心目中的真正读者并不是收卷的人；也正如布哈林的遗嘱标明是《写给未来一代的党的领导人》；李慎之应该是希望他的真实思想有朝一日能得到人们的理解。因此他的自述是从容的，并不是气急败坏地给自己头上'扣屎盆子'，以求尽快获得'宽大处理'。"

邵先生所言极是。独立使用本句，它也可是当下诸多新闻报道所常用修辞策略。它们并不全是假的，不过，其中证据多有可疑；它们亦不全是良心送给狗吃，可违心之处依旧醒目……邵先生此语等于为所谓"信息恐怖主义"做出了一个旁证？我看是。

■ 所有有偷窥欲的读者都不会失望

语出台湾名嘴李敖。其时，李敖新书《虚拟的十七岁》上市后，被外界批评为"色情文学"。该小说讲述一名十七岁的少女脑部被植入晶片后，在一名六十七岁智慧大师的启发下，开启一段灵魂与哲学的追寻之旅。

台湾 TVBS 电视台报道说，小说出版后，李敖照惯例行事，高调爆炒："这里面有裸泳，有情色，连章节名称都让人脸红心跳，每五六页就有一次高潮，所有有偷窥欲的读者都不会失望。"

李敖口才一流，其爆炒技艺亦不在其口舌功夫之下。其急智、现挂、情色修辞等语言天赋，更是令大部分男性主持人汗颜。

"男人的膝盖不能软，但可以给美女坐。"这句流传甚广的李氏名言李敖身体力行做到，每次电视节目里，他的保留节目就是要让美女在他的大腿上坐一坐。

不过，这位七十多岁风流才子的风流亦常有"伪风流"马脚。前妻胡因梦即多次善良地提示受众李敖"风流外壳下的唐璜情节"。他"所有夸大的背后，都潜伏着一个相反的东西……在内心深处，他不敢付出情感。"

我们知道，两口子的事儿外人不便插嘴。不过，我仍旧倾向于相信胡说不无道理。毕竟，这位胡不是张斌老师那位胡。张老师那位胡风风火火快人快语的道理我都倾向于信，何况李老师这位胡言之凿凿知根知底。

谈谈很健康

新华网北京二〇〇八年四月二十五日电，新华社记者从有关部门获悉，考虑到达赖方面多次提出恢复商谈的要求，中央政府有关部门准备在近日与达赖的私人代表进行接触磋商。中央政府对达赖的政策是一贯的，对话的大门始终是敞开的。希望通过接触磋商，达赖方面以实际行动停止分裂祖国的活动，停止策划煽动暴力活动，停止干扰破坏北京奥运会的活动，为下一步商谈创造条件。

这则短小新闻引发全球关注。在作家连岳的博客里，有网友针对这一新闻，留言："谈谈很健康。"此前，连岳早就在自己的博客里曾呼吁过"谈谈"，用以化解极端情绪。真能有"谈谈"的态度，"谈谈"的范围其实无妨扩展至一切夙敌新怨。健康之外，在它富于建设性的努力中，情况即或不会更好，可至少可免于更糟吧？假使那谈谈果真富于诚意。

王震奥

二〇〇八年五月二十五日，从四川绵竹市兴隆镇转移出来的灾民韩静在解放军二五五医院医护人员的帮助下，使用野战方舱医院内设的手术室，剖腹产下自己的儿子。韩静的父亲即小朋友的外公执意为其取名"王震奥"。前述所谓"执意"，说明这个名字最初多有争议，可给自家孩子起名旁人无权干涉。老人并未注意"震"字的动词属性。而当它与名词"奥"组合到一起后，所谓怪异之感也就油然而生。

▌往生被

语出学者钱刚先生博客短文。此前这个词被提及乃至使用频率偏低。网友清影清说："往生被又名陀罗尼被，出自《大藏经》，其收集许多由梵文（或藏文）书写的诸佛密咒。佛家认为往生被能使亡者'消业灭罪，阴间众生见之为一片光明'。"

▌汶川大地震

二〇〇八年五月十二日北京时间十四时二十八分，中国四川汶川县发生特大地震。最初所报道的地震级别为七点六级，稍后，国家地震局将地震震级确定为七点八级。

五月十八日，根据国际惯例，中国地震专家利用包括全球地震台网在内的更多台站资料，对汶川大地震参数进行详细测定，并据此对震级进行再次修订，修订后，汶川大地震震级确认为里氏八点〇级。

汶川大地震最大烈度达十一度，为自一九四九年以来破坏性最强、波及范围最大的一次地震，重灾区的范围超过十万平方公里，地震强度、烈度均超过一九七六年唐山大地震。

我会持续做乌鸦

语出台湾台中市市长胡志强。他说："大家做喜鹊，比较少做乌鸦，而我会持续做乌鸦。"

我会记住你和爸爸的模样

汶川大地震后最早出现的一首诗作，以短信方式广泛流传，作者不详。另有传言称这是一首未曾谱曲的歌词。文本标题是"孩子，快抓紧妈妈的手"。如下：

快抓紧妈妈的手
去天堂的路
太黑了
妈妈怕你碰了头
快
抓紧妈妈的手

让妈妈陪你走

妈妈

怕

天堂的路

太黑

我看不见你的手

自从倒塌的墙

把阳光夺走

我再也看不见

你柔情的眸

孩子

你走吧

前面的路

再也没有忧愁

没有你读不完的课本和家长的拳头

你要记住我和爸爸的模样

来生还要一起走

妈妈

别担忧

天堂的路有些挤

有很多同学朋友

我们说

不哭

哪一个人的妈妈都是我们的妈妈

哪一个孩子都是妈妈的孩子

没有我的日子

你把爱给活的孩子吧

妈妈

你别哭

泪光照亮不了

我们的路

让我们自己

慢慢地走

妈妈

我会记住你和爸爸的模样

记住我们的约定

来生一起走！

我们如此绝望，我们如此希望

语出凤凰卫视主持人陈晓楠在节目中的一段感慨。节目播出时间为二〇〇八年五月十七日。

我们需要悲伤的聚会来释放悲伤

语出网友笑蜀博客文字。笑蜀说：

"受伤的不是某一部分人群，受伤的是整个社会。从心理上说，几乎每个人都是灾民。而受伤就需要疗治，就需要宣泄，就需要抚慰。如果长时间没有宣泄的通道，得不到起码的疗治和抚慰，那么就会积久成疾，就会导致社会心理潜在的病态。设想那场募捐晚会不是仅仅为了让大家掏钱，没有拿腔拿调的舞台味，而是完全开放的，每个人可以平等参与的一场烛光音乐会，每个人都可以借此遥祭那些远去的冤魂，同时舒缓自己过于阴郁的心，我还会那么反感那台晚会吗？显然不会，我只会对它心存感激，只会对它依依不舍。"

所谓"次生灾难"，笑蜀所谓，也是一种吧？

我让一个孩子哭出来了

语出作家阿丁二〇〇八年五月二十九日博文：

"三天后，那位被内心折磨得痛苦不堪的心理学硕士给我的朋友打来了电话，他说：在绵竹，一个父亲领着他的女儿来找我，一个十二三岁的女孩。她父亲把我拉到一边跟我说，女儿的母亲死了，被埋在滑坡的山体下，同被埋在碎石堆里的，还有女儿的十几个同学。女儿的母亲，是老师。他告诉我，五月十二日之后，女儿就不再说话……我走上前，看着女孩，女孩的目光没有躲闪，但也没有和我对视，而是望着某处虚无。我伸出手，把那个小小的身子揽进怀里，紧紧抱住，一分钟、五分钟、十分钟、二十分钟——她哭了，哇哇地哭，她的胳膊抬起来，抱住了我，哭。很久很久……年轻的心理学硕士说：我终于干了点人事，我让一个孩子哭出来了。"

■ 我要和千万人一起孤独

某日，作家王佩带着自己心爱的相机上街了……我当然不是目击者，我从他博客里知道了他的行踪，看到了他的作品。

在王佩当天博文里，我喜欢的是这两句：

"让梭罗们去隐居山林，自己孤独吧，我要和千万人一起孤独。"

这句子简单，磊落，忧伤，透明，率真质朴，浩浩荡荡。

好像是在《请读我唇》里，曾收藏过田沁鑫版话剧《生死场》中的一句台词："是树你就高高的，是江你就长长的"……威威武武，豪气干云。

屈指算来，阴柔美学的流行已然时间不短。语文里，委婉、委曲、逶迤之类的句子因此颇有市场。可假使文字都长得像少女系男生，公母难认雌雄莫辨，可叹息。

手执红牙板浅吟低唱当然无罪，但总需些个关东大汉抱铜琶铁板高歌大江东去吧？当语文里仅有"蹴罢秋千，起来慵整纤纤手……和羞走，倚门回首，却把青梅嗅"一种阴柔美学时，也不和谐吧？

■无性经历者优先

某日，凤凰名嘴窦文涛在他的"锵锵三人行"节目中闲聊富人征婚话题，其中提到很多富人在自己的征婚语文中并不讳言自己的"处女情结"，只是并不直接说，以"无性经历"一类含混称呼替代之。因而，在这类所谓富豪的征婚文案中，"无性经历者优先"这句，成为出现次数较多的"重要前提"之一。

■心理包扎

汶川地震后开始广为传播的心理救援术语之一。"心理救援"所遵循的，与创伤救助程序大致一致：先包扎，后施救。相关术语还有"幻痛"、"木浆状态"、"粉碎记忆"、"体语交流"、"握手感受"、"疼痛综合征"、"创伤应激综合征"等多种。

■心灵在爬蹭中趋向自由

本语由网友阿丁推荐。阿丁形容自己读到这个句子的感受时说："熬夜中，等待明早的航班。偶然翻阅胡缠老师的《不老歌》，被这句话感动地像一锅泼在地上的稠粥。"

阿丁还说："如此美好而充满痛感的汉语出自一位八〇后、被男友称为'太偏右'的女生写给胡缠老师的信——心灵在爬蹭中趋向自由，我被SHOT了，我的眼泪穿过蜿蜒的泪腺"爬蹭"而出，这两个字，调动了一孔黑暗的矿坑在我的脑袋里清晰成像，许多许多人，正在黑魆魆的、不可测甚至不无凶险的矿坑中爬蹭而行，很苦很疼痛，但我们终将趋近自由的那孔微光，如蠢蠢飞蛾，不计利钝地奔向温暖。"

阿丁所谓"痛感语文"至少在此前的语文现实中并不多见。生活中不会没有痛感，可被表达的痛感一直稀缺。这当然不仅是语文的事，而是贫血的生活和日子在语文里的必然映照。汶川大地震后众多痛感语文的记录与抒发，至少让我觉得，它意外证明，这个民族还不完全没心没肺。

阿丁所谓"痛感"、阿丁激赏的心灵的"爬蹭"，当不是伤湿止痛膏，不是涂在汉语拼音上的红药水、龙胆紫，而是"房部"淤血，"子部"断裂，"人部"尿潴留、肾衰竭、贯穿伤……它是骨折的"提手"，粉碎的"立刀"，它是半月来国人心头滴血的"三点水"……此情此境用网友 Feeling 的留言说，就是那个熬啊："大家一起，把夜熬亮。"

■ 心要热，头须冷

语出《唐山大地震》一书作者钱刚。汶川大地震后，钱先生在一则短文里以学者的视角，特别强调在"危机管理"中，科学、专业尤为关键：

"一句话，心要热，头须冷。一切大话空言，华而不实的积习，对上负责的表面文章，为电视镜头准备的表演，此时，请统统走开! 科学，专业，这是苦难中同胞的生之希望。"

■ 新闻富矿

手足口事件使安徽阜阳再次成为新闻焦点。《潇湘晨报》的评论员杨耕身说："阜阳是中国的新闻富矿"，并追问："除了疫情，阜阳还发生了什么？到底是谁在左右着事件真相的发布？"

"新闻富矿"一词简单明了。这个四字新词字面上并无鲜明褒贬色彩，使用时可凭个人喜好，随意性较强，使用方便。

比如，我们可以是说李敖是"新闻富矿"，也可以说圣火传递是"新闻富矿"，可以说铁道部是"新闻富矿"，也可以说西藏是"新闻富矿"……怎么个"富"，怎么个"矿"，想吧。

■ 信息恐怖主义

指网络时代由信息泛滥、信息不对称所造成的恐慌与盲从。无论是西方媒体还是东方媒体，信息的流动都是有选择性，它不仅伴随信息发布者的价值取向增加或减少，变形或遮蔽，同时，它也在无形中或多或少左右着受众的思想或行为。

由此，对受众而言，对于信息一面倒地信任或不加选择、全无分析地质疑，常造成更大恐惧、失衡或伤害。

■ 眼泪比眼睛还要大

语出作家庄秋水博文。庄由眼下想起小时看人出殡时莫名的悲伤号啕，说那时，"眼泪比眼睛还要大"。将这个句子用于形容汶川大地震以来的大众心情、行状、思绪，亦可。

曾读过一本《哭泣—眼泪的自然史和文化史》。里面有一章专门探究"眼泪心理学"。其中诸多委曲与席慕容"在别人的故事里流着自己的泪"之说多有近似处。

人生一场，无论我们想或不想愿意或不愿意，都必须出演至少一个角色。当别人的故事变成我们的眼泪，我们哭别人就是哭自己……那看不见的"大"最大，那尝不出的"咸"最咸。

■ 一百八十秒

距汶川大地震六天后，国务院决定二〇〇八年五月十九日至二十一日为全国哀悼日。哀悼日期间，全国和各驻外机构下半旗志哀，停止公共娱乐活动，外交部和我国驻外使领馆设立吊唁簿。五月十九日十四时二十八分起，全国人民默哀三分钟，届时汽车、火车、舰船鸣笛，防空警报鸣响。奥运圣火传递活动为此顺延三天。建国以来首次为平民百姓专设的这一百八十秒默哀普遍受到各国媒体的积极性评价。

■有利于将我们变成温暖的人

　　语出作家连岳写给南方都市报的一段话。原文题为"谢谢所有提供信息的人"。

　　"有利于救灾，有利于减少伤亡，有利于释放焦虑，有利于安慰受害者，有利于提供援助，有利于将我们变成温暖的人，有利于提高我们国家的形象，这一切'有利于'都得依赖我们及时得到信息，从而知道他们在受罪，他们在坚持，他们在向我们呼救，他们在信任我们。所以，谢谢所有提供信息的人。"

■愿一切众生皆得解脱

　　语出二○○八年五月十五日凤凰卫视"文道非常道"。节目收尾处，主持人梁文道说：

　　"一切往生者皆曾经是某人的子女，某人的夫妻，某人的亲戚，某人的伴侣，某人的至交，某人的学生……在这很短的一生当中，他们笑过，哭过，欢喜过，忧愁过，他们来了，他们又走了。在这时候，我们应该记住，他们带给我们的欢乐，但是，又不要过分执著；我们忘记他们偶尔犯下的过失，但是又从里面学到一点启示；如此，他们的人生，他们这趟旅程，就不算枉行。他们的人生没有白过。然后，我们要知道，过不了多久，我们也将如此行过。愿一切众生皆得解脱。"

■ 政策市　市场市

自二〇〇八年四月起开始流行的股市熟语。其微妙不在中心词"市"，而在其定语"政策"和"市场"……这俩东西碰一起，还真不好说。

■ 中国焦虑症

语出新加坡《联合早报》一篇文章，该文以这个短语概括二〇〇八。文章作者为英国诺丁汉大学中国政策研究所高级研究院王正绪。

王文认为，中国经济的高速增长是西方"中国焦虑症"生成的主因。"在很多人眼里，中国进口得太多，出口得太多，能源、原材料消耗得太多，温室气体排放得太多，污染空气、水太多。"

王认为，如此种种，为中国必须经历的"成长的烦恼"。"至于北京奥运会能否将中国带入一个新的时代，则取决于中国不断了解世界的能力。"

■ 足以叱咤数个时代风云的精明

二〇〇八年六月五日，作家余秋雨发表博文《含泪劝告请愿灾民》，引发争议。文中"你们要做的是以主人的身份使这种动人的气氛保持下去，避免横生枝节"一句尤其受到遭众多网友抨击。

评家吴祚来二〇〇八年六月六日撰写博文"含泪劝告余秋雨：敬请您

重新做人"，逐一驳斥余文荒唐：

更为严重的是，余秋雨先生将那些为自己孩子讨公道的人，置于不义的地位，就是这些人不能申明大义，不能替国家着想，你们的孩子已成为菩萨了，已在天国里护佑我们中华了，但你们却在如此危难之际给政府添麻烦，真是令人遗憾！余秋雨先生，你置那些失去孩子的家长于不义之地，是大罪孽呀！

评家摩罗二〇〇八年六月八日撰写博文，建议余秋雨将自己的"含泪劝告"调转一下方向：

为什么每当天灾人祸降临，我们总是习惯于要求受难最深的人群逆来顺受、保持克制和沉默？如果我们能够劝告另一些群体忍辱负重一点、铁肩担道义一点，或者至少更加负责任一点儿、更加豁达一点儿、更加人性化一点儿吗，不是更加有利于化解灾祸、造福社会吗？就拿这次地震来说，如果全社会都能像那些有良知的网民和记者一样，积极向有关责任部门施加正面影响，有关责任部门还会抛出那样不负责任的五点意见吗？海外"反华势力"还会无中生有地诬陷中国吗？所以，我想建议余秋雨先生，将您的"含泪劝告"调转一个方向，用那把眼泪劝告有关责任部门，以真正负责的精神，给倒塌的校舍进行公正的调查和分析，给死难者一个交代，给死难者的父母一个交代，也给公理一个交代。

作家连岳二〇〇八年六月八日撰写博文，标题为"以缺德服人"。连岳说：

"对于一个从来以缺德服人的人，余秋雨表现得像个余秋雨的时候，为什么大家要那么生气？从早先的《良宇，我说的就是这个名字》，到今天的含泪劝告请愿灾民，以余先生足以叱咤数个时代风云的精明，这样一个精算师，他知道大众会厌恶他的文章，他自然更知道谁会喜欢他的文章。他在意的是喜欢他的人，余秋雨证明这些人需要他拥抱取暖，这不正是余秋雨的价值吗？他不出来吃请愿灾民的人血馒头才是失职。"

作家徐星在博客中写："余秋雨生存技能近乎完美，但这人心底里没有爱。"

只需要轻轻说三个字就够了

语出作家王佩博文：

"我们都被宠坏了，都被视觉毒害了，忘记了事实上语言的力量才是最大的。女的如果要震撼男的，只需要轻轻说三个字就够了，难道非得动用电脑动画把百万精子过大江的情景再现出来吗？对了，这三个字是'没怀上'。"

此文大妙。此前，关于文字魅力之无可替代的老例子是："子在川上曰，逝者如斯夫"是可以被拍成彩色宽银幕故事片的，可"己所不欲，勿施于人"则无法拍成视频。

下次，再跟别人掰扯"语言魅力"，我啥也不说，就说三个字："没怀上。"

只要小葱穿热裤，吧主全是流氓兔

语出李宇春生日庆贺活动现场。媒体称，三月九日李宇春生日引发"玉米"纷纷出笼，为其庆生。在上海体育馆举办的李宇春生日音乐会会场外，各种标语令人眼花缭乱：

巍巍太行八百里，自然奇景，人文传说，等李总游戏（驴友兼职玉米）

山无棱，天地合，才敢与春决（古诗文爱好者兼职玉米）

只要小葱穿热裤，吧主全是流氓兔（玉米吧玉米）

家住天通苑，心系李小葱（天通苑玉米）

一辈子被春春套牢，永远也不被股票套牢（股民玉米）

御云烂兮，春漫漫兮；日月光华，宇歌共醺（复旦玉米地）

李宇春是玉米的，最终还是男米的（百度男玉米吧）

我的春春越唱越精彩，六十楼大妈因你越活越年轻（六十楼大妈）

粉丝语文在我看，大都为发昏语文，不懂就对，懂了才怪。

EPOCHAL DRAMA, PSYCHOLOGICAL PLAY

Runner Fan

本语词既指震后红人"范美忠"，也指"范美忠"网名"范跑跑"，同时，亦可代指以其为主角所谓"逃跑门"。本英文新词由创办"单位网"南非人金玉米发明。二〇〇八年六月一日，他将"范跑跑"及"逃跑门"事件制成专题，引发海外媒体关注。

《俄罗斯今日报》说，Runner Fan 比莎朗·斯通更可耻。《悉尼时报》说，Runner Fan 所作所为"也许有自己的想法"，但实在无法原谅"他继续做一位人民教师"。英国《卫报》说：Runner Fan 的坦率"罕见"且"勇气可嘉"。

《卫报》说："范美忠真的是中国的头号懦夫吗？""历史上鲜有人愉快地记录自己因为害怕而逃跑。甚至'历史上最懦弱的人'——那个抛下'泰坦尼克号'一千五百名乘客的白星航运公司常务董事伊斯梅，也从来没有尝试这样大胆地为自己的行为辩护。"

《卫报》引用马克·吐温话说："人类是懦弱的种族。因此，要真正承认懦弱，必须相当有勇气"……马克·吐温的话无意中帮了 Runner Fan 的小忙：毕竟，懦弱的 Runner Fan 做的是一件勇敢的事：让全世界知道自己懦弱。

有关"逃跑门"道德激辩，我赞成的观点有二。一句来自学者周孝正在"一虎一席谈"节目即兴发言。周说：如果我们今天因为范美忠的言论而开除他，那就是时代的倒退；另一句来自美国加州网友 spicyhotpot 的留言。spicyhotpot 说："换了我，在当时可能也会逃跑。但在加州，从没有发生过教师在紧急事件时不顾学生先逃走的事件。这是因为，美国在对待地震时老师们的表现有着严格的规定。在地震较频繁的加州，由《民法》第 3100 条规定所有公职人员是灾难服务人员，此公职人员包括教师，因此，当灾难发生时，美国教师有疏散学生的职责。"

不信你去查

语出一位兜售窃听器的小贩。原话说："这窃听器绝对是真的，电视台都给我们曝过光，不信你去查！"

成语年

语出作家十年砍柴二〇〇八年七月二日博文：

"曾经去邯郸，当地人自豪地说起该市乃成语城，今天耳熟能详的许多成语诞生地在邯郸。若干年后，修史也许会说二〇〇七、二〇〇八是成语年。这大约是今世对中华文化的最大贡献。"

十年砍柴开列出来的二〇〇八新成语有："正龙拍虎"、"欧阳挖坑"、"秋雨含泪"、"兆山羡鬼"、"黔驴死撑"、"很黄很暴力"、"很傻很天真"、"聚打酱油"等；网友跟帖中接龙的新成语则有"做俯卧撑"、"卖国无门"、"三个俯卧撑"、"我们都是黑社会"、"左手酱油右手撑"、"抵制蠢货"、"市长喝水"等，多由近年新闻红人或新闻热点衍生而成。

川FA8512

语出《天府早报》一则报道，报道称，出自汶川大地震震区的一辆牌号为"川FA8512"银色凯旋车最终捐赠给了四川地震博物馆。这辆"川FA8512"在汶川大地震中的废墟中被埋九天，"救"出时，车架全部塌下，右边车门、车窗、车灯全坏掉，尾部完全塌陷。然而，内部的发动机、变速箱、仪表盘、底盘、车内线路、刹车系统甚至音响都是好的，仍能以三十至四十公里的时速摇摇晃晃前行。该车被网友称之为"史上最牛的车"。

对生活要有湿漉漉的眼神

语出网友 RED 二〇〇八年七月五日博文。此句为 RED 从画家刘小东名言修改而成。刘的原句说："对艺术要有湿漉漉的眼神"。猛一看，这俩句子差不多，可 RED 老师当将"艺术"扩展为"生活"，其延展性已近似红铜：

你可以把这个句子抻得像拉面那样细细长长，也可以用它凹造型；你可用温软的文艺腔将其轻缓道出，亦可大气磅礴一气呵成吼出，就好像刚刚在湿漉漉中发现惊人真相。

俯卧撑

二〇〇八年七月初网络流行语之一，语出"瓮安六·二八事件"相关报道。围绕"俯卧撑"三字，一时间新闻改写、留言灌水、主题图片搜集、释意、语源考古之类风起云涌不一而足。

在各大网站相关论坛，经典沙发位留言多为："在沙发上做俯卧撑"；而经典茶几位留言则为"一个俯卧撑，两个俯卧撑，三个俯卧撑……走人"……仅一周时间，"俯卧撑"三字大有取代数月来稳居留言常用语冠军宝座的"打酱油"之趋势。

二〇〇八年七月四日《财经》杂志记者罗昌平发表以此事件为主题的调查文章，标题为《瓮安六·二八事件流变》。该报道除梳理"瓮安六·二八事件"以来的一系列重要情节、事实外，补上了"报警时间"的细节：其间，约有四个多小时内发生的事情，警方通报语焉不详。

这一细节有助于真相逐渐浮现。在早期相关报道中，"三个俯卧撑"之所以格外刺眼，并非由于它的精确，而是由于它的语境。作为数字细节描摹，"三个俯卧撑"确已足够详细，足够精准，可在一种整体含混暧昧的语境中，越详细越怪异，越精准越荒唐。

罗昌平报告尾段说："实际上，与'瓮安六·二八事件'类似，近年来爆发的一些群体性事件的参与主体，并不一定是权益直接受损的群体，有许多其实是以'无直接利益受损群体'为主体的官民冲突"……本段中"权益直接受损群体"与"无直接利益受损群体"二专用语词本身，即或不添加任何主语谓语宾语，亦已耐人寻味。

复仇博客

美国女子泰萨·马丁与男友分手后开设博客，以此"复仇"。在博客中，三十二岁的马丁说："我是一个不能就此罢休的女人，我不能忘记自己犯过的一次错误，我要寻找机会复仇。"

像马丁一样借用博客平台一泄心中愤懑与怒火的博主还有控诉丈夫拒绝照顾孤独症儿子的《波士顿环球报》杂志专栏作家菲妮洛浦、离婚妇女劳伦等很多人。

这些复仇博客的博主在解释自我行为时不尽相同。有人认为这是一种自我治疗方式，有人认为这是一种弱势者被动行为——被动反抗，被动攻击。

离婚妇女劳伦就因"复仇博客"被前夫告上法庭。最终法庭以维护言论自由为名，驳回了劳伦前夫的诉讼。

在法律不予以支持前提下，一家名为"名誉保卫者"的私人公司介入纠纷。据悉，只要雇主每月缴纳十美元佣金，即可确保自身网上名誉清白——任何雇主负面信息都会被删除干净。

关羽同志在后方兴办希望小学

语出网友小转铃文章，原文标题为《赤壁为什么不改名赤膊》。文章以夹叙夹议私人笔记的叙事方式表达对电影《赤壁》的失望，语态清澈雀跃，传递出的，是一种欢天喜地的难过：

"影片一开始，就以迅雷不及掩耳盗铃之势雷到了我，宏大血腥的战争

场面之前，却没有情节交代，军队们忽焉在前，忽焉在后，根本分不清是谁和谁在打。我安慰自己说，可能是片花还没放完吧！虽然一个小时的片花是有点儿长。刘备军撤退的情景，让我想起电影里的红军。关羽同志，则在后方兴办希望小学。看来吴宇森是个潜伏在好莱坞的共产党员啊。周瑜、诸葛、鲁肃、小乔四个政要，为了一匹难产的马蹲成一排，镜头之经典，让我叹为观止。可怜的小马尽管不愿意面对林志玲可怕的嗓子，终于还是被邪恶的金城武给拔了出来。该小马长大后，写就名作《铁皮鼓》并获诺贝尔奖。当周瑜政委来到刘备军中视察时，刘备军中主要骨干都争先恐后地进行了才艺表演。张飞用当场书法表演引发了观众的热烈鼓掌，刘备不甘人后，以一手民间草鞋绝活技压群雄。周政委不失时机地用草鞋作比喻，对大家进行了思想教育。其间，电影院的频道信号接收不好，串线到《十面埋伏》和《色|戒》，神奇的是最后又串回来了。投拍四年，耗资五亿，影片中却频频出现对焦不准的现象，电脑特技也很粗糙，不如电脑游戏。"

这也是一种评论语文吧，却有别于传统评论语文的整饬、严谨、古板。它拒绝说教，而专以捕捉个体接受体验中细腻联想、比附、错乱为要。它是一种嬉笑怒骂的批，一种类似于将庄重漫画为荒谬的评，别开生面外，也让评论轻盈而并不肤浅。

■ 过装

"过度装嫩"简称。"过度装嫩"又称"装嫩过度"，语出《新京报》二〇〇八年六月二十七日刊发的时尚专题 街拍着装十大恶俗。在这一专题中，

"过装"被列为恶俗之一。

记者将最典型的"过度装嫩"的着装概括为"卡通图案＋嫩色＋道士发型"。如是，"过装"视觉效果被概括为：看背后，酷似中学生；瞅正脸，只好叫大姐。

可将"过装"归纳为"修养障碍"，可将"过装"归结为"心态失衡"，也可将"过装"总结为所谓"积极心理学"……只要个人愿意，咋都成。毕竟不是罪吧。

一天，见某好友，年轻气盛，可其自况时，一口一个老黄瓜刷绿漆一口一个老黄瓜刷绿漆。愤然，瞪一眼。他解释：你不是刷，你是泼，泼，泼绿漆……大笑。

王尔德说过，"老年的悲剧不在于一个人已经衰老，而在于他依旧年轻。"可那心里的绿漆除了尴尬，还有何用？

"五十岁时，你开始厌倦世界；六十岁时，却是世界厌倦了你"……为了让那双重厌倦晚些到来，刷绿漆乃至泼绿漆，情有可原。只是，只是，不要那么不自然，不要那么"过装"……好生练习着。

集极时代

语出日本《外交论坛》月刊二〇〇八年七月号，原文标题为"集极时代——二十一世纪美国外交和八国峰会的走向"，作者春原刚。文章认为，到了二十一世纪的今天，外交精英对现实的认同是，美国不可能再回到"单极支配"状态，应以这种新的现实为前提，建立以美国为中心、集结多个中小规模"极"，汇聚各"极"为力量的新世界体制。文章预言，未来世界既非"单极"又非"多极"亦非"无极"，即将到来的是"集极"时代。

■ 集体世袭

语出作者杨继绳刊载于《炎黄春秋》二〇〇八年第六期短文，标题为：《"集体世袭"与"权力场"》。短文中，作者援引自己发表于一九九八年一则短文中的话：

"苏哈托家族聚敛财富的手段主要不是贪污，而是利用权力经商。他们的公司可以享受种种优惠政策，可以取得政府合同，可以取得某些紧俏的商品的进口权。印尼经济市场化了，但政治并没有民主化。苏哈托搞的还是铁血政治。在这种情况下的市场经济职能是扭曲的市场经济，即权力市场经济。权力市场经济的一个重要特征是权力进入市场，权力可以转换成金钱，金钱可以买到权力。权力大的人不仅自己很容易成为富翁，他的亲属也可以分享权力之惠。"

■ 价值贫困

某评家在评论热映大片《赤壁》时用到的一个语词。这个语词对于这部耗资巨大的豪华制作而言当属致命一击。不过，"价值贫困"不独《赤壁》。这四个字也是这个时代的致命之短，独独以此抨击吴宇森或林志玲梁朝伟或张丰毅，委实过于婆婆妈妈了。时代之罪无人可能逃脱干系。吴宇森林志玲梁朝伟或张丰毅们无非因放大而刺眼罢了。

▌酱油党

在"留言"或面对记者采访时，以一种顾左右而言他的方式表达关注或无语的，本就一个人，可现在，"同行"海量增长，忽就"党"了。本词造词法与"沙发党"之类近似，其堂而皇之所谓"党"，无非一"类"或一"帮"，由流行语"我出来是打酱油的"一语引申而来。

"打酱油"一词最早语出现是在天涯社区，后成为非常著名的网络流行语。除这一语源外，我想语义上应该还有出处。我的怀疑一是它过于北方、过于六〇年代了；一是"孩子都能打酱油了"这种底层俚俗之语怎么可能进入一位八〇后记者的视线？

另一种，即它本身属于纯粹"无厘头"式自言自语，既无确切语源，亦无师承、演变、畸变等繁复历程。而当这种无厘头被流行注册、放大、传播后，"本义"有无乃至确切与否，常无关紧要。

▌金融就是钱不断转手最终消失的艺术

语出网友都是骗银地二〇〇八年六月三十日博文，原标题为"一句话炒股"。都是骗银地给出的原文是："Finance is the art of passing money from hand to hand until it finally disappears." ——Robert W. Sarnoff

都是骗银地说："金融和任何力量巨大的武器一样，使用得当泽被苍生，使用不当毁天灭地，而我们还在学习怎么使用它。"

都是骗银地还说："顺便悼念在中国股市这个实验场上人间蒸发的人民币。"

铝锅性格

语出旅韩作者詹德斌。针对席卷全韩烛光示威，詹先生说："碰上芝麻大小事儿就去示威，与韩国人性格不无关系。韩国人经常说自己性格是'铝锅根性'，就是小火一烧就迅速热起来，火一关马上就冷下去"……此即所谓"铝锅性格"。

针对韩美二〇〇八年四月初达成"开放牛肉市场协议"开展的反政府示威所展现出来的"铝锅性格"，与过往屡见不鲜的示威游行比，又不尽相同。香港亚洲时报在线六月十三日的一篇报道说，这次韩国民众的铝锅性格虽依旧"点火就着"，可相比而言，松弛许多，娱乐许多。

它"像任何一个盛大的节日，人们穿着有趣的服装走上街头。高丽大学十九岁的一年级学生李东根和班上一个同学穿着老虎服……长达数周的示威没有组织者，每天下午六七点，人们走上街头，形成临时的示威队伍"。

"年轻恋人把示威当成浪漫的散步。还有些示威者带着咖啡，谁需要就倒给谁。高中生向防暴警察发放玫瑰花。有些示威者带来露天电影放映机，播放美国纪录片《精神病人》。"

作者桑尼·李将这次"铝锅"示威称之为"示威二点零"，亦称之为"韩版后现代示威"："不同寻常的示威也出现一些不同寻常的口号。"放弃邪恶，求助上帝吧！"示威人群里一位四十多岁妇女手舞《圣经》这样呼喊。

绿色噪音

语出美国纽约时报网站六月十五日文章，原文标题为"耳边嗡嗡声也许是绿色噪音"，作者亚历克斯·威廉斯。作者认为，那些海量传输且常常相互矛盾的重要环保信息即所谓"绿色噪音"。

很多环保人士不辞劳苦，长年坚持订购玻璃瓶装酸奶，以为玻璃瓶酸奶包装可多次循环使用，利于环保。可另外一些环保人士则认为，清洗酸奶瓶需耗费大量水资源，远不如可降解环保纸杯酸奶更环保。

美国山岭俱乐部执行理事卡尔·波佩说："我对信息过多感到担心。我们都知道，今天的媒体环境相当拥挤，其特征就是信息过量。"她还说："造成绿色噪音的正是环保商品推销员，他们大肆宣传的一些说法并非总是经过验证的。"

妈妈正细心裁剪一小块一小块黑夜

语出诗人傅天琳汶川大地震后的诗作《我的孩子》。原诗发表于《人民文学》杂志二〇〇八年第七期。下面是其中几个片段：

我把大大小小的孩子弄丢了

妈妈的心撕裂了

妈妈也是才明白

有时，时间是不善的

挟持你，逼你交出体温

……

你冷吗

妈妈正细心裁剪一小块一小块黑夜

做你棉衣的衬

■ 蔑视性沉默

语出塔勒布畅销书《黑天鹅》。原句说："她获得了足够的注意，以至于得到了拒绝信和偶尔的侮辱性评论的礼遇，而不是更为侮辱和贬低性的沉默。"

汶川大地震引发的道德激辩、伦理交锋震后日渐激烈。深陷如此激辩语境，无妨将塔勒布笔下的"贬低性沉默"更改为"蔑视性沉默"。

译成俗语，"蔑视性沉默"即"不言语，臊着他"。当有越来越多的郭跳跳、王主席、陆钉钉等含泪将自己置放于"逗哏"的位置后，所有抨击、痛扁、论说都容易成为"捧哏"，意外成全他们……不必。

评家北风称，自艳照门事件后，"我是出来打酱油的"一句快速成为二
〇〇八年最为流行的搪塞语。可面对"纵做鬼，也幸福"之类，我们连"酱
油"都可省去……在那片浩瀚的鸦雀无声里，巨大悲哀、辽阔绝望正与沉默
紧锁在一起，慢慢长大。

脑残

汶川大地震后，各种由言辞、言论之类语文问题引发道德激辩、价值争论、
观念交锋纷至沓来。从莎朗·斯通，到辽宁女，从范跑跑，到张建新，从蒋
国华，到余秋雨……在一波未平一波又起的言论激辩浪潮之中，熟词"脑残"
等历经高频次重复，广为人知。

"脑残"一词亦写作"NC"，取汉语拼音字头组合而成，近义词有"极
度脑残"、"脑瘫"，等，用以形容某人言论疯狂无理，丧失常识或理智，常
含深度鄙视之意。

同样在激辩论战中广为传播的，还有 2B、装 B、装 13、傻 B、牛 B 等
网络詈语。

你不能因为一个教师讲课之余顺便灭了郭德纲就把他扭送到相声界

罗老师说要开英语培训学校，于是就有了英语培训学校。

在罗老师网站上贴出的"答疑"文本放弃此类文本惯常的套话，嬉皮笑脸。文本虚拟出一小撮不明真相的未报名学生，问："你们不会找一堆'老罗'过来，上课不讲题光说单口相声来骗我们父母的血汗钱吧？"

罗老师满面春风，解释说：

"我们请来的优秀教师都有属于自己的风格，幽默型的巨幽默，深沉型的巨深沉，亢奋型的巨亢奋，这取决于教师本人的性格。我们不是艺人公司，不会刻意对教师进行包装。至于老罗，坦率地讲，你听过老罗讲解题目吗？克林顿虽然比哈里森—福特还帅，但本职工作却是总统而不是艺人。你不能因为一个教师讲课之余顺便灭了郭德纲就把他扭送到相声界。"

曾在一本诸如"采访技巧"之类书中得知，做记者，直奔主题的采访最笨蛋。同理，直奔主题地回答也一样吧？据此，可略知罗老师语文魅力之一是，他尤其擅长用比喻应对刁难，以故事迂回挑战……这跟他是不是服气郭德纲没什么关系。

■ 朋友为零，可以交谈的人为零

据《国际先驱导报》报道（作者张石），二〇〇八年六月八日中午十二点半左右，东京都千代田区秋叶原车站突发街头杀人案，凶犯为二十五岁的下岗青年加藤智大。这次街头杀人案前后五分钟时间，有十七人受伤，其中七人送医后死亡。

凶犯加藤智大热衷电玩，内心孤独。此前，他曾在在网络上写过这样的话："朋友为零，可以交谈的人为零。""世界上有人需要我吗？没有！""自己就是垃圾。""高中毕业后八年来的人生完全是失败的"……为此，他痛恨所谓的"成功人士"："所有成功的人都死掉吧！"

与秋叶原杀人案相关语词群庞大，如御宅族、无差别杀人事件、电玩青年、点击、虚拟世界、终身雇佣制、留言、罪恶感钝化、删除等，很多。

■啤酒瓶必须冰凝水珠

语出作家连岳发表二〇〇八年七月号《城市》杂志专栏文章，上为该文标题。文章讨论非功利的功利乃至无意义的意义。与时评中的烟火气饱满不同，连岳此文俗意盎然。连岳 Q&A 文字中多阴柔气，而其虚构作品中则多睿智气。下面是该文倒数第二自然段：

"荷兰队败走那一天，睡到傍晚醒来，心里还是难受，喘不过气来，自己都觉得奇怪，一把年纪了，不至于矫情至斯吧？后来才知道，台风来袭，气压较低，人人胸闷——狂喜的俄罗斯球迷也是如此。"

这段文字松弛，慵懒。它精妙传递出一个球迷情绪的细腻波动。而我从其中歪想到的，是伴随二〇〇八年七月二十日开始的单双限行一同到来的一个溽暑苦夏。

喝冰镇还是常温我都成，能在溽暑苦夏那两个月的中文里多出一点"冰凝水珠"，我喜欢。

至少，那少许文字冰气可帮我减几许胸闷？

七毛

二〇〇八年网络热词之一，更为大众化的短语较叫"开平七分钟"。多数网友认为，看"开平七分钟"视频犹如看"七分钟毛片"，"七毛"一词由此而来，属二度压缩。

在现汉里，"毛"作为形容词使用时，确有"惊慌"之意，如是含义，也在"七毛"观感之列。它与热词"雷"所试图表达的感受不尽一致。

"雷"多"吓倒"之意，而"毛"则更近似于"毛骨悚然"。"七毛"中的人性之卑之冷确乎令然毛骨悚然。孩子们怎么了？

茄子

二〇〇八年七月四日两岸直航顺利启动。台北中央社次日说，首批大陆客抵台后，兴奋无比，一些首发团游客一下飞机就拍照合影，快门"咔嚓"之际，茄子茄子之声响作一团。而如是拍照习用语台湾民众却一头雾水，后经解释，方才知晓此语与老外拍照常呼啸的"Cheese"意思大致相似。这是语文小细节，小文化，小隔膜。

早几年去台湾，曾惊异其"寒暄语文"与内地比，亦有小差异。北方人，尤其北京人，挂在嘴边的礼貌语"不客气"，到了台湾大排档老板娘嘴里，变成笑意盎然"不～会"二字。没明白，再买一包口香糖，制造一个小机会，是为印证台湾国语中"不～会"的热络与北京话中的"不客气"皮儿异瓤同。差异是，沙哑男声或女声所谓烟酒嗓儿说不出那清澈，那由衷。

某日，收 CCTV 陈导短信一枚，信曰："我们追求两岸统一，但必须注意文化差异和误读。海协会召开研讨会，主题是'论理性与感性'台湾学者看到会标后傻眼，因为按照台湾的阅读习惯，是从右往左读的"……语文当然向来小小不然，可当很多"小"叠加在一起，虽不就大，可已不宜再忽略。

三万活鸡朝九应市晚八杀

语出二〇〇八年七月二日某港报标题，风格紧缩，逼仄，属典型"紧缩体"。这类标题不读新闻正文，完全丈二和尚。

好吧，我解释一下，已有好久，为预防禽流感，香港一地活鸡匮乏，近日"警报"审慎~解除。附加条件是，晚八时，卖不完的活鸡一概宰杀……新闻提醒说，晚八点前，未售出活鸡价格暴跌，其时买入颇合算。当然当然，面对二〇〇八诸多沮丧天象繁难时局，其抑郁、憋闷、焦灼，与本句之极度逼仄紧压多有神似。

很多年前，《北京晚报》社会新闻版也曾刊载过一则百把字的民生新闻，其标题与本题好有一拼，是：肉联厂宰猪前不许打还喂水……什么意思？懒得说了，你猜吧。

生态帝国主义

语出《泰晤士报》网站二〇〇八年七月十四日题为"西方存在生态帝

国主义"文章，作者詹姆斯·沃德海森。文章的话由来自刚刚结束的 G8 峰会，作者认为，那类以生态、环境恶化为由，指责、恐吓某些国家的霸道思维即所谓"生态帝国主义"。在本语词之前，曾有诸如"文化帝国主义"等近似语词广为流行。可对大众而言，确切了解中心词"帝国主义"者想来不多。如此情形好比大家并不知道那个蛋糕坯子究竟何为，可却不断看见有人在为那坨不断变化的蛋糕花边的精致耀眼、美轮美奂欢呼雀跃。

▌塑料血

英国设菲尔德大学的研究人员最近成功研制出一种血液替代品，可以给任何一名患者注射，而不用考虑血型。西班牙《时代》周刊网站的报道说，这种"塑料血"有效期长，便于保存，其命名缘由，是应为它由可携带铁原子的塑料分子构成，可以像血红蛋白那样把氧气输送至全身。

据称，这种"塑料血"其组织结构类似于蜂蜜，制造成本低，运输方便。

这种"塑料血"显然不能永久替代静脉中自然流动的血液，因此被输血者必须在尽可能快的时间里再次输入正常血液。这种塑料血尚处于研究阶段，尚未做过人体试验。

▌袜子猴

美联社六月十五日说，犹他州一家公司在网上销售以民主党总统候选人贝拉克·奥巴马命名的袜子猴。有人觉得，此举含种族歧视意味，可生产者说，他们无意借精巧且招人喜爱的玩具来激怒任何人：

"我们只是某天晚上不经意间产生了一个强烈的想法，把一位总统候选人和我们儿时的玩具奇妙地联想到了一起。美国全国有色人种协会犹他州分会会长珍妮塔·威廉斯称，该玩具'纯属极端的种族歧视'。"

上述文字中，"激怒"二字引人联想。环视周遭，尤其这年，有意激怒、无意激怒、主动被激怒、被动被激怒的事几乎天天有。在网上，几乎所有"新闻"简要说，无非一个人激怒另一个人、一个群体激怒另一个群体，这般如此，如此这般。所谓眼球经济，所谓注意力经济，所谓作秀经济，全部被置换为"激怒经济"？我看行。

某日，韩寒、陈丹青在电视上闲聊中国作家，他们关于"文笔"的闲聊忽就"激怒"很多人。韩寒、陈丹青的私人感受经过电视媒体＋网络媒体的"放大"及"快递"，开始变得既不私人，也不私密……天气很热了，还会有多少激怒或被激怒加入这此起彼伏的热浪？

网络政治

语出评家赵牧文章。定义"网络政治"，赵说：网络生存使现代人拥有了一个置放分裂的自我的空间。在这个空间里，电脑屏幕提供了一个摆脱现实社会规范、释放被压抑自我的机会。借此，在这个虚拟的网络空间中，正渐次建立起一种多元草根政治体系。

这是一个透明的世界。在这个世界里，参与者不必考虑自己在现实世界中的角色规定而完全以自己个性化的形式表达自己的政治理想。

赵牧创造的这个词组亦可指代所有基于"web2.0"模式下的大多数互联网文化。它是去中心的、是多元的，也是草根的、个性的、通俗化的，拥有自由、开放、共享、实用等、宽容等属性。

■ 我还是打酱油去吧

某日，二〇〇七年度成语"正龙拍虎"疑案终获得来自官方的结论性意见。二〇〇八年六月二十九日上午，陕西省新闻办召开新闻发布会证明"正龙"所拍之虎，系纸老虎。

至此，引发全球关注的"华南虎事件"历时近八个月，终于尘埃落定。对此，多数网民并未因此欢欣鼓舞，质疑之声反更猛烈。

一位网友满怀迷惑，留言说："周只是一演员吧？导演是谁？……算了算了，我还是打酱油去吧！"

■ 我们尿床了，而且是一大片

语出NBA球星科比·布莱恩特。NBA总决赛第四场他所在的湖人队失利，科比如是说。关于尿床这种糗事，人生一场，在所难免。可有的人不长记性，一尿再尿。正如那句老掉牙的歇后语所说："六十岁尿床——老毛病。"

六一儿童节前后，收短信一则："收到者今晚尿床，保存者明晚尿床，删除者后天尿床，转发者尿床一周，回短信者尿床一月，不回者天天尿床！祝小朋友尿床愉快！"

在这则短信中，"尿床"是以"不成熟"被怀念，被讥讽。它展现出一个过来者已释然往事，原宥往昔青涩。相对尿床，释然或原宥约等于"清洗"或"晾晒"，比湿糊糊捂着好。

■ 我们是闪光的二把刀

语出尚敬导演新剧《无敌三脚猫》，全句为："我们是闪光的二把刀，我们是无敌的三脚猫。"该片宣传文案里承诺说，本剧中诸多台词大有成为时髦流行语之潜质。

速度年代讲求速度经济，如今，语录体文本的消费需求至少不亚于"文化大革命"十年中对于毛语录的海量需求。不同是，毛语录文本曾被当作一种上帝图腾被选择，而当下的语录文本消费则多被当成时令甜点——一种快速传播、可谋杀寂寞、充填短暂空虚的语言俄罗斯方块儿。

《赤壁》上市热映，与此前诸多国产武侠大片传播类似，对片中"雷人台词"的热议对于一部耗资巨大的影片而言，当然就是揶揄讽刺嘲笑或抨击，可在这同时，它也是对这部大片的义务传播……批评家总是兼职做推广志愿者，买一送一，别客气，拿着吧。

■ 我们无法用一页博客覆盖整个生活

语出作家桑格格博客文章《公路》。原文是桑格格对公路的热情歌唱，可我由这句想到博客文化的脆弱、琐屑以及它经由叫嚣、强悍所传递出来的无边的无力感。

博客稀罕，海量，自在，可同时，它又局促，渺小，卑微而轻若鸿毛。桑格格此语已被我歪曲为一个巨大绝望：我们无法用一页博客覆盖整个生活。

充其量，博客不过是生活客厅一个幽幽暗暗小角落；充其量，大家不过偶尔在这个貌似明亮的公共角落里过一点窃窃私语式的私生活。而已。

■ 吴家方

汶川地震后在互联网上被称之为"背妻男子"那位老乡姓吴名家方。吴家方四十五岁，为绵竹县兴隆镇广平村农民，平时在建筑工地打工。其妻石华琼，四十四岁，平日在家操持家务。

接受《成都商报》记者采访，吴说："她活着的时候我就很惯她，即使她死了我还是要惯她。她是一个很爱好的人，我不想她压在废墟里。她是我的妻子，我得把她带回家。"

将已离世的妻子带回家后，吴家方将妻子安葬在离家二十米远的麦地里。

"我把她埋在那里，就是为了白天黑夜都能够看见她。"

■ 限塑令

二〇〇八年六月一日起，"限塑令"颁布并开始实施。按照相关要求，自六月一日起，所有超市、商场、集贸市场等商品零售场所实行塑料购物袋有偿使用制度。

塑料购物袋在中国兴起摸约二十多年时间，但它对于环境的污染"效果"显著。中国是塑料生产"大国"，却不是塑料生产"强国"。目前，可降解、环保型塑料袋不论成本还是产能都难以满足需要。

评家陶短房称，对"限塑令"的实施乃至实际效果应有长期准备。"上个世纪八十年代人们就认识到了塑料袋的危害性，各国也采取了各种限制其发展、使用的措施，但迄今为止，真正全面'限塑'的国家仅爱尔兰、孟加拉国和中国。"

"美国的一些州推行不得免费发放塑料袋政策最长的已达十九年，但也只能管得住超市，管不住小店和集市。道理很简单，塑料袋方便。"

■ 心理干预秀

语出北京大学心理学系国际创伤心理师徐凯文。自汶川地震现场返京后，徐在一次演讲中用这五个字概括在地震灾区众多"秀"。

徐说，在灾区，最多时，一个帐篷里每天会受到六拨儿心理医生"干预"："他们那哪儿是心理治疗或干预啊，二十分钟，揭完人家疮疤，拿到自己想要的东西后，走人。那不是心理治疗，而是骚扰"……灾区一度流行一句话：防盗、防火、防心理医生。

日本心理援助支援队富永良喜教授说，"持续"是心理干预、心理救援、创伤治疗基本前提。"如不能保证持续援助灾民的心理，那就不要与灾民直接接触。"

自二〇〇六至二〇〇七年初，肯尼亚基贝拉贫民窟、印度达拉维贫民窟开始成为一些旅游机构特别开发的所谓"贫民窟一日游"景点。这一"创意"的实施曾引发广泛争议。某评论说：

"贫民窟居民日复一日地被人'像大猩猩一样'地拍照、接受千篇一律但于事无补的问候和安慰，感到厌倦也在所难免，受辱的感觉更是令人难堪。贫困者的生存状况值得关注，但他们的尊严同样不容忽略，没有人需要居高临下的'关怀'，即使是一贫如洗，他们同样需要平等和尊重。"

■形象片

语出电视人陈晓卿。陈老师汶川大地震后去了灾区，返京后开始写成都电视人系列。在最新的一篇《梁师益友》里，陈老师在说到俗语所谓"广告片"时，用到了上面说法。请允许我少见多怪啊。结尾处，有这段：

"梁师益友团队形象片的名声也因此更加响亮，不断有客户慕名而来。和拍纪录片相比，形象片制作周期短，来钱快，这道理，连波师的太太张阿姨都晓得。张阿姨在一家公司管人事，每每和同事聊天，比如恰好说到天气，同事说，今天天气真好啊！张阿姨就会接上下茬儿：'是啊，多适合拍形象片哦，可惜我们家那位，在拍地震呢。'语气里充满了遗憾。"

陈导记叙的这个短语可批量复制，广泛移植——在出版界就是"形象书"，在地产界就是"形象楼"，在医药界就是"形象大夫"……可在以形象为业的"模特界"呢？叫"形象形象"？忽然有点儿怪。

▌幸存者在瓦砾中筛寻过去

语出美国《国际先驱论坛报》网络版文章，题为"中国的幸存者在瓦砾中筛寻过去"。

文中记叙汶川地震灾区民众在废墟上一点一点捡拾旧物：一个汽车零件，几根木柴，一张房产证书，一件婴儿服，几张照片，一件婴儿毛衣，两只小木头箱子，一件夹克。

桑玉萍（音）在她的帐篷里的一张床垫上摊开六张照片，照片上是她的女儿、儿子和儿媳。那是四月，他们正在微笑，并穿着西藏长袍在这里一个小学的庆典上跳舞。几个星期后，这个小学校发生坍塌，其中的大部分孩子丧生。

题中"筛寻"二字大致为临时组合词组。这个非固化汉字词组中的那"筛"字尤耐寻味。震后一月，无数珍贵已眼睁睁被覆盖、被遮蔽、被遗忘、被混淆……眼睁睁，一切化作乌有。

筛。寻。这应该就是未来十数年里最漫长、最沉重、最悲凉、最值得援助的一种肢体语言了。

筛，缓慢沉重地筛。叙述的虚妄太多了。报告的扭曲太多了。记忆的钢筋太细了。不筛不寻，能留下什么？

央视的赈灾晚会我不敢看

语出《南都周刊》"汶川地震特刊"唐山大地震亲历者 sandy 口述实录。在这篇名为"求求你们，别领养她！"口述实录中，sandy 以自己的亲身经历描述了一位敏感、脆弱、无助的幸存者内心历程：

"央视的赈灾晚会我不敢看，我怕看到自己过去的影子。我觉得让这些孩子上台回忆，真是太残忍了。对我震撼最大的，就是刘小桦。她哭的样子太像我了，无声地抽泣，跟我当时在被窝里的抽泣是一样的！"

姚明进去，潘长江出来

语出一则流行的短信。该短信也是"端午节"传播幅度较大的短信之一。

证监会忠告股民，近期不要进入股市，否则：宝马进去，自行车出来；西服进去，三点式出来；老板进去，打工仔出来；博士进去，呆傻出来；姚明进去，潘长江出来；鳄鱼进去，壁虎出来；蟒蛇进去，蚯蚓出来；牵着狗进去，被狗牵着出来。

要么结婚，要么离职

某日，法新社说，伊朗一家大型国有企业强迫雇员成家。在向单身雇员发出的最后通牒里称，九月二十一日前，要么结婚，要么离职。

这家企业的老板认为，"结婚是衡量一个雇员是否合格的标准之一。此举可确保员工不受众多异性的诱惑"。

汉语"要么"为连词，表示在两种或几种情况中加以选择。但这家公司给出的选择只有两种。一直就不喜欢这种勒令体选择题，它绝对、武断、专横。

模仿这个句子造句，可以有很多种。我最愿写下的，是这句："要么炒作，要么脑残。"

意见超市

语出评论家周泽雄文章，在刊载于二〇〇八年七月四日《文汇读书周报》三版的文章中，周以本词概括表述他对所谓"意见领袖"一词名实难符的无奈：

"对于一个饱受单一思想窒息的国人来说，一座开放的意见超市，最是振奋人心，反用恩格斯对文艺复兴时期的著名概括，我可以说，这是一个缺乏思想领袖同时也不需要思想领袖的时代。今天的我们早已明白，即使'天不生仲尼'，也不会'万古长如夜'。以我等粗放型阶段的精神口味而言，思想的高明还在其次，重要的是让意见得到言说和展示。没有一个意见可以领袖群伦，这不打紧，关键在于，思想本身——而不是权力意志——是否打算领袖群伦。"

而对于意见超市的麻烦的一面，周先生举韩、陈"文笔门"为例予以剖析：

"他们只是抛出一个炸人结论，而没有对该结论做出起码的分析与说明……他们这声嘀咕中的文学含量，并不高于'向雷锋同志学习'里的思辨容量。但是，就是这么句欠缺观点要素的即兴结论，引发了如潮热议，在博客和网络 BBS 上，网友奖项对此展开论辩……我想，假如这就是所谓的意见领袖，一个有明星相的人物不管说什么，大家都会趋之若鹜，那么我得说，这很离谱，因为看上去我们正打算把意见逛成购物街、把意见领袖咔嚓成观光景点。"

与我淡然相处，与命运相爱

在一个滥情与绝情并置的时代，记叙正越来越缺乏动力。尤其想在记叙中捕获那些一闪即逝情状与遐想感触与一地鸡毛行止融为一景的碎银子，难上加难，殊为不易。

某日，在作家叶三博客读到一篇名为《旅途中》的短文，文中上面这句子印象尤深。短文里细腻、周到、鸡尾酒式的记叙—正见之笔不仅裹挟着读者一同进入一段庸常之旅，也让人恍然间不得不再三把玩、思忖自己与自己、自己与命运间纠葛不断的爱或憎。喜欢。

在屋里走两圈消化这种感动

语出作家卓别灵博客日记，日记直言酷爱《我爱问连岳》，读罢有感谢、感触，还有感动。上句出现在末段，说：

"躺在床上，窝在沙发里，把脚翘在写字台上看这两本时，常常会感动得想哭。这时我就会把书合上，在屋里走两圈来消化这种感动。你看到一本好书，看到一些好的话语，想到这世上能有人写出这些话，这世界还是挺好的。"

好久，"感动"已是一种很麻烦的语文。其难点在于分寸难拿。左了就是滥情肉麻，右了就是冷血寡义，任性多出二钱，忽就成了泪眼潸然自作多情。

如此，卓老师这一句恰到好处。它将感动回归于柴米油盐家常便饭。当然，那情感的一席连岳私家菜果然营养纯正，色香俱佳。否则怎么会有走两圈的必要。

是，消化那坨结实、黏稠的真挚自是考验，可也是幸运吧。

■ 贞操

某日，偶然读到普利策一段话，在下面：

"在一件事情的真相被彻底弄清楚之前，决不放过它。连续报道！连续报道！……一定要坚信，真实对报纸来说犹如贞操对女人一样重要。"

职业诗人也没有他这么顺便诗人一下牛

语出学者刘瑜，原话是对 Tom Waits 一首诗作的赞美。我读到时，从句中的"顺便"二字就开始拐弯儿，势不可挡一路歪想到一个又一个分岔上，乐趣无穷。顺便也想，这"顺便"二字，也是当下诸多网友生存状态的一个侧影？

比如，"周老虎"就是网友们"顺便"戳破的啊。那些来自不同行业、领域、国度，性别不一、年龄迥异网友各自"顺便"一下，好多道理清爽，好多鸡贼露馅，好多谎言不攻自破，好多真相因为多出三款视频文件外加四五个带下划线的链接而变得可能点击。

好多时候，"顺便"与"职业"比，更自然，更纯粹。尤其在网络年代，某律师顺便当一回时评家、某退休老伯顺便友情出演一回愤青、某发廊妹顺便写作一部卧底日记，常常比那些拿薪水的专家收红包的学者自在，地道，且未必不专业。

中国是美国穷人的好朋友

语出香港《华南早报》文章，上为该文章标题。该文引用芝加哥大学两位经济学家的研究成果，认为便宜的中国商品有助于美国的穷人和收入较低的中产阶级维持一定的生活水平。

文章称，这一现实减轻了收入最高的一小部分人与任何其他人之间的收入差距日益扩大所造成的影响。文章告诫美国百姓说，美国普通人在投票选举下一任总统时应当明白，中国人是他们最好的朋友。

关于国际政治，我从来糨糊。不过，我知道，与钱交为朋友多年来已然人心所向。某日，和朋友吃饭。席间各位聊得最多的，是诈骗电话剧增……做局者通常以朋友相称，然后以出事故为由骗财。

他们不是我们的朋友。他们是钱的朋友。那句烂熟睿语据此需做重大修改：朋友的敌人是敌人，朋友的朋友还是敌人。敌人，微笑且危险的敌人。

▌朱坚强+朱刚强

网友为汶川大地震幸存的两只猪起的名字。"朱坚强"的主人是成都彭州市龙门山镇团山村村民万兴明，震后，坚强被埋废墟下三十六天，六月十七日被成都军区空军某飞行学院战士营救而出；"朱刚强"的主人是汶川县映秀镇老街村刘新明，震后，刚强被埋在废墟下四十九天，直至被救。坚强和刚强的"生存奇迹"在网络上引发热烈反响，为其写诗、作词、谱曲、代拟答记者问、代拟坚—刚对话、代为申请吉尼斯世界纪录等各种花活儿争相斗艳，千奇百怪。

▌最后一次造型艺术是上吊

语出名人崔永元。崔撰文谈参加北京韩美林艺术馆落成典礼感想。原文发表于《北京晚报》二〇〇七年七月二日第三十三版。文中提及月琴大师冯少先在"五七"干校手痒痒，晚上在被窝里弹自己的肋条，被管教发现后，惨遭怒斥。崔说："那时，好多艺术家最后一幅书法为遗书，最后一次造型艺术是上吊。"

EPOCHAL DRAMA, PSYCHOLOGICAL PLAY

二百一十五

某日，埃菲社布鲁塞尔报告说，一名比利时消费者当日用二百一十五公斤欧元分币支付电费，以抗议电费涨价。报道称，这位消费名叫帕特里克·让森，付款时，他将那二百一十五公斤硬币装在汽车拖车上运抵支付点缴费。

据说，缴费点接受了他拖来的二百一十五公斤欧元分币，并表示将在内部讨论相关问题。让森表示，他此举是代表欧洲人民做出的一个抗议举动。因为他们必须勒紧裤腰带来应付日益上涨的能源价格。

"抗议"与"愤怒"到了这个份儿上已近似行为艺术乃至娱乐杂耍。可就算真就是艺术或杂耍，底色仍是愤怒，仍是抗议。它超越常规，夸张无度，有一种漫画修辞通常最为看中的画面感。

ROWE计划

短语"以成果为标准的工作环境"（Results–Only Work Environment）简称，最先由百思买提出。此概念一反"出勤才是工作"的传统职业信条，张扬"以成果作为业绩评判标准"的新职业理念。

基于这一理念，企业员工可自由支配工作时间或工作地点，每周五天、每天八小即所谓"朝九晚五"上班模型也就此不复存在。

ROWE 计划亦有别于所谓"弹性工作制"，因为它根本不考虑工作时间或地点，一切尽由员工自由安排。其唯一标准即"成果"。

■ 奥巴马外交之旅被轰做骚

语出香港《明报》二〇〇八年七月二十四日国际版某消息标题，如上。消息抨击奥巴马新近外交之旅处处作秀，处处作假：

"奥巴马出访阿富汗伊拉克，其实属于一个参议员官方访问团的活动（同行还有另外两名议员），虽有记者随行，但限制极严，很难专心采访。但事后美国电视台却充斥了奥巴马'在阿富汗获美军热烈欢迎'、'示范投篮赢得全场喝彩'的片段，对他树立三军总司令形象极有帮助，但有人批评他利用美军作布景板宣传。"

"有机会随行的全国广播公司首席记者米切尔，二十一日便在节目中抨击奥巴马，指他在阿富汗及伊拉克的片段，其实全由军方提供，当时并没记者在场，令人质疑看到的是否经'精心安排'：'你看到的全是经挑选的片段，以及根本不是记者做的访问。这样做政治上无疑很精明，我从未见过有总统候选人可以这样。'"

"奥巴马这次外访也引起一些外国记者不满。德国《每日镜报》驻华盛顿主管马绍尔便在《华盛顿邮报》撰文，批评奥巴马把自己包装成美国跟世界沟通的桥梁，却一直拒绝外国记者采访，这次出访随团更是一个外国记者也没有。他更引述奥巴马阵营一名顾问的讲话：'既然全世界都为奥巴马疯狂，为何我们要花时间理会外国传媒？'"

这个标题让我留意的，最初仅为"做骚"二字。我以为，大伙儿不妨将此二字认定为熟词"作秀"升级版，用以指代那种日益泛化的重度、恶性作秀。再后来，让我好奇的则是奥巴马策划团队此行的匆忙与寡智。

这类策划团队之责与礼宾司之责多有近似吧？它们是政治表演、政治悬疑剧的策划者、执行者，同时，也是政治表演失误、过激或不当的修补者、斡旋者。唯礼宾司成熟稳健，攻读政治表演系的莘莘学子才会多毕业生，少肄业生、留级生。

八年后，它仍然发出恶臭

一天，针对共和党副总统候选人佩林把自己形容为一只"涂了口红的斗牛犬"，美国民主党总统候选人奥巴马如此回应。他的原话说："你可以为猪涂上口红，但它仍然是一只猪。你可以拿一张报纸包装一条旧鱼，然后称之为改革。但经过八年后，它仍然发出恶臭。"

北京的空气有肾上腺素功能

奥运前夜，凤凰卫视"锵锵三人行"奥运特别节目"锵锵奥运行"开播。节目中，主持人窦文涛与嘉宾畅谈中国女足战胜比自己实力强大许多的瑞典队，窦文涛顺嘴说出上面这句。

北京欢迎你

奥运会开幕前不久，由山东菏泽老年大学数十位老年人自编自导的

MTV《北京欢迎你》上了《新闻联播》，一时间，网络上各种利用明星版《北京欢迎你》MTV影像的翻唱版此起彼伏层出不穷。

这个似乎意外发生的"翻唱"，让《北京欢迎你》这首此前知名度、传唱度并不太高的奥运歌曲在众多奥运歌曲中声名鹊起。

《北京欢迎你》由林夕作词，小柯作曲，属定制品。这首通俗易懂、易学上口、不宏大、不世界的小调儿估计不会是开幕式主题歌，可它好歹让那个举世瞩目的奥运会唱起来，响起来，有了物理意义上的所谓动静。

■ 比赛第一

语出奥运会期间耐克特别推出一句广告语。耐克同时推出的另一条广告语是："秒表不在乎四年前我做了什么。"配合其出镜的，是明星刘翔，广告语上方的计数秒表读数写着"00：00"，创意很励志。

此前，耐克最广为人知的广告语是"JUST DO IT"。这个句子通常被译为"想做就做"，亦译为"放胆做"。电影演员姜文曾发表意见，称将"JUST DO IT"翻成北京话，一个字："整！"这个翻译思路干脆、劲爆，不过，"整"是北京话？英语专家发表的意见说，"DO IT"脱胎于美国黑人俚语，多为街边青年嘴边荤话。如果一定要翻译，它的意思与北京土话"我X"相差无几。

尽管如此，耐克仍旧保留了"JUST DO IT"这个标签式广告语，只在字体字号上稍作调整。

而奥运会期间推出的这款"比赛第一"口号虽仍有刺，却隐蔽含蓄了许多，所谓藏锋。

要知道，"比赛第一"所倡导的这一价值观在不远的过去完全反过来。比赛是"老二"，至少它在皮面上从未被明指过"老大"。

不法奶牛

二〇〇八年九月十一日，三鹿毒奶粉事件事发。虽政府快速介入，相关责任部门快速召开新闻发布会事予以说明，可三鹿毒奶真相仍扑朔迷离。面对当事人、各主管部门间的相互推诿、推卸，作家宋石男将毒奶粉事件归结为"不法奶农→不法奶贩→不法奶牛"之"三鹿脱罪链条"。

以此为主题的一则短信也在中秋前夜广泛传播。信曰："奶厂说责任在不法奶农，奶农说责任在不法奶牛，奶牛支吾半天，蹦出一个字：'草'！"仰仗互联网海量存储，三鹿毒奶粉事件事发前的诸多文本文件、视频文件等被重新翻检出来。将与此相关诸多信息重新拼贴研判，不难发现它与现时诸多已披露的说法矛盾重重。

质疑之声此起彼伏。想起此前搜集的一妙语："有路透，也有剧透"（语出专栏作家 AWING），忽觉此时此地，互联网已成为一个未曾命名可却名副其实的"民生惨剧闹剧喜剧悲剧剧透中心"。

常言说，三尺之上有神明。回眼望去，这老话里那看不见摸不着的所谓"神明"，说的就是万千网友。二〇〇七年岁末，周老虎事件前后，曾有一俏皮话广泛流行："谁说网友都是业余的？"是，神明看不见摸不着，可神明从来不吃素。

不仅仅是私处的动脉和静脉

某日，一则来自法新社悉尼的消息说，澳大利亚科学家罗宾·帕里索托说，在二〇〇八年八月北京奥运会上，运动员滥用伟哥和其他合法药物的现象可能比滥用非法药物更突出。

"伟哥和一些心理药物等合法药物也能提高运动员的成绩。世界反兴奋剂机构正在考虑将伟哥纳入禁用药品之列，但这个决定要等到近年奥运会结束后才能做出。"帕里索托说。

"任何超过两分钟的体力活动都会受益于伟哥这类东西，就像使用普通的血液回输药物一样。"帕里索托强调伟哥与血液回输技术效果近似，都试图扩张动脉和静脉——"而且不仅仅是私处的动脉和静脉"。他认为，心理药物能帮助运动员获得心理优势。

不尊重人家的高堂就等于不尊重自己的高堂

语出作家十年砍柴二〇〇八年九月四日博文。十年砍柴用这句类绕口令语表述他对网友"买定离手"在网上出言不逊、秽语横飞的不屑、不满。网络匿名制常为人性无所顾忌提供环境温床，可如果因此以为网络好比公厕，可随意解手咳唾，则委屈、歪曲、扭曲了匿名制。利用匿名制其实可做很多光明正大正大光明的大事小事。

叉腰肌

关心国足的人和骂国足的人一夜之间就都知道了这个新词"叉腰肌"。经多家媒体鉴定，"叉腰肌"的火爆程度已大致等同"俯卧撑"。

语出二〇〇八年八月十七日八时三十分中国女足总结会。据称，会上中国足协副主席谢亚龙指责中国女足"无斗志无能力"。谢称，中国女足身体肌群中最需要训练的是"叉腰肌"，可女足姑娘们并不知道所谓"叉腰肌"位处何处。关于叉腰肌语源性考证，已有"气功用语"、"洗浴业用语"等多种不同考证。

网络迅速跟进这一热词，多种戏仿此起彼伏。如"叉腰恒久远，一肌永流传"、"练了叉腰肌，嘿，还真对得起咱这张嘴"、"叉腰肌，大家练才是真的练"、"做叉腰健儿，人人都有机会"等。

拆生命的房子，盖小说的房子

语出记者王寅对台湾作家朱天文的专访文章。朱天文原话说：

"我自己是有这样的自觉的，是卡夫卡还是昆德拉说的，小说家是拆生命的房子，用砖块来盖小说的房子。这个图像是非常现代主义作家的图像，大部分是忏情独白体。一开始写《巫言》的时候，起先是写两条平行线的，'巫'这个不社会化的身份，就是拆他生命的房子，'言'就是后面盖小说的房子。"

当儿子养，当肥猪卖

一天，回应可口可乐公司收购汇源一事所引发的广泛议论、争执和义理撕扯，汇源老板朱新礼这样说。他原话是："办企业就得把企业当儿子养，当肥猪卖。"

朱老板这句"回应"采用现代汉语中的"并列复句"，语意直截了当，比喻生动形象，给人印象深刻。稍有麻烦的是，假使稍许忽略句中的总主语"企业"，而将喻体"儿子"与"肥猪"误为主语，会有点儿乱。

于此，为人之父母者，皆可理解。就算真就把自己爱子娇惯宠爱成了一头四体不勤五谷不分考不上大学上不了实验班除了啃老什么都不会的肥猪，哪位父母舍得卖？

站在这个恍惚视角上，我猜朱老板这句快语背后，当多有不痛快乃至不够痛快的恁多难言之隐。若此大致为真，也就可以妄自揣测说，这其实是一位企业之父在借用"儿子"与"肥猪"这类级差极霄壤比喻言说暧昧之爱？

当我们谈论跑步时我们谈论什么

一天，著名作家村上春树传记性随笔集《当我们谈论跑步时我们谈论什么》中文简体版即将出版的消息见诸报端。村上新书书名套用的，是美国作家雷蒙德·卡佛一部短篇小说集的书名：《当我们谈论爱情的时候我们谈论什么》。

以短篇小说著称于世的卡佛向来喜欢那种字多句长书名。如《为什么不跳个舞呢？》，比如《你在圣·弗兰西斯科做什么？》，比如《把你的脚放在我鞋里试试》等，有好多。

朋友张兄在出版社做事。某日，与张兄电话闲聊，他说，卡佛的《当我们谈论爱情时我们谈论什么》的中文简体版也将出版……喜欢卡佛的读者有福了。

度过一个愉快的周末

几年前，我将那种可以当着老婆孩子、舅妈二婶、三叔四姑奶奶大声朗读、不心慌脸红、浑身起鸡皮疙瘩的短信称之为"高短"，意为"高段位短信"。本周北京酷热难当，诸多高短酷热中如微风暗袭，沁人心脾。择其优，录存两则，与各位分享。暑热中，以此类短信拂暑，甚佳。

（1）据最新收到的消息称，北京市交管局今天中午紧急通知：自二〇〇八年七月二十日实行单双号限制后，全市车流量大幅下降，但出行人流量不降反升，公共交通压力加大。为此，交管局决定，自即日（七月二十五日）起，全市六环以内，市民实行单双眼皮限制措施，单眼皮单日出行，双眼皮双日出行，一单一双者请选择晚间零时至三时出行，如夫妻二人均为双或单眼皮，其中之一可免费前往美容院进行整容治疗。此规定有效期暂定二〇〇八年年底。规定执行期间，凡戴墨镜出行、人造单眼皮、人造双眼皮或以睁眼双眼皮、闭眼单眼皮为由恣意上街者，均以故意遮挡车牌号处罚，望广大市民据此妥善安排出行时间，度过一个愉快的周末。

（2）本人因炒股被套，经济困难，现决定业余开展兼职服务，有意者可来电咨询。业务内容不拘一格，给钱就成：冒充男女朋友，打麻将凑人数，长期代写小学生作业，替小学生欺负其他同学，代替学生父母开家长会，代写作业收费标准为：一至三年级每页五毛；四至六年级每页一块；代人欺负同学，收费标准为：身高一米三至一米四五十块；身高一米四至一米六八十块；一米六至一米八价格面议；一米八以上免谈，给多少钱也打不过；打老师女的一百男的二百，体育老师加倍……上述服务前三名联系者所有服务项目享受九折优惠。不要犹豫了，赶快拨打电话吧，我的电话你知道。

■凡是沾奶字的都成了被告

据英国《每日电讯报》二〇〇八年九月二十一日报道，本周以来，由三鹿毒奶粉事件引发的奶业丑闻继续扩散。香港政府的一份报告称，雀巢牛奶公司的纯牛奶本周检出三聚氰胺，虽含量偏低，但建议儿童不宜。香港《苹果日报》称，在该报自行组织的检测中发现由中国内地制造的雀巢金装助长奶粉（一岁或以上）含有三聚氰胺。雀巢对此表示怀疑。对此，土摩托老师说："凡是沾奶字的都成了被告。"

荷兰的菲仕兰食品公司在远东地区销售的"子母"牌奶粉源自中国。这家公司说，在一种草莓味奶昔检测呈阳性后，公司将召回在香港和澳门的产品。这种草莓奶饮料也在新加坡查出三聚氰胺阳性。这是首批非中国品牌奶粉直接卷入正不断扩大的丑闻。新加坡、马来西亚、文莱等多个亚洲国家已禁止从中国进口奶粉，缅甸已经销毁了所有从中国进口的奶制品。

在毒奶粉相关报道中，我发现媒体不以"事件"归结而多选择"丑闻"

概括。"丑闻"一词的直觉效果是它不仅传递出情感鄙夷与愤怒，也顺带在道德立场上小葱拌豆腐。二〇〇八开年初始，有条短信被不断延伸，不断添加，不断刷新。看着它，也惊心也动魄。归结而言，丑闻频出个名副其实"丑闻年"，不为过。原信在下面：

"什么叫幸福，幸福就是元旦没进乌鲁木齐，二月没去郴州，三月没逛拉萨，四月没到山东，五月没在汶川，六月没在贵州瓮安，七月没在上海当警察，八月没在新疆当兵……当然当然，最最幸福的就是今年没买房子，没买车子，没进股市，否则宝马进去，自行车出来；西服进去，三点式出来；老板进去，打工仔出来；博士进去，痴呆出来；姚明进去，潘长江出来；鳄鱼进去，壁虎出来；蟒蛇进去，蚯蚓出来；老虎进去，小猫出来；牵狗进去，被狗牵出来；男人进去，太监出来；少女进去，老太婆出来；王石进去，王八出来；北京进去，汶川出来；站着进去，躺着出来；巴西足球队进去，中国足球队出来；黄世仁进去，杨白劳出来；陈冠希进去，艳照门出来；总之，就是地球进去也是乒乓球出来。"

■风流基因

一天，路透社华盛顿发布的一则消息称，瑞典和美国研究人员近日宣称，与影响啮齿类动物交配的基因相同的基因可能会影响人类的婚姻。研究小组在美国《国家科学院学报》月刊上发表的报告说，尽管他们并不确定基因变异对男性行为的影响，但其研究表明，它与交流和情感投入有关。

研究人员对被研究的男性的血液进行化验，旨在找到人类与田鼠相似的一种基因。这种名为 AVPRLA 的基因能帮助解释为什么生活在大草原上的田鼠有固定配偶，而生活在山上和牧场中的田鼠却不是。据称，这种基因会影响大脑中一种叫做神经肽精氨酸加压素的化学物质，它往往通过影响人体保持水分的能力来影响血压。

研究人员发现，携带这种变异基因或等位基因即所谓"三三四等位基因"的男性在配偶的亲密程度上的得分较低，根本不结婚的可能性也相对较大。携带双份"三三四等位基因"的男性近一年来发生婚姻危机的可能性比其他人多一倍。他们的妻子也更有可能对婚姻不满。携带至少一份"三三四等位基因"的男性中有超过百分之三十的人未婚，而在不携带这种等位基因的男性中这个数字是百分之十七。

这则科普新闻本周在国内多种媒体被广泛转载、传播。大众传媒出于削弱专业难度的习惯性简化，"三三四等位基因"之类的专业描述被简化为"离婚基因"或"风流基因"。如此简化、汉化，自然有助于大众认知理解，可与此同时，它也将大众关于"离婚"、"风流"的想象或意淫无限延伸，好比将一坨调和得很不及格的饺子皮生生抻成龙须面。

■ 后妈的选择

以三鹿奶毒奶粉事件为主题的短信在事件爆发后持续海量喷涌，上面这个短语出自下面这则题为"三鹿二〇〇八最新广告"短信，甚为经典：

一、喝三鹿奶粉，当残奥冠军；

二、天天喝三鹿，绝对省尿布；

三、三鹿奶粉，三聚化工集团荣誉出品；

四、喝三鹿，尿钻石，一般人我不告诉它；

五、广告做得好，不如三鹿结石好；

六、好结石，三鹿造；

七、今年国庆不送礼，送礼就送三鹿奶；

八、牛喝三鹿结牛黄，狗喝三鹿长狗宝；

九、每天一斤奶，强壮中国肾；

十、三鹿奶粉，后妈的选择。

还没画到皮，只是描了个边儿

语出网友无聊布棉。这个句子是她（他）观看电影《画皮》后的一个感想。我没看《画皮》，难于对本句做出正确评价，收留下它，纯为妄想、联想、胡思乱想所致……想到固体奶液体奶面包里的奶饼干里的奶，不能怪我吧。这样一来，就算很大的进步、进展或进取，也不过小小不然，"还没画到皮，只是描了个边儿"……或金边儿、或银边儿、或黑边儿、或红边儿，也就描个边儿。

幻想强奸

语出美国《国际先驱论坛导报》九月七日作者多琳·卡瓦雅尔文章，

标题是"广告中的性别角色定型引发欧盟愤怒"。

文章称，欧洲议会部分议员上周谴责意大利美尔暖服装设计公司的一则印刷品广告。广告画面上，一位身穿高跟鞋的女士，一群大汗淋漓身穿紧身牛仔裤的男士围绕着她。

欧洲议会最终以五百零四票对一百一十票通过了对广告中的性别角色定型的非约束性报告。这个报告表达了欧洲议会对广告商及大商家对其推销产品的方式越来越反感。

多琳·卡瓦雅的文章还说，去年，西班牙政府也曾采取措施，要求美尔暖服装设计公司的广告设计师修改那些具有"幻想强奸"意味的广告。

▌毁灭性妥协

语出理查德·斯托尔曼。在自由软件运动二十五周年纪念日之际，斯托尔曼以"妥协"为题撰写文章。文章认为：自由软件的支持者应力避左道旁门，以迎合用户心理为由而牺牲对自由的追求。"那些从长远来看会给我们的前进形成阻碍的妥协是毁灭性的。这类妥协可能发生在思想上，也可能发生在行动上……要是我们南辕北辙，走得再快也毫无意义。要实现一个伟大的目标，我们需要作出妥协，但切记万不可作出偏离目标的妥协。"

▌家里蹲

很多人在国庆七天长假的时间里选择趴窝，哪儿也不去，每天窝家里，一个饱，八两饺子一头蒜，三个倒，昏天黑地到拂晓……独自逍遥。某旅游网站将这一假期慵懒派称之为"家里蹲"。

与本语词相关语词颇多，"宅男"、"宅女"、"御宅族"、"窝里横"等都是。当然，如是语词只是意思相近，好比住处相邻同事好友，熟是熟得稀里哗啦，可天刚擦黑，照例各回各家，各找各妈。

顺带说一句，末尾那个"窝里横"在这一语境中属原词比喻性用法，故此，"横"不再读作"hèng"，而读作"héng"，"玉体横陈"的"横"（héng），"横七竖八"的"横"（héng）。

▌间歇性ED

作家王棵小说新作书名。没读小说，不知内容如何。直觉的歪想是，这小说名可能独立使用，并有望小规模流行。且当其从一个生理描述语引申为精神描述语后，其适用人群亦随之扩容。

▌她和这世界曾有过情人般的争吵

某日，没曾想连续多日在电视、报章、杂志看到影星陈冲专访。镜头前，问答里，陈冲的坦白，透彻，成熟，令人过目难忘⋯⋯忽想起，想起影迷"她"在豆瓣网写过一篇陈冲主演电影《意》的观感，标题如上。这个标题原本为美国诗人弗洛斯说过的一段话："但愿碑石上是这样的字句：他和这世界曾有过情人般的争吵。"

■ 金

奥运赛事全面展开，各路媒体聚焦赛事报道，铺天盖地沸反盈天，代表"金牌"的"金"字成为赛场内外最热名词。

罗格夫人一周内去秀水购物超过四次。必胜客总裁 Scott Bergren 先生许诺已将八金收入囊中的"飞鱼先生"和他的伙伴们将白吃一年比萨。必胜客外卖一周间暴涨五成。一周时间北京外国游客消费过亿⋯⋯"沾'金'带故"，奥运语文果然"满城尽带黄金甲"。

谚语中，在"一人（怎样）众人（怎样）"这一固定句式下，谚语群落庞大芜杂。有"一人造反，九族全诛"，有"一人坐食，千人受饥"，有"一人修路，万人安步"，也有"一犬吠形，百犬吠声"。跟奥运语文语境最为贴合者，当属"一人有福，带挈一屋"。

这则言语出自吴承恩《西游记》第六十九回。"沙僧道'二哥说哪里话！常言道：一人有福，带挈一屋。'"据悉，参加完奥运会开幕式后，吴老师预备在再版《西游记》修订珍藏版时，将此句修订为"一人夺金，带挈一屋"，以此与时俱进，顺应世变。

在一个急功近利、机会主义甚嚣尘上的年月，与"金"比拼，"福"这个名词太过抽象虚无，且全无可资炫耀的物理标准。相比而言，"夺金"、"首金"、"揽金"、"咬金"的"金"实实在在，可触可及，有分量。

经典通常都是糟蹋经典的结果

语出评家长平文字。针对被网友戏称为"红雷梦"的李少红版红楼，针对无限上纲的"民族精神"之雷，长平文字试图廓清"忠实原著"之虚妄，并认为，经典常常因对经典的"糟蹋"而确立。原文在这里，重要论述段落在下：

"经典通常都是'糟蹋经典'的结果。如果以原作或者原本的事实及价值观为标准，那么《三国演义》是对《三国志》的糟蹋，《西游记》是对玄奘取经故事的糟蹋，《红楼梦》更是对儒家经典中主张的纲常伦理的糟蹋。经典的确是民族文化的一部分，不过"糟蹋"也是民族文化的一部分，这就是卡尔维诺说的'在反对它的过程中确立你自己'……只要是改编，就几乎不存在'忠实原作'这回事儿。有人说过，每一部作品都是作者的自传，导演亦是如此。李少红只能拍出'她的'电视剧，而不可能拍出曹雪芹的小说来……糟蹋经典这种事是有的，但是只有针对个人喜好的糟蹋，而不存在针对族群的冒犯。针对族群的冒犯，往往是对宗教典籍的改编，那是另外一个问题。而在当代西方社会，人们已经习惯了文艺作品中各种各样的耶稣形象。"

礼貌性上床

语出作者水木丁"Sex City"专栏文章，上为该文标题。文章从男女心理微妙异同切入，将"礼仪之邦"之大国风范细化、延伸至床第之欢乃至鱼水之欢中的克己与客气：

"他以为不表示一下会让她觉得她没魅力，她以为拒绝他的话会有损于他男人的尊严，结果就稀里糊涂地上了床。"

"不过，现在至少我懂得，如果你不想和一个男人做爱，就没事别往一块凑。除非他是GAY，否则到了考验你'礼貌'时，你又非那么不随和，最后的结果就是，爱情没来，朋友也失去了。"

良心检测工程

一天，某网友针对三鹿毒奶粉事件发表意见，嘲笑此前三鹿广告中大吹特吹的所谓一千一百道检测程序：

"（现在看起来，它）真是一个冷笑话。一千一百道检验工序也是白搭，只要减少一千零九十九道工序，加上另外一道'良心检验工序'，比什么都强！"

可是，可能吗？良心缺失，道德霉变，再加多少道"检测"，有什么用？

林浩

因跟随中国代表团旗手姚明一起进入二〇〇八北京奥运会开幕式现场，小男孩林浩为世人所知。林浩是四川汶川县映秀镇渔子溪小学的二年级学生，二〇〇八年已满九岁。汶川大地震发生时，林浩所在班级三十一名学生中，只有十名左右学生逃生，其中两同学被林浩救出。

马甲多

某日，与杨葵兄 MSN 聊天，得知为纪念鲁迅诞辰一百二十一周年，某网站以"在你心目中，鲁迅是个什么人物？"为题进行网调。网调主题并无疑义，有趣且变态的是需要网友打钩的那十余个选项。选项中有的靠谱有的不：

大文豪

一个仇视民族文化的人

苏联间谍

非常神经质的人

想当作家又想当领袖

马甲多

包二奶

最多文章被语文课本选用

文不文白不白

皮包骨

日本书店的常客

把翻译当创作

从这些选项上可看出，网友们还真没把"鲁迅"当神供着，反是秉承泛无厘头、泛娱乐化精神，整个把鲁迅当成一"网友"看之观之，亲之昵之，有点儿过。葵兄慨叹："现在人心真敢想，也真乱。"

葵兄特别说到其中"马甲多"这一选项。网语所谓"马甲"，应该是指鲁迅笔名。这个选项的设定还真参照了相关研究，如学者朗轩就曾撰文考证鲁迅笔名，最终确认鲁迅一生总计用过约一百四十个笔名，有些笔名只用过一次就不用了……果然"马甲多"。

■ 猛喝啤酒，然后回收易拉罐

语出人渣经济笔记博客日记，日记收录一则笑话，将全球蔓延的金融海啸、经济危机具象化：

"如果你去年买了一千美元达美航空的股票，你今年只能剩下四十九美元。如果是房利美，你最初的一千美元只能剩下两块五。如果是 AIG，你剩下的会不足十五美元。但是，如果你一年前买了一千美元的啤酒，喝光了它们，然后把喝剩的易拉罐送去回收站，你最后能换回二百一十四美元。根据上面的事实，目前最好的投资策略是猛喝啤酒，然后回收易拉罐。"

■ 难道你没有参加吗？

伟玲大婚成为最热娱乐话题，并不意外。各类媒体慷慨给出巨大篇幅，连篇累牍，大量非独家报道充斥娱乐头条、花边头条、视频头条、专题头条以及封面故事头条，并不意外。读到的各类评论文字中，评家黄佟佟文字多趣而心怀仁厚，意松弛，满心全是游戏精神。黄文标题更是"宽屏"，从娱乐，言及人生："人生是场俾面派对。"

"很多年前，我采访一个广东老牌娱乐主持人，在湖边，她点了一根烟，无限沧桑地总结道：这个圈子就是场大派对，凭的是大家俾面。原来我不理解这句话的意思，后来稍微研究一下香港的娱乐史，发现多年前香港的娱乐记者和艺人们已深谙此道。刘德华会把私家电话留给女记者方便她深夜来电，汤兰花躲债藏身于相熟香港记者家中，叶玉卿息影多年以后还会邀请记者漂洋过海参观她的富贵生活，而当过娱记的亦舒亦津津乐道她和老牌女影星方盈的闺蜜往事……刘嘉玲加入娱乐圈的时候早在八十年代，看似新潮的她依然有着旧式明星的做派，旧式明星喜欢保持神秘感，也受到保护，她们会和记者交朋友，虽然不无相互利用，但和婚姻一样，大家相处得久了，难免也会生出一点真心，所以你可以看到狗仔队私闯 Uma Paro 酒店，最后还是由准新郎代为求情；尽管在机场时不胜其烦，记者哀求道，伟仔你讲一下啦！梁朝伟就停下来讲几句；报社的女记者问："嘉玲，你们结婚我们拍不到照片，到时怎么办？"嘉玲轻轻一笑，把手一扬，"到时会发给你们的。"

"谁都以为这是句空话，安吉丽娜·茱丽和布莱德·皮特的双胞胎的照，据说炒至两千五百万美元（约两亿元人民币）、黛咪·摩尔和阿什顿结婚照是三百万美元……以刘嘉玲和梁朝伟的级数，怎么着一百万都是要的吧！大把像我这样的势利小人在盘算有几个零时，人家已经体贴地免费送上大红婚照，连带着婚服的来龙去脉，已足够支撑一日的版面；据说婚礼的当日，已经有网络直播奉送，以便全程掌握婚礼动态……刘嘉玲最伟大的一点是她深具娱乐精神，她非常俾面，俾面媒体俾面记者俾面八卦读者，你给我行方便，我亦给你行方便，而她得到的回报也不错：一个极少得奖并无力作的女影星保持着极高的知名度和曝光度，一个已过黄金年代的艺人永远占据着广告天后的宝座，还有疯狂的追访，连续七天的头条关注，非常罕见的来自媒体的善意祝福，一个女人梦想了二十年的完美的世纪婚礼——虽然她只请了八十个人，可是难道你没有参加吗？"

是是是，黄文不仅说得对，也说得漂亮——我们每个人，无论男女老少其实都已集体一起参加了这场"世纪婚礼"。解释文题，黄说："'俾面'是广东话，音读'比面'，意思是给面子。"这个解释让我联想乱窜。其实，世事万物果然"俾面"即可说通，你俾面，我俾面，大家都有面，好和谐。

■ 你很男足

语出流行短信。该短信将多年间的众议之题、众矢之的"男足"二字解读为二〇〇八年度超级形容词，并举例说明。短信大意说：你可以对一个女孩儿说"你很男足"，意思就是"你很容易搞定"；你可以对一位身体特猛的哥们儿说"你很男足"，意思就是"你居然一直不射"；你可以对不喜欢的那位同事说"你很男足"，意思就是"你很醒龊"；你可以对街上的那个小偷说"你很男足"，意思就是"你居然这样不要脸"；你还可以对一切不务正业的人说"你很男足"，意思就是"你完全不知道自己是干什么的！"

你灵魂的药检呈阳性

语出作家大仙。这话是他针对北京二○○八奥运会八金王"飞鱼先生"而言。

这是一个极具超越原有指代、极具延展性、极具繁殖力的句子。用它形容那些血气方刚的愤青、愤中、愤老？可以；用它比拟那些精神僭越者、灵魂出轨者？合适；甚至可以用它去描述那些神游天外的宅男、想落天外的宅女。麻烦在于，灵魂的药检者常常即灵魂本身。"智如目也，能见百步之外，而不能自见其睫。"（《韩非子·喻老》）一颗阳性的灵魂会对阳性成功药检？

果然麻烦。

你们以发布假新闻的方式揭示了真相

神七顺利升空前后，"新词"辈出，最早出现于一九九八年某网络科技论坛、特指"中国航天"的合成词"taikonaut"也替代熟词"astronaut"，出现在新华社神七英语报道中，为更多人所知。

有网友发现，原本应在九月二十七日刊发的一则相关新闻特写早在二○○八年九月二十五日已在新华网发布。将会议之类的"新闻"预先成稿从来就是新闻潜规则质疑，但在神七这等头号新闻上也如此敷衍马虎，还早早露底，实为罕见。

与众多网友对于新闻操守、职业道德的质疑不同，评家长平看到另一面——九月二十六日，他撰写短文，题为《支持新华社记者》："提前写好了尚未发生的现场，而且还写得这么生动。新华社的这几位同行，被网民逮住了，糗大了。"

"但是我支持你们。像这样的新闻，迟写早写有什么区别呢，看不看现场又有什么区别？你们的工作态度证明你们还挺清醒的。我觉得你们比到了现场还写成这样的记者强多了。"

"二十七日的消息二十五日就发了，估计你们不是故意的。但从实际效果看，你们以发布假新闻的方式，揭示了真相，完成了一篇重要的新闻作品。"

你悄悄疑问了我也没法悄悄回答你

奥运会开幕式过后未满一周，主题歌《我和你》被指疑似抄袭。消息传出，作曲家邓伟标博客网民骤增。很多网友用"悄悄话"的方式给邓留言。邓招架不住，建议网友别再用"悄悄话"留言：

"请继续有疑问的朋友直接在这里跟帖即可，别再使用悄悄话留言了，这个系统有个毛病，悄悄话留言是不能回复的，你悄悄疑问了我也没法悄悄回答你。"

"你悄悄疑问了我也没法悄悄回答你"这个句子展现而出的情境很网络，很跟帖，也很博客。

从本质上说，网络从来拒绝"悄悄"。它从诞生起，即以分享、公开、自由为己任。可有些话、有些事又非"悄悄"不可。可即要如此，短信或邮件岂不更容易"悄悄"？

■ 你要找的是不是中国男足

某日，中国男足千夫所指，多种以国足为羞辱对象的民间文本海量生成，海量传输。下收仅部分样本：

短信一：河中生灵神秘死亡，下游居民得上怪病，沿岸植物不断变异，是残留农药？还是生化攻击？敬请关注今晚CCTV《走近科学》即将播出的专题节目：《国足在河边洗脚》。

短信二：送给本届奥运会和历史上最令我们揪心的中国足球队一副伪对联：上联：问君能有几多愁？下联：恰似一群太监上青楼。横批：没人会射。

短信三：珍爱生命，远离国足。

歌词一：我家球门常打开，开怀容纳天地；一个两个不算稀奇，再多也输得起。天大地大都是朋友，请不用客气；场上梦游是惯例，场下才牛气！国足欢迎你，用净剩球感动你，你们捞足积分，我们来出局。国足欢迎你，遇到中国就是福气；业余联队一样晋级。我家球门常打开，要进几个随你。交锋过后就有了底，你会爱上这里。不管远近都是客人，请不用客气，进的少了别在意下次补给你。国足欢迎你，为你敞开球门，再不济的实力，也能找信心；国足欢迎你，遇上了你就随便赢，有我们就会有奇迹。(《北京欢迎你》·国足版)

歌词二：中国足球让我们心碎了无痕，中国足协就等于无耻加无能；堂堂大国竟不能选出十一人，谢亚龙早该去坐冷板凳！媒体吹嘘爱放屁球员爱装13，教练心虚没成绩就被炒鱿鱼，谁的错推来推去，推给裁判忽悠下球迷//阿根廷有梅西，巴西有罗尼；意大利有托蒂，法国有亨利；咱中国出了一个足球大帝；却差了十万八千多里；西班牙有卡西，荷兰有范尼，中国有邵佳一，点球打飞机。你问我中国足球何时得第一，别吓着上帝……（《青花瓷》·国足版）

全脸移植术

一天，英国《泰晤士报》援引新近出版的《柳叶刀》杂志文章说，在世界首例部分脸移植手术取得成功三年后，一些英国的外科医生希望在未来十二个月内实施世界首例全脸移植术。这项手术面临的技术风险是术后患者必须终身服用强力药物，以防止其免疫系统排异新移来的组织。而另一层面风险则来自这类手术自诞生之日即伴随而生的道德争论，因为这种脸部疾病并不存在生命危险。

忍不住自作聪明

一天，读到学者谢泳先生文章"《宋诗选注·序》修改之谜"，文中引《宋诗选注》港版前言中的一段文字：

"在当时学术界的大气压力下，我企图识时务，守规矩，而又忍不住自作聪明，稍微别出心裁。结果就像在两个凳子的间隙里坐了个落空，或宋代'半间不架'。我个人常识上的缺陷和褊狭也产生了许多过错，都不能归咎于那时候意识形态的严峻戒律，我就不用这个惯例的方便借口了。"

读过《宋诗选注》，却无缘阅读该书港版。序中"忍不住自作聪明"一句感觉是在说你，说他。远离聪明的我确实也常跟在"忍不住"后身，可绝少自作聪明，最多自动脑残。

■ 如何获取两千零八秒的快感

二〇〇八年北京奥运前，《国际先驱导报》制作专题：花花公子的奥运春梦。专题全面报道奥运会期间"奥运特许境外报刊"七月二十一日全品种亮相。

报道称，自七月八日起，有来自美国、英国、韩国、日本、法国、德国、加拿大、澳大利亚、希腊等国和中国台港澳地区的近四十种报刊亮相报摊，其中《时代》、《国际先驱论坛报》、《朝日新闻》、《读卖新闻》、《每日电讯报》、《泰晤士报》、《中央日报》等。其中美国的《纽约时报》、《华盛顿邮报》，德国的《体育画报》，意大利的《体育报》等都是首次登陆中国报刊零售市场。

记者向有关方面询问美国成人杂志《花花公子》是否已顺利入境，得到的答复暧昧不详。好事者如我为此打电话向中国杂志创刊号研究资深人士小强咨询，得到的回答是"机主不在服务区"。

自二〇〇七年年底，有关奥运期间《花花公子》将进入中国的传闻在网络广泛传播，并就此引发争议。导报记者介绍说，上届奥运会上，《花花公子》也曾在雅典出尽风头。该杂志在二〇〇四年八月推出"奥运特辑"，封面故事是主题为"如何获取两千零四秒快感"的公众讨论，这些曾引起雅典奥组委不悦，要求封杀当期希腊版《花花公子》。

官司最终以雅典奥组委败诉收场。法院的裁决认为，一本成人杂志"将性和奥运会结合起来无可厚非"。宣判结果反而让当期《花花公子》在希腊大卖，销量增至四万。如《花花公子》借奥运东风果真顺利亮相中国市场，制作北京奥运特辑当无异议。我好奇的是，他们的编辑会炒冷饭吗，会因多出四秒快感就用一个与四年前一样的封面标题吗？很期待。

▌赛后抑郁症

据路透社北京二〇〇八年八月二十三日电，第二十九届奥运会闭幕，运动专家提醒参会运动员需预防"赛后抑郁症"。

专家称，大型运动赛事之后，运动员出现抑郁、身份危机、饮食失调是一种很常见的现象。

荷兰女子水球队员丹尼尔·德布鲁因在北京奥运会前十八个月就辞掉了工作，专心于训练，但她同时也制定了奥运会结束后的工作计划。而男子铁人三项金牌获得者德国选手扬·弗勒德诺则完全相反。

"我的生活计划在一小时前就已经结束了。那就是我的梦想。我的座右铭是'必须实现 A 计划，我没有 B 计划'……在心理学家看来，扬·弗勒德诺已然患病。

■ 山寨明星

"山寨"亦写作"山砦"。在现代汉语里，本为寻常名词。可在当下语境中，这个用以形容"冒牌货"的广东话历经多年繁衍生息，已日渐成为一个内涵驳杂、丰富、立体的新语词。

从"山寨手机"，到"山寨数码"，从"山寨游戏机"，到"山寨明星"，以"山寨"为定义语的一个庞大亚文化群落原本一路走来一路跛，可忽就柳暗花明，一路走来一路歌。

是，"山寨"语词部落草根属性未退，且它们恰恰因此浑身是胆，高歌猛进，其繁复内涵、暧昧特色远比由"山寨 F4"、"山寨刘翔"、"山寨周华健"、"山寨周杰伦"等所激发的网络热议更为一言难尽。

走着瞧。

■ 什锦八宝饭

一天，经由人民网推波助澜命名的国家领导人粉丝专用名"什锦八宝饭"一词在网络中广泛传播，引起网友关注。"什锦饭"系国家主席胡锦涛粉丝专用名；"八宝饭"系国务院总理温家宝粉丝专用名。二者合一，即"什锦八宝饭"。

示威区

《纽约时报》二〇〇八年七月二十四日称，中国政府二十三日宣布，奥运会期间，北京将允许人们在三个指定的城市公园内举行示威，这三个公园是紫竹院公园、日坛公园和世界公园。

"奥运会期间有勇气申请举行示威活动的外国人和中国公民可以在这些地方举行公开的示威活动"——澳大利亚《悉尼先驱晨报》七月二十四日一篇报道里这样说。

"然而，自发的抗议活动可能会被视为扰乱社会秩序的非法活动，十一万奥运安保警察将立即出动平息事端。除此之外，北京动员一百多万居民探察可能存在的威胁，全市三十万个摄像头也将发挥作用。"

"澳大利亚奥委会主席约翰·科茨对设置游行示威公园表示欢迎，并称其为'一项伟大的创举'。科茨称，他曾私下劝说北京奥组委成员和中国驻澳大使，效仿悉尼在二〇〇〇年奥运会的做法，设置游行示威地点。"

水泥

语出由央视陈师转发的一则短信。收信当日，我即快速转发友朋分享。该短信中有多条妙语与文字主题相关，其中一些亦曾在网络流传：

一个和尚挑水喝，两个和尚抬水喝，三个和尚没水喝，四个和尚打麻将，五个和尚扮福娃。

听君一席话，圣斗士念书。

你有什么不开心的事？说出来让大家开心一下！

女人是水做的，男人是泥做的，李俊基李宇春是水泥做的。

金庸写的十四本书可以连成一个对联：飞雪连天射白鹿，笑书神侠倚碧鸳。J.K.罗琳写的7本书也可以连成一句话：哈哈哈哈哈哈哈！

■ 他死在了夏天，他死在了家里

二〇〇八年八月三日,俄罗斯作家、一九七〇年诺奖得主亚历山大·伊萨耶维奇·索尔仁尼琴在莫斯科因病去世，享年八十九岁。国内各大媒体均在第一时间发布消息和评论。《新京报》的悼文（张晓波）说："现在，这位'圣愚'永远地闭上了那张不合时宜的嘴，这让我有些疑惑，这个世界，少了这样一位啰啰嗦嗦'永恒的反对派'，是否会少了很多思想对抗的乐趣？"而财经网的悼文（萧瀚）则盛赞索氏"高贵而坚定的道德姿态"，这一姿态的因由来自他一九七四年斯德哥尔摩演讲的结语所引的那句俄罗斯谚语："一句真话重于整个世界的分量！"

学者郑也夫在二〇〇八年八月七日的博文中以诗作《送别索尔仁尼琴》抒发对索氏辞世的感慨：

注定我呆在这天涯地边，

是上帝判定我沉默无言，

因为我曾看到恶人该隐，

却未能将它的头颈斩断。

这是《古拉格群岛》中摘录的，

写在牢房墙壁上的无名氏的诗篇。

索尔仁尼琴走了。

这位社会主义阵营中叛逆者的先驱，

这位反抗现代集权专制的铮铮伟人，

他让我们久久的怀念，

他令我们永远的汗颜。

台湾国语一直将"索尔仁尼琴"译作"索忍尼辛"。这个汉译中汉字"忍"和"辛"诡异蹊跷地暗示着索氏大悲苦大欢喜的一生。康慨在刊发于《中华读书报》上的一则悼文里说：

"他上过战场，立过战功，蹲过大狱，被劳改，被流放，被驱逐，但也登作家可以享有的荣誉巅峰，而且到了晚年，他总算活着回到了祖国，不必客死在他厌恶的另一个世界——沉沦于物欲汪洋的消费主义的美国。"

接受国际文传电讯社访问，索尔仁尼琴妻子说："他想在夏天死去，他死在了夏天；他想在家里死去，他死在了家里……亚历山大·伊萨耶维奇这辈子活得艰难，但还是幸福的。"

豆腐是老的辣

《书城》杂志二〇〇八年第五期上刊载迈克先生对《色丨戒》美译本的批评，直截了当。"《色丨戒》固然是一篇非常难译的小说，然而译得这么坏也实在出人意料。"这是这篇文字的第一句。当头炮。

接下来，迈克一字一句一句一逗，死抠美版《色丨戒》。并隆重建议说，这个译本"翻译班教师不妨考虑用作反面教材。"

"易太太得意洋洋炒前一天的晚饭，因为觉得自己于席间说了个了不起的笑话：'廖太太坐我背后。我说还是我叫的条子漂亮！她说老都老了，还吃我的豆腐。我说麻婆豆腐是要老豆腐的嘛！'当语文媒人遇到这样的刁钻的舌头，谁都会捶胸顿足兴叹家门不幸，但译成'她说她这砖豆腐老得我都鲠不下了，我就说，豆腐是老的辣嘛'，简直可以入围竞选年度翻译小说最具创意奖。既译不出神髓，又胡乱落调味剂企图掩人耳目，难怪牺牲了马太太的搭腔——怎么搭都牛头不搭'马'嘴。"

上面这段批评中说到"语文媒人"这一社会角色，其实迈克先生已也是。"凯司令咖啡馆译成 Commander Kai's Café，教人有立即脱帽敬礼的冲动。"

上面这话也是迈克先生说的，是反话。这反话正过来的意思就是我读完本文的感受：敬礼，迈克先生。像您这样锱铢必较、技艺双全的"语文媒人"已越来越少。

■九笑一哭

来自作家沈宏非的原创小品，如下：

医生一说多动症，菲尔普斯就笑了；speedo 一说鲨鱼皮，鲨鱼就笑了；姚明一扣篮，科比就笑了；董方卓一射门，小罗就笑了；李承鹏一宣布不写足球，中国足协就笑了；刘欢一唱油和米，美国股市就笑了；美国人一抗议一胎化政策，张艺谋就笑了；聂卫平一骂郎平，大松博文就笑了（在九泉之下）；活字印刷术表演一凸现"和"字，福田康夫就笑了……李宁一点火，阿迪就哭了。

■闪董料秤

赵元任《我的语言自传》单行本只有薄薄的一小叠，可很耐读。每次读，总能有新发现。书里关于语言学习细节有好多。其中一个说到赵夫人。赵元任与夫人杨步伟是相识一年后成婚的。关于赵夫人，赵先生说："我太太虽然是医生，但是能说好几种方言。我们结婚过后就定了个日程表，今天说国语，明天说湖北话，后天说上海话等等。"

我感觉，这巧合也太巧了吧？恋爱、成家、搭帮过日子，谁会以是否可以"演说"多种方言为前提？当然，更高级的判断是，这就是传说中的"天作之合"。一个语言学家的太太轮番用湖北话、上海话、北京话与夫君如切如磋，如琢如磨……委实羡煞人。在我的想象里，其间定有更多趣事在书之外，在文字记录之外。

说到北京土话，书中讲了个故事，是说好友、学者傅孟真。赵元任记得，此君虽为山东人，语言天赋极高。证据是，在北京念书没多久，已是一口即可乱真的北京话。可没过多久，赵元任发现傅孟真忽然不再说那口流利的北京话，而是改说山东家乡话了。

后来才知道，傅孟真考取北京大学念书，一家人也都跟着搬到北京来住。到北京后，傅家请的几个佣人都是北京人，家中难免整日一团团的京腔回荡。一日，傅孟真照旧一口流利的北京话，闻此，家里人笑话傅孟真说："你怎么说起老妈子的话来了？"家里人这一笑，还真把傅孟真那口几可乱真的北京话笑回去了，把他本来"闪董料秤"的话又给笑回来了。

后来，傅孟真留学欧洲。一路西行，他携带在身的，不是北京话，而是他那一口"闪董料秤"话，根深蒂固。在这里，可见价值的厉害。它除了会影响一个人的人生选择、影响一个人的世界观乃至婚姻态度，还可影响某种方言的选择、学习乃至流行。当然，谁也没想到，这种老妈子语言后来成为国语培养基，成为一种主流语音的先声。

再一年，赵元任一家人一起外出游玩。他们从英国过海，自法国东北经比利时、荷兰，沿德国北区一直到丹麦，再过海，最终抵达瑞典。一路上，赵元任发现，法国人、比利时人跟他说法语，荷兰人因为知道很少有人会说荷兰话，与外人交流时，就用英语。到了德国，周遭朋友与赵先生交流，又开始说德语。而在丹麦和瑞典，朋友之间又开始尽量用英语交流。

赵元任说，这几乎就是其中各国人群与外宾交流时的惯例。当然，实情又不完全如此。赵元任说："我留心旁听他们当中说话啊，完全是另外一回事。在法国东北就开始说一种日耳曼语系的 Flemish 语；在比利时境内当然是法语跟 Flemish；在德国境内，他们对外国人虽然说通行的高原德语，但自己说的是洼地德语。"

就此，赵元任总结出的道理是，那次远足开车从法、荷、比、德近海一带依次走过，其中的语言变化并非一个国境换一种语言。赵先生说，其微妙处，跟坐着长江轮船从上海到四川一路口音演变非常像——它是一点一点地渐变，而不是一国一国地骤变。语言学习的重要途径即此后成为一大学说的所谓"口舌法"看来并不深奥：它的意思无非是说，语义的深层含义你未必全懂，可只要细细聆听，细细揣摩，意思就会慢慢浮现出来。而所谓"口舌法"的简版亦可照直用那句老话说清楚：书读百遍，其义自现。

■台共

台湾《联合报》二〇〇八年七月二十一日消息称，台湾共产党二十日在台南县新化镇宣告成立，台湾内政部主管人民团体的内政部官员列席了台共成立大会。大会上，发起人黄老养获七十名创党党员推举荣任首任党主席后高呼："爽啦！"

阅此新闻读到"爽啦"，我"笑啦"。这种直接将口语"爽啦"之类融入政治语文的范例实不多见。它降低政治语文习惯性整饬，反向代入一种平民化庸常，将不苟言笑和平演变为苟言苟笑。笑啦。

"爽"字近年来早已成为一个流行口头禅。原多以"爽口"、"豪爽"、"直爽"、"身体不爽"、"神清目爽"等组合样貌出现的"爽"字在口语中成功单飞，获取事实上的独立，成为一个简洁有力、爽口上口的单音节动形容词。

铁函

二〇〇八年八月第一周，南京大报恩寺地宫挖掘中发现在直径二点二米的圆形沉井式地宫距地面四点二米处，有四面石板围住一个方框，两块盖板揭开，一层铜钱散落于一个八十厘米长宽的石函上。石函内存放着一个五十八厘米见方的铁盒，此铁盒被专家称之为"铁函"。

专家称，"铁函"正式名称为"盝顶宝函"。按等级规格，金陵大报恩寺与法门寺同属皇家最高级别寺院，但法门寺铁函长度不到零点三米，雷峰塔铁函长度也不过零点三五米。相比之下，这座地宫出土的铁函高一点三四米，宽零点五五米，它大得"非同寻常"。

更令专家激动的是，铁函四周石碑上发现"感应舍利十颗"、"佛顶真骨"、"金棺银椁"、"七宝阿育王塔"等字样。专家认为，此七宝塔的塔身内应该还有金棺，金棺内应藏有碑文上所记载的"佛顶真骨"、"感应舍利"等佛家宝物。据称，由于清理工作复杂，大报恩寺地宫"铁函"的完全解密将持续一至两个月时间。

我是完全搞不懂"感应舍利十颗"乃至"七宝阿育王塔"的。我只是由"铁函"歪想到其他，其他……这世道，还有多少"铁函"需要考古？等待打开？

我活在没有答案的问题中

一天，上午十一点刚过，读完保罗·奥斯特小说《月宫》。读至最后几个段落时，北京昏云暗雾间开始飘雨，忽淅淅沥沥，忽噼里啪啦。上面，这句出自该书主人公马可一句简单慨叹瞬间被北京秋雨湿透，像一帖伤湿止疼膏，凉凉地贴进心。

布景顺势下转入北京，转入奶粉、宝贝、重度敏感、轻微敏感、可接受敏感、屏蔽删除、双肾手术、制度溃堤、道德崩盘之类的信息纠缠之中……书中主人公马可的那些本与当下八竿子打不着的话也便一一幻化为你我的喟叹：

"我活在没有答案的问题中，渐渐地我把那道难题当成自己的核心事实并且欣然接受……我已经习惯于自身的晦暗，并且把它当成自我理解和自我尊重的来源，当成本体论的必要性而守住不放。"

■我来向你晒幸福

语出一位连岳粉丝写给连岳的信。与我们通常所见 QA 问答大倒苦水不同，这封交流信的主题如上，坦诚真切，竟是专程前来"晒幸福"。这封写给作家连岳的信即或旁观者读，也是暖洋洋。

老话儿说，火大无干柴。在圣火遍地奥运语境中读到这类被麦克卢汉称之为"冷媒"的心路白描，颇觉意外。不能不佩服老麦先见英明：热媒如电视、实况、视频之类，高清固然，可相对于心灵而言，它模糊含混，它似有实无，它其实不在它该在的地方。

心灵怎可容忍模糊的阔大或恢弘的空虚？而一个人的心灵的幸福还是更多要仰仗文字的交流，语文的切磋。语文常常只是看似不清晰而已。它冷则冷矣，可确切，密实，周到。

我们将会穿得像修女一样

一天，英国《每日电讯报》网站刊载文章说，意大利罗马市市长颁布禁令，禁止首都成千上万名站街妓女穿"不得体和不庄重的衣服"。市长先生说，看到衣着暴露的年轻女性容易分散男性驾车者的注意力，从而引发交通事故。

此项法令一经颁布，即遭性工作者福利组织强烈指责。他们表示，将尽其所能向这一法令发出挑战。妓女权利委员会的皮娅·科夫雷接受《晚邮报》记者采访时说："我们将会穿得像修女一样。我们要穿上带有白色翻领、黑色长袍、类似修女衣装去站街。这样做，是为反抗这项限制人们穿着自由的法令。"

这则消息本身跟我们的当下生活毫不相关。可它强烈的画面感乃至修女妓女间悬殊反差，终于还是让人想回当下：你我眼前晃来晃去穿着各行各业不同职业服装的那些人啊们啊未必真就是那个行业的人啊们啊。他们在抗议？还是在表演？还是一边走台，一边腹黑？

我要上了春晚，就没赵本山什么事了

语出经济学家郎咸平。一天，郎先生做客凤凰卫视《锵锵三人行》节目。一时兴起，郎先生将上面这句曾在接受《南方人物周刊》采访时说过的话又说了一遍。郎说：自二〇〇九年起，不想、也不敢再预测中国经济了："我不想做教授了，要去做明星，人生最大的目标也改了，过去是学而优则仕，要帮助政府，现在希望明年上春晚，取代赵本山。"

上述均属玩笑语，一望而知。可在这坨"玩笑"的饺子馅儿里，还掺有一些类似壮志难酬、恨铁不成、报国无门之类的葱姜蒜芥末油，有点儿辣，有点儿呛。

■ 咸指纹

德国《法兰克福报》本周发表文章，介绍一种有助于罪案甄别的指纹技术。由于这种技术可以通过找到出汗的指尖在金属表面留下的腐蚀痕迹、并就此对罪犯确认予以帮助，因而这种全新的指纹技术被命名为"咸指纹"。

这项最新研究成果近日也同步发表在专业季刊《司法鉴定学杂志》上。利用"咸指纹"方法，甚至可以获得传统技术无法识别的指纹，如留在子弹壳或炸弹碎片上的指纹。因为手枪击发时产生的高温会破坏子弹上可以利用的常规技术检测出的指纹。炸弹爆炸也会造成同样的破坏。

一位指纹专家已通过四起刑事案件的检验证明"咸指纹"行之有效，办案人员借助金属腐蚀痕迹确认了犯罪嫌疑人。他们甚至对一起十年前的双重谋杀案重新展开了调查。

■ 现在窗外下着八月八号的雨

语出作家阿丁二〇〇八年八月十日博文。上为标题。博文如下：

"八号的云雨，被我英勇的奥组委战士用火箭弹赶到房山去了。老天爷可怜，他老人家一把年纪了，提着裤子跑到房山，能尿了，却尿潴留了。所以今天下了雨，这雨真大，老天爷的膀胱估计是绷不住，尿了，尿崩症，哗哗的。"

小说家过分考虑读者是下流的

语出作家毕飞宇。他在记者为其最新推出的长篇小说《推拿》所做专访时这样说。

歇斯底里的现实主义

一天，美国文学评论家詹姆斯·伍德新作《如何小说》出版。有一种说法认为，现实主义流派小说就是变戏法，而发现这一戏法的秘密常常会破坏读者的阅读快感。

伍德这本新书不仅解释的小说家如何从帽子里变出兔子，而且他的解释过程同样充满魅力。

詹姆斯·伍德是《纽约客》签约作家，曾任《新共和》杂志的高级编辑。伍德有过一句关于现代小说的定义可谓闻名遐迩。什么是现代小说呢？伍德说，现代小说，就是歇斯底里的现实主义。

养眼指数

一天，看《华西都市报》，某报道称，一份由成都锦江区政府组织、专业调查公司调查的春熙路"美女养眼指数"即将首次发布。

"天下美女在成都，成都美女在春熙（路）"……据此，春熙路美女为何美、怎样美、春熙路美女究竟给该地商圈经济带来何种影响即所谓"养眼指数"，即本次专业调查的目的。看这则玩闹儿式花边新闻感觉怪异。天府之国，人杰地灵，当然不错，可一家政府职能部门孜孜以求此等鸡毛蒜皮，感觉有点邪性有点二，相当扯淡。我晓得政治从来都一定是另一种娱乐，可即或扯淡，也总该有个底线！

野餐税

语出法国环境部长博洛。近日，在宣布一项针对塑料制品和一次性纸制品征收消费税的新举措时他提到了这个新词。据称，在法国，塑料制品和一次性纸制品多用于野餐等户外休闲活动。每逢周末，法国各地大大小小的公园都挤满了野餐的人，为此，这项新政策亦被称之为"野餐税"。据统计，法国每年人均产生三百六十公斤的一次性消费品垃圾。

一个正在用百米冲刺的速度跑马拉松的国度

语出学者郭凯（网名人渣）短文《异质》。文中，郭老师以"奥运会男子马拉松"生发观感，连类万端：

"这次马拉松的特点是，在闷热的北京，第一集团的人在用异常高的步频领跑。NBC的解说员始终在惊呼，如果大家都这么跑，肯定有不少人要休克。我想到了中国，中国不就是一个正在用百米冲刺的速度跑马拉松的国度吗？跑在最前面的人在用不可思议的速度在前进，但整个队伍却拉得很长，很多人还远远地落在后面"……在诸多对于中国不尴不尬现状的描述中，这一描述生动而外，更牛的是它的确切。

在另一篇名为《走进未来》的短文中，那句出自"诺丁山"的台词"Surreal but nice"（超现实但美好）被改写一句更具现实感的喟叹："这是中国，但不是现在的中国。"

它一样确切传达出来的，是面对奥运时分尤其知识者普遍的惶惑、尴尬与那股子冷色系的祈福："希望……是在走进未来，而不是走进一个主题公园"……人同此心吧。

油和米

网友对奥运会开幕式主题曲《you and me》的戏称。开幕式那一周，流行短信亦多以此为主题，不少民间语文解读奥运主题歌名之为"you and me"，是想以此表明对二○○八年全球石油危机、粮食危机的密切关注。亦有网友预言此语将成为二〇〇八网络流行语"打酱油"的升级版："关我屁事，我是来买油和米的！"果真如此，表哥"打酱油"在有了表弟"俯卧撑"后又多出了这位表妹："油和米。"

■有人亢奋，有人平静，有人心疼

第二十九届奥运会在北京隆重开幕那一周，《体育画报》记者关军在一则时评中写出上面这句话，原文标题为《一支强心剂的复杂效果》。关军说：

"对于开幕式，与我一起观看的七八个人，各有各的解读，有的说，中国强大了全球华人都有面子，有人说，只有中国才会搞这么宏大的场面，也有人说，很喜欢其中人性化的、细腻的元素。"

"有人亢奋，有人平静，有人心疼，一支强心剂打下去，人们的反应不尽相同。你不得不承认，时代确实进步了。人们的思想，价值观，已不可能像开幕式的团体操那样整齐划一。"

■云计算

介绍云计算，维基百科给出的定义说，它是分布式计算技术的一种，其最基本的概念，是透过网络将庞大的计算处理程序自动分拆成无数个较小的子程序，再交由多部服务器所组成的庞大系统经搜寻、计算分析之后将处理结果回传给用户。透过这项技术，网络服务提供者可以在数秒之内，达成处理数以千万计甚至亿计的信息，达到与"超级计算机"同样强大效能的网络服务。

介绍云计算，IBM 在技术白皮书中给出的定义是：云计算一词同时用来描述一个系统平台或者一种类型的应用程序。任何一个用户通过合适的互联网接入设备以及一个标准的浏览器都能够访问一个云计算应用程序。云计算的核心是基于庞大硬件平台下的互联网应用和服务，硬件平台、应用程序、服务位于"云端"。

介绍云计算，谷歌中国区总裁李开复选择了两个比喻，一个是钱庄，一个是电力公司。最早，人们把钱放在枕头底下，后来有了钱庄，很安全，不过兑现起来比较麻烦。后来有了银行，可以到任何一个网点取钱，甚至可以通过 ATM 或国外渠道。就像用电不需要家家装备发电机，可以直接从电力公司购买。

介绍云计算，网友 liu7973532 特别强调的，是云理念：把力量联合起来，给其中的每一个成员使用。在稀释云计算的技术术语时，liu7973532 用到的比喻为发电机。"这就好比是从古老的单台发电机模式转向了电厂集中供电的模式。它意味着计算能力也可以作为一种商品进行流通，就像煤气、水电一样，取用方便，费用低廉。与此前比，最大的不同在于，它是通过互联网进行传输的。"

科盲如我，真正搞清楚何为分布式处理、并行处理乃至网格计算之间的沿革变迁，基本没可能，这时，比喻的重要性呼之欲出。"钱庄"、"银行"、"发电机"、"ATM 机"、"煤气公司"、"电力公司"之类喻体弱化了技术术语的陌生化。站在这个比喻的阳台上四下里张望，"云时代"、"云技术"、"云商业"、"云病毒"等派生概念像未名的云朵那样慢慢飘过来，有的发青，有的洁白。

咱孩子的学习成绩还好吧

一天，一则垃圾短信再度强行闯入我手机，该信内容主题为"介绍名校四中人大附中师大试验附中名师一对一家教"，此类短信每逢开学季、寒暑假期间尤其猖獗。

稍有不同是，这则老掉牙的经典垃圾在语文包装上已然颇费心思，它采用了一种故作亲昵谬托知己的"唠嗑式修辞"，短信以秃头句开场，开门见山，上来就是一句："咱孩子的学习成绩还好吧？"

只看第一句，最初瞬间我还以为是某兄弟姐妹嘘寒问暖短信聊天，可接下来，"广告"长驱直入，嵌入寒暄，令人怒从心中起，骂娘不迭。

去你的！谁跟你"咱"来"咱"去？那孩子是谁的？是你的？活见鬼。

咱们这是内涵型脑残吗

语出作家庄雅婷短文。短文中，庄对二〇〇八年流行语"脑残"分型分类，仔细玩味，贡献巨大。据此，以后研判"脑残"患者，我们可有诸如"外向型脑残"、"内涵型脑残"、"先天遗传式脑残"乃至"后天养成式脑残"等丰富多彩备选项。

短文中，迷恋"细细碎碎"好玩儿小事的庄老师还发现了与二〇〇八网络热词"囧"、"槑"、"靐"非常近似的一些生僻单音汉字。一个是"嫑"，读作"biǎo"，一个是"嘦"，读作"jiào"。它们的意思已经由其组合呈现，一望而知。

同好者甚至将勥（读作 fiào）、夭（读作 tian）、氞（读作 fēn）等生僻单音阶汉字一一挖掘而出。由此可推论地猜想，这类汉字被网络激活指日可待。

■ 站在抵制装13的群众队伍中装13

语出作者夏磊短文《"装13"的那些事》。从"装蒜"，到"装 B"，到"装 B 犯"，再到"装 13"，都市人群中对于"面子文化"或曰"装文化"的自觉正愈发敏感。

夏文仔细挑剔如是敏感，结论是，试图完全剔除"装 13"，从细节到习性，从文化养成到童年记忆，几近难上加难：

"在星巴克看杂志是装 13，上网是装 13，上网骂别人装 13 是顶级的装 13。如果什么事情也不干光发呆行不行？恭喜你，这是典型装 13 第 7 条的完美表现！"

可见"站在抵制装 13 的群众队伍中装 13"勉强成为一种带有严重苟且倾向的解决方案。至于站在黑压压、乌泱乌泱、前赴后继装 13 队伍中的您是主动装 13 还是被迫装 13？没人说得清。

■ 这就好像做爱一样

一天，二〇〇八北京奥运会开幕式烟火设计师蔡国强艺术回顾展在北京中国美术馆开展。记者疑惑以装置艺术闻名于世的蔡国强作品在中国美术馆狭小空间中展出其展览效果会大打折扣。蔡国强解释说："这就好像做爱一样，不是在这张床上才可以。实际上在各种各样的空间里，都可以达到快感。"

■ 只要四十五分钟就能完成

一天，BBC 网站报道说，英国诺丁汉学院经合并后，最快可在二〇〇九年九月开学，招收三至十九岁学生。新任校长表示，学校将取消学生的家庭作业，取而代之的是让学生多上一堂课，并要求学生参与课后活动。诺丁汉学院表示，他们是全国第一所取消学生家庭作业的学校。此前，位于伦敦西南边金斯顿（Kingston）的 Tiffin Boys' Schoo 也宣布缩减学生家庭作业。这所严格挑选学生的文法学校将每天三至四小时的家庭作业，减少为只要四十五分钟就能完成。学校表示，太多家庭作业会造成反效果，让学生对学习失去兴趣；减少家庭作业后学生有更多的时间可以发展自己的兴趣。

■智力返祖

语出作家土摩托短文《残奥会真好看》。针对某些记者对残奥会的"反感"，土摩托说："我想说：你这个想法太落伍了，是典型的智力返祖，而且返得还挺远，直接跳过灵长类，奔猪狗而去。"

土摩托文中提及的"智力返祖"，被我理解为二〇〇八流行语"脑残"。脑残年年有，今年特别多。不过，恰因为脑残者剧增，"脑残"一词也很容易从新鲜审美快速沦为疲劳审美。

此前，我曾借作家庄雅婷之智，向朋友推荐使用"内涵式脑残"或"外向型脑残"之类的同义新词，意思无非试图用创意语文抵抗审美疲劳。

它与某网友将"危机公关"改称为"悬崖公关"、将熟语"脑袋进水"说成"你的脑袋里可以养鱼了"所渴望达成的"宏愿"非常像……可见，疲劳也是创造力？

加上土摩托贡献的"智力返祖"，加上网友们创造的"原发性脑残"、"继发性脑残"、"功能性脑残"、"器质性脑残"，比拟现代人愚钝与寡智的语词已可组成一个大家庭……等闲了，好好整理下。

■中国双簧

一天，奥运会开幕式小女孩林妙可演唱"歌唱祖国"实为"假唱"一事经由开幕式音乐总监陈其钢爆料成为网友关注焦点。对此，开幕式导演张艺谋的解释是："在摄像机前的孩子，应该毫无瑕疵，具有内涵和表现力……林妙可在这些方面无可挑剔。"而音乐总监陈其刚的解释是"为了国家利益"。对此，《财经》记者杨彬彬认为，这是"奥运双簧"，也是典型"中国双簧"。

"对国人来说，如果'假酒'、'假药'、'假球'、'假合资'等也和'假唱'一样，成为我们生活中的常用名词，见怪不怪，甚至还将之拉上'国家利益'或者'民族利益'的虎皮，引以为荣，则是中国经济之不幸……奥林匹克精神是什么？见仁见智。但显然，在奥林匹克的舞台上，以'国家利益'之名，让两个不满十岁的孩子赤裸裸地假唱，是真正有违国家利益的反奥林匹克之举。"

同意杨说。积习与惯性使得为了所谓的效果或虚妄的"国家利益"，太多荒唐油然而生。本周众多针对"假唱"、"主题歌疑似抄袭"、"大脚印录像"、"假扮少数民族少年"之类诡异事件的质疑之声，本质上是一种严肃的文化批评。它们敦促的是文化的清澈与完善，并非仅只对开幕式演出耿耿于怀。

■ 紫领

新语词，据熟词"白领"、"蓝领"等衍化而来。据网友王仲华称，职场"紫领"人群的特点有三：一是能动手操作（Practical），一是富于积极创新能力（Pro-gressive），一是拥有个人品牌（PersonalBrand）……这类人群"在各自的领域红得发紫，我们叫他们'紫领'（Purplecolar）。"在以"领"为词根的庞大系列中，白领、蓝领知名度高，"粉领"、"圆领"知名度相对较低。

"粉领"之外，周知率更低的，是"圆领"。几年前，有好事者曾将其赠送给下岗工人。

■ 自取其乳

三鹿奶粉事件在年轻母亲人群中制造的恐慌最大，其远虑近忧焦灼无助感尤甚。网络媒体以其即时更新之便，已成为"奶粉语文"的一大批发集散地，"短信"平台也再次成为简捷便利的传播渠道。

民情通过它成为一个平民的"新闻联播"，民心经由它合成出一个百姓"焦点访谈"，男女老少远近亲疏被愤怒、郁闷、焦虑链接捆绑在一起。一名为"大牛无形"的博客专门集纳各类"奶粉语文"，句句搞笑句句精彩句句绝望。上句即为其中收集到的一句改良成语：

某网友感慨此后征婚，条件须严苛至对女方乳腺发育状况的考核，借此确保子嗣有足够奶源，确保在进口奶粉吃不起、国产奶粉吃死人；国外奶粉要钱，国产奶粉要命的险恶境况下可以自取其乳。而另一网友则称，小孩子当然吃母乳最好，可总不能终身服用母乳吧？你以为你妈是母牛？

■ 做小做强做小强

一天，网友吴鲁加在博客撰文简介苹果经营策略，原文标题"做小做强"。这标题猛一看，第一感觉是其思维方式的逆行，第二是其稍加修改，即可移用为京城文化名人张小强个人品牌口号语。关于小强，此前虽已有"有困难找小强"之类的个人形象口号，可那个口号仅侧重其个人美德，而这句"做小做强做小强"则可侧重其业务水准及专业化程度。试试看。

EPOCHAL DRAMA, PSYCHOLOGICAL PLAY

附录 黄选年度语文

二〇〇五

▌字

▌超级名词：【偶】▌超级数词：【六】▌超级量词：【砣】▌超级代词：【丫】▌超级副词：【灰常】▌超级助词：【滴】▌超级拟声词：【呸】▌超级感叹词：【晕】▌超级动名词：【博】▌超级形容词：【粉】

▌词

▌年度热烈词组：【超女】▌年度疯狂词组：【PK】▌年度创意词组：【六六粉】▌年度歆羡词组：【政治福利】▌年度肉麻词组：【互粉】▌年度睿智词组：【类妓心态】▌年度篡改词组：【过劳模】▌年度唏嘘词组：【业内漂泊者】▌年度关注词组：【审萨】▌年度惊惧词组：【禽流感】

▌句

▌年度鬼马短语：【我到百度上去google一下】▌年度伤神短语：【街上没有兵，没有马，却兵荒马乱】▌年度装蒜短语：【我不希望红到脸盆上都是我的照片】▌年度爆笑短语：【这年头，抢银行都得骑自行车】▌年度孤绝短语：【我觉得我活得像一句废话】▌年度伤心短语：【穷人的身体富人的床】▌年度时髦短语：【人不链我，我不链人；人若链我，我必链人】▌年度仇恨短语：【我连撒尿都不朝着那个方向】▌年度悬疑短语：【我一直怀疑他这张遗像是穿着防弹背心照的】▌年度美好短语：【我的钱正

在来我家的路上】

二〇〇六

█ 词

█年度热烈：【恶搞】█年度疯狂：【视频】█年度光明：【乐活】█年度普及：【相当】█年度篡改：【搜浪】█年度肉麻：【乙醚】█年度狂欢：【馒头】█年度民生：【交强险】█年度创意：【二郎山】█年度过火：【红楼梦】█年度关注：【潜规则】█年度发现：【装饰性】█年度睿智：【饥民心态】█年度感叹：【额滴神啊】█年度合璧：【Good Gun】█年度惊惧：【食品恐怖主义】

█ 短语

█年度绝唱：【不为君王唱赞歌，只为苍生说人话！】█年度粗口：【我顶你个肺啊！】█年度调笑：【我就是那个不添香只添乱的红袖！】█年度撒娇：【有本事就让我爱上你！】█年度情色：【时间像乳沟，只要肯挤总是有的！】█年度棒喝：【激动个屁啊，托儿所没毕业吧？】█年度透彻：【韩寒自己的故事比他的小说好看！】█年度嘻哈：【爱不仅用嘴说，还要用嘴做！】█年度实诚：【我脱了，可我没裸！】█年度无奈：【你被潜规则了吗？】█年度怨怼：【全世界最恐怖的动物是前妻！】█年度谄媚：【内事不决问老婆，外事不决问 Google！】█年度洞穿：【外表有多规矩，内心就有多不羁！】█年度希望：【人生不只是屎！】█年度美好：【把有限的长假投入到无限的相亲活动中去！】▊年度辛酸：【我没有政治家们的野心，也没有商业家们的贪心，我只想拿回我的月薪！】

二〇〇七

▊词组

▊年度热烈：【二】▊年度疯狂：【晒】▊年度唏嘘：【职倦】▊年度民生：【通胀】▊年度关注：【火星文】▊年度创意：【跳沙发】▊年度发现：【我一代】▊年度新兴：【预腐局】▊年度警醒：【生态复仇】▊年度益智：【虚拟书评】▊年度生机：【短信民意】▊年度惊讶：【纸馅新闻】▊年度成语：【正龙拍虎】▊年度拧巴：【农民工日】▊年度欣慰：【精神福利】▊年度美好：【乐观偏见】▊年度戏谑：【知音体标题】▊年度发明：【网络卫生间】▊年度精辟：【恶性自恋症患者】▊年度恐怖：【山西地下奴隶制】

▊短语

▊年度委婉：【烙饼去】▊年度豪情：【死了都要二】▊年度莽撞：【带着过年般的心情】▊年度撒娇：【谋事在我，成事在谋】▊年度肉麻：【欢迎女孔子来到日本】▊年度透彻：【一切造假者都是真老虎】▊年度绝唱：【只且将一支秃笔长相守】▊年度情色：【到女人心里的路通过阴道】▊年度嗟叹：【我的青春都浪费在青春上了】▊年度励志：【好好活吧，因为我们要死很久】▊年度诱惑：【不要对我来电，我有来电显示】▊年度调笑：【我们不要流氓，我们就是流氓】▊年度洞穿：【用媚眼瞟一下镜头以确认自己的存在】▊年度实诚：【外国朋友们的马桶也是用来放屁股的】▊年度无奈：【焚烧后的家太渴了，它也想喝一瓢水】▊年度荒唐：【你把采访提纲发给我，我晚上烧给她】▊年度睿智：【你自己觉得热乎乎的，别人根本无所谓】▊年度煽情：【这个可怜的女孩不知道她不该和我说话】▊年度棒喝：【中戏的校花，最后嫁了一个胸口没毛的屠户】▊年度辛酸：【为了爱，我们怎么会找不到一个希望我们找到他的人】

▊MSN签名档

▊【明朝那些事儿妈】▊【我姓对，叫对你好】▊【二到尽头，覆水难收】▊【王朔之下，岂有完卵】▊【特别的二给特别的你】▊【我这个人有人气，还有脚气】▊【21世纪什么最贵？——板凳】▊【套牢是次要的，人生在于反弹】▊【少他妈给老子在A与C之间装B】▊【工欲善其事，必先利其服务器】▊【人心隔肚皮，又岂在朝朝暮暮】▊【不想当厨子的裁缝，不是好司机】▊【士为知己者装死，女为悦己者整容】▊【与其生活在别处，不如做一钉子户】▊【以后请不要在我面前说英文，OK？】▊【给我一个姑娘，我可以创造一个民族】▊【也曾伤心流泪，也曾黯然心碎，这是二的代价】▊【黑夜给我我黑色的眼睛，我却用它来寻找黑社会】▊【自从我变成了狗屎，就再也没有人踩在我头上了】▊【我减肥已取得了很大的成功，你看，我三个下巴都尖了】

▊短信

▊【十点半】赵兄托你帮我办点事

▊【双节快乐】子曰:"人无信,不知其可也!"于丹的解释是,"孔子说:一个人如果连短信也没有,那还怎么混呢?"祝贺双节快乐!

▊【070809】今天是千年一遇的070809,收到后爱咋咋的,反正看到的工作顺利,存储的万事如意,转发的年轻美丽,回复的爱情甜蜜,删除的天天都捡人民币。

▊【一切都他妈白想了】工资真的要涨了,心里更加爱党了,见到老婆敢嚷了,敢尝海鲜鹅掌了,闲时敢逛商场了,遇见美女心痒了,结果物价又涨了……一切都他妈白想了!

▊【不可靠】看了《色丨戒》,觉得女人不可靠;看了《投名状》,觉得兄弟不可靠;看了《苹果》,觉得男女都不可靠;看了《集结号》,觉得组织更他妈的不可靠。

▊【人的一生】零岁出场亮相,十岁天天向上。二十岁远大理想,三十岁发奋图强。四十岁基本定向,五十岁处处吃香。六十岁打打麻将,七十岁处处闲逛。八十岁拉拉家常,九十岁挂在墙上!

▊【人啊,都不说实话】人啊,都不说实话:说股票是毒品,都在玩;说金钱是罪恶,都在捞;说美女是祸水,都想要;说高处不胜寒,都在爬;说烟酒伤身体,都不戒;说天堂最美好,都不去!!

▊【我不能再让步了】请转告中央,没进常委我不怨谁,我的要求不高,国务院院长、政治局局长、办公厅厅长、书记处处长也可以啊。再不行,请领导给普京同志打个招呼,当莫斯科科长也凑合。再不济,就让我去塔利班当班长吧！这是底线啊！我不能再让步了！

▌【等咱中国强大了】等咱中国强大了，全叫老外考中文四六级！文言文太简单，全用毛笔答题，这是便宜他们。惹急了一人一把刀一个龟壳，刻甲骨文！论文题目就叫：论三个代表！到了考听力的时候全用周杰伦的歌，《双截棍》听两遍，《菊花台》只能听一遍。告诉他们这是中国人说话最正常的语速！阅读理解全是政府工作报告，口试要求唱京剧，实验就考包粽子。考死他们。

▌【我们的社会】夜幕降临后，我们的社会是这样的：有喝的，有碰的，三拳两胜玩命的；有喊的，有唱的，抓着话筒不放的；有胡的，有杠的，每圈都有进账的；捏脚的，搓背的，按摩按到裸睡的；想念的，爱慕的，电话两头倾诉的；谈情的，说爱的，地上搂着乱端的；眉来的，眼去的，惹得老公生气的；拈花的，惹草的，害得老婆乱找的；表演的，猛练的，跳楼招来观看的；狂欢的，作案的，满街都是乱窜的；卖淫的，嫖娼的，陋室独自玩枪的；撬门的，盗墓的，坟岗周围散步的；办证的，设套的，当街面墙撒尿的……

二〇〇八

▌成语

▌【秋雨含泪】▌【欧阳挖坑】▌【兆山羡鬼】▌【黔驴死撑】▌【聚打酱油】
▌【俯卧硬撑】▌【谁死鹿手】▌【比赛第一】▌【叉腰健儿】▌【自取其乳】

▋词组

▋年度风行：【囧】▋年度震撼：【雷】▋年度疯狂：【山寨】▋年度婉约：【散步】▋年度色情：【艳照门】▋年度惊悚：【被自杀】▋年度警醒：【限塑令】▋年度蹊跷：【俯卧撑】▋年度益智：【段子代沟】▋年度科研：【集体世袭】▋年度民生：【金融海啸】▋年度悲悯：【心理包扎】▋年度情势：【网络激辩】▋年度发现：【气候觉醒】▋年度新兴：【公益力量】▋年度发明：【去愤青化】▋年度学术：【网络政治】▋年度悲哀：【新闻富矿】▋年度悲恸：【汶川大地震】▋年度温情：【全国哀悼日】▋年度警觉：【万能时评家】▋年度民心：【蔑视性沉默】▋年度荒唐：【反二奶同盟】▋年度长嗟：【内涵式脑残】▋年度棒喝：【缺德市场经济】

▋短语

▋年度奇喻：【红得尿血】▋年度豪迈：【很黄很暴力】▋年度情色：【弄他！弄他！】▋年度废话：【这是为什么呢？】▋年度脑残：【无性经历者优先】▋年度委婉：【圭寸杀殳三易口佳】▋年度小资：【她的皮肤像形容词】▋年度诡谲：【我出来是打酱油的】▋年度美好：【趁兜里还有毛主席】▋年度忽悠：【让艳照门成为历史】▋年度祝福：【鼠年你是所有人的大米】▋年度透彻：【缺乏辩论的大会是寂寞的】▋年度调笑：【我忍不住英俊地笑了起来】▋年度坚韧：【拆生命的房子，盖小说的房子】▋年度讥诮：【这种事只有上海人才做得出来】▋年度鬼马：【站在抵制装 13 的群众队伍中装 13】▋年度煽情：【她和这世界曾有过情人般的争吵】▋年度缺氧：【只要小葱穿热裤，吧主全是流氓兔】▊年度嗟叹：【我们无法用一页博客覆盖整个生活】▊年度悬疑：【是什么让一个拿相机的手拿起了刀】▊年度洞穿：【我们在出生的那一天起就叫刘亚玲了】▊年度睿智：【一个正在用百米冲刺的速度跑马拉松的国度】▊年度励志：【你有什么不开心的事？说出来让大家开心一下】▊年度辛酸：【妈妈正细心裁剪一小块一小块黑夜做你棉衣的衬】▊年度爆笑：【女人是水做的，男人是泥做的，李俊基李宇春是水泥做的】

▊ 短信

▊【幸福定义】本周幸福最新定义：床上无病人，牢里无亲人，京广线上无熟人，股市里面没无家人。

▊【元宵节】元宵节到了，喝一杯吧。但请切记如下最新四项基本原则：喝高了别失身，失身了别拍照，拍照了别存电脑，存电脑坏了别修。切切。

▊【七不能】陕西不能提老虎，长沙不能坐火车，山西不能下煤窑，上海不能进社保，济南不能聊大雨，广州不能去车站，香港不能修电脑。

▊【愚人节】一年一度的愚人节街头调查今天在闹市区淮海路进行。七成受众表示"沉默是金，但不像金那么有价值"。近三成受众同意"用五花肉烤肉能为设计马桶盖增加灵感"。近六成受众表示"我曾经担心自己的屁股不对称"。另有两成受众对愚人节街头调查格调不高表示担忧，其中一位不愿出示脸部的市民称："就像股市。"

▊【已婚者警告】通告所有已婚人士：中央提醒大家吸取教训：胶济铁路火车相撞的事件以血的事实告诉我们：出轨不可怕，可怕的是被撞到了！

▌【致地震】亲爱的地震哥哥，我们商量哈嘛，我们实在来不起咯，今晚上让我们歇口气嘛，让我们睡盘瞌睡嘛！你要要明天再来嘛！哈！实际上，四川不好要，真勒！你切那个火星嘛……那安逸的很！

▌【告股民书】证监会忠告股民，近期不要进入股市，否则：宝马进去，自行车出来；西服进去，三点式出来；老板进去，打工仔出来；博士进去，呆傻出来；姚明进去，潘长江出来；鳄鱼进去，壁虎出来；蟒蛇进去，蚯蚓出来；牵着狗进去，被狗牵着出来。

▌【交通告示】据最新收到的消息称，北京市交管局今天中午紧急通知：自二〇〇八年七月二十日实行单双号限制后，全市车流量大幅下降，但出行人流量不降反升，公共交通压力加大。为此，交管局决定，自即日（七月二十五日）起，全市六环以内，市民实行单双眼皮限制措施，单眼皮单日出行，双眼皮双日出行，一单一双者请选择晚间零时至三时出行，如夫妻二人均为双或单眼皮，其中之一可免费前往美容院进行整容治疗。此规定有效期暂定二〇〇八年年底。规定执行期间，凡戴墨镜出行、人造单眼皮、人造双眼皮或以睁眼双眼皮、闭眼单眼皮为由恣意扑街者，均以故意遮挡车牌号处罚，望广大市民据此妥善安排出行时间，度过一个愉快的周末。

▌【应聘启事】本人因炒股被套，经济困难，现决定业余开展兼职服务，有意者可来电咨询。业务内容不拘一格，给钱就成：冒充男女朋友，打麻将凑人数，长期代写小学生作业，替小学生欺负其他同学，代替学生父母开家长会，收费标准一至三年级五毛／页，四至六年级一元／页，代人欺负同学，收费额为，身高一米三至一米四,五十元，一米四至一米六,八十元，一米六至一米八价格面议，一米八以上免谈，给多少钱也打不过；打老师女的一百男的二百，体育老师加倍……上述服务前三名联系者所有服务项目享受九折优惠。不要犹豫了，赶快拨打电话吧，我的电话你知道。

▊【联想】金庸写的十四本书可以连成一个对联：飞雪连天射白鹿，笑书神侠倚碧鸳。J.K. 罗琳写的七本书也可以连成一句话：哈哈哈哈哈哈哈！

▊【微软客服电话记录】

用户：喂，是微软吗？

微软：是。您有什么事？

用户：不是说好要黑屏的吗？我都等一天了，你们怎么还不黑我啊？

微软：#%$^&@

用户：你们到底黑不黑了？

微软：……

用户：说话啊！你们黑不黑？

微软：黑！盗版的才黑！你是盗版吗？

用户：是啊。百分之百盗版，绝对盗版！

▊【光棍节】一年，光棍节，一群光棍先生在酒肆聚会，酒足饭饱，互致祝福："后会有期"；次年，光棍节诸光棍再度啸聚于酒肆，分手道别："后会有妻"；去秋，各位携妻聚会，酒后真言惊人一致："后悔有妻"；次日，诸伪光棍互发短信抒发心愿："会有后妻"……三月后，再聚，交流感想："悔有后妻"。

▊【金融危机期间的十大注意事项】

（01）不要辞职，不要换工作，不要转行，不要创业；

（02）不主动要求老板涨工资，裁员往往是从工资高的裁起；

（03）多帮朋友留意工作机会，多介绍，轮到自己找工作的时候才会有朋友帮；

（04）存钱，买国债或双币存款别买股票；

（05）别买车；

（06）危机后期最难过，现在还没开始，别觉得自己很强；

（07）别离婚，别生孩子；

（08）就算还没感觉危机，也应该日子紧着过，用以前百分之七十的钱过现在的日子；

（09）不要总幻想抢银行，因为活捉率过高；

（10）拉屎的时候留一半，免得饿得太快。

▌【国情知识问答】

问：边做假药广告边说假药效果好边痛斥假药危害的是什么？

答：江湖骗子。

错，是 CCTV。

问：比上大学还贵的是什么？

答：出国留学。

错，是幼儿园。

问：为什么有人从几千米高直接跌落到千米左右却面不改色心不跳？

答：是在飞机里或者是在跳伞。

错，他们是中国股民。

问：某人第一个月拿一千元工资，第二月拿八百，第三月拿六百，请问他的工资是降低了还是增长了？

答：降低了。

错，是负增长。

问：全副武装的人与手无寸铁的人进行激烈的搏斗这叫什么事情？

答：是抗日战争。

错，是城管执法。

问：你只有十平米的房屋，邻居从九十平米换到一百九十平米，你的居住面积有没有增加？

答：没有。

错，你在平均住房面积里被增加了五十平米。

问：明明你口袋里只有五十元，却搞一大堆数据证明你实际有一百元的是什么人？

答：骗子。

错，是统计局。

▌【文娱快讯】

本报讯：《领导作风》荣获二〇〇八年超级短篇小说金奖，整部小说仅十一字，如下：

领导："有发票？"

小姐："有。"

领导："走！"

代后记

他的囧你的槑我们心中巨大的雷

黄集伟

靠近沈四高速公路朱尔屯收费站附近，车子习惯性慢下来。

车主内急，面色凝重，松弛不得，只有目光满是涣散……一个高达十米左右、蓝底白字的广告牌适时撞进车主视野，车主一个激灵被雷到。

车子是捷达"海风之旅"，自动档白色。"海风"慢滑，撕票，交钱，路杆儿轻起。先正面，再后面，那个蓝底白字广告牌被车主看个清清楚楚。

正：实在挺不住，

反：请你占有我。

合：实在挺不住，请你占有我。

尽管内急汹涌，可车主的想象和幻觉还是碎步踏踏，跟着那行广告语跑歪至少二十公里。

黑糊糊一管类似枪管儿样的话筒塞到缓慢打开的驾座左侧窗口，一个小女生模样的记者劈头盖脸就问：看见这句广告词您想到什么？

车主忽然觉得好像闯进了个电视剧外景地。

"我，我，我，想到了那个。"

"哪个？是厕所吗？"

"对对对，对对对！就是厕所嘛！"

回首二〇〇八民间语文，我想到的，是这个年前听来的真事儿。感觉是，或悲或喜，或喜或悲，喜悲交集，二〇〇八年的民间语文大都如是斑斓蒙昧，足智多谋：似乎什么都没说，又似乎什么都说了。

那"说"控制、诱导着我们的"想"，却也任人充填无极想象。

二〇〇九年开年第一天上班，坐出租车上，我听见，FM974北京音乐台的广告词儿刚换了新一版："只听歌，不听话！"

从这口号里，你想到什么？

1. 字

二〇〇八年就是一个"雷"年。跌跌撞撞好不容易撞完三百六十五天，雷感隐隐依旧。回看二〇〇八，民间语文中新单字持续井喷，空前活跃，这一现象在前数年并不多见。代表字有"雷"、"囧"、"被"、"槑"、"宅"、"萌"、"控"等。它们的娘家都在互联网。这些出身各异、情趣万千的家伙一点儿不"宅"，五湖四海捞世界，本分的事儿做，不本分的事而也做，风流得紧。一堆生僻汉语单字以表情符身份随即大摇大摆粉墨登场。可非要预言"夔"、"蔓"、"靐"、"勥"、"夭"、"黗"之类的古怪单字会在二〇〇九大面积流行，也是瞎扯。语义暧昧高度浓缩是这些流行单字的共同点。套用头数个二〇〇八流行单字造句说：他心里的槑不是你心里的囧，我们每个人的心中都有一个巨大而完全不同的雷。很雷。

【雷】(léi) 雨部，十三画。

二〇〇八年最流行的网络单字。语源据称为日本动漫。黏度超高，主功效为动词，主搭配为"雷到"。其亲戚据说是单字"晕"。

在这个日新月异的年代里，"晕"在体量上已过于渺小，于是，"雷"字应运而生，挺身而出。越来越多的小三们闻听自己的恩公挂了，心里的造句或许正是本字：雷——"雷隐隐，感妾心，倾耳清听非车音。"（傅玄《杂言诗》）有人猜测，二〇〇九年"雷"会被升级为"霹雳"。这个想象式预言在逻辑上大致靠谱，可没什么用。哪个字好使好用、哪个字最流行最雷人，网友说了算。

【囧】(jiǒng) 口部，七画。

也是二〇〇八年最为流行的网络字，出自若干年前曾小范围传播的聊天表情符。此"符"转正为单字后，流行范围更广，让人不得不对它浮想联翩。

"囧"当然是网络聚合力超强能量的最佳代表字，可这一切是"为什么呢"（二〇〇八年另一句流行语）？是因为字型上的那撇八字眉乃至被赋予无数联想的那半张表惊讶、表无奈、表沮丧、表悲凉或凄惨的嘴角吗？是吧。它是某族群、某社群乃至某年代的一个缩微，一个方便表述终难记录快速窜红终难细化的快捷键，并因此成为进入我们所身处的这个时代的最好的入口。它是中国表情的一种？中国之窗的一种？这解释也大致成立。在二〇〇八年流行单字中，"囧"的商业开发已然完备。有网站，有商品，有出版物，有各种据此延伸的系列表情符，蔚为大观。其实最为流行的代表性句型是：今天你囧了吗？

【被】（bèi）衤部，十画。

与此字连接最为紧密的，当属"被自杀"一词。此词与安徽阜阳斥巨资修建"白宫"一事举报者蹊跷死亡一事有关。

出于对官方"自杀"鉴定结论的无法释怀，这个兼具复杂、暧昧、繁复因由的死亡事件被凝固成"被自杀"三字……是，有点儿敏感。将"自杀"二字换成"自戕"可有效降低敏感度外，还能挤出些许喜感。它是汉语中"被戕"与"自戕"的中和，很好很和谐。当被绑架在"被戕"与"自戕"的中间，当莫衷一是是非混沌某个黄昏适时降临，"被自戕"即成为一个替代性说法。这一说法矛盾百出，但清晰，但准确。

【槑】（méi）木部，十四画。

"梅"的异体字。最初与"囧"字类似，"槑"作为表情符被网友使用，其网络语义为很呆很傻很脑残。"槑"字大致可视为"囧"字的对象化用字，它们好像一对欢喜冤家。

"我囧了，因为你太槑了，我很难不被雷到……"早年间，有一种"串电影名"的文字游戏。在民间语文中，做类似的游戏难度不大，门槛极低。不需花很多时间，即可将二〇〇八年的流行语文、民间语文串成一段文字：嚣张，无厘头，莫名其妙。

【萌】（méng）艹部，十一画。

这也是一个来自日本动漫的网络流行字。大部分网友对这个流行汉字的理解为"可爱"，但"萌"字的日系捍卫者强调说，这一理解应属严重歪曲。

在日系动漫语境中，"萌"字代表纯真，美好，天真无邪到不食烟火程度的美。它同时还代表刚刚生出、不夹带任何杂质的美好感情、喜爱、欣赏等。按如是提示，这个单字更多是在强调精神属性的纯粹与洁净？是吧。

2. 词

二〇〇八年，民间语文中的新词井喷在"泥浆密度"、"压力系数"等方面与往年无异。不同处在于，时政类新词占了新词的绝大部分，它们海量生成、海量承载、海量传输。此外，二〇〇八年民间语文中的新词在修辞格的选择与运用上更为自觉。一九九八年的新词"保八"（确保国民经济增长百分之八）直白简单；可到了二〇〇八，张嘴"山寨"，闭嘴"散步"，哪怕吐字清晰，声若黄鹂，发音标准如朱军，其语义真相也极度暧昧。委曲修辞大张旗鼓，高举高打，莫衷一是，泥沙俱下，而其最直接因由正是委曲混沌一言难尽的现实。

【散步】(sàn bù) 动词，亦可用作形容词。

对于本词词性的理解乃至运用，是判断一个人的真实年龄极灵验的试纸。同样是以"散步"造句，如果你的作业是用圆珠笔写下的"我曾在很多年前读过宗白华教授的《美学散步》"这样的句子，你大概五十开外了；可如果你是在博客里写下诸如"这是一次与厦门、上海非常相像的和平且极具成都特色的散步"之类的话，那么，你的年纪应该还在二十郎当……公众乃至网友眼中的"散步"是某种"公民意见表达形式"，这与将相似的麻烦表述为"东躲"、"圭寸杀殳三易口佳"等技巧类似。其中亦含"被委婉"之意。

不过，其实，其实还好的啦……前面这句用台普或沪普腔念，多喜感。

【山寨】(shān zhài)，亦写作"山砦"，不流行。

在二〇〇八年民间语文中，本词属罕见暴发户。二〇〇八年底，电影《梅兰芳》公映后，梅大爷陈年旧情被悉数起底，孟小冬当年故事广为传诵。某日，见记者采访孟小冬侄——一位两鬓斑白的大爷，问："令姑当年为何大红？"孟爷说："那叫'挑帘红'。"犹今言所谓"一夜蹿红"……比附过去，与"山寨机"宛如孪生的"山寨"一词在二〇〇八年也是"挑帘红"。

截至二〇〇八年底，"山寨"这个原本寻常之至的旧词已有古义、今义、口头义、书面义、褒义、贬义、混合义、比喻义、象征义等复杂内涵，须谨慎使用。最典型的假想情境是，假使有一盒山寨阿司匹林（简称"山阿"）摆进柜台，你有敢买？

【国足】(guó zú) 原为"中国国家男子足球队"简称，后成为一个广为传播的泄愤词组，比如说："你很国足啊！"是骂人的。

以"国足"为主语或宾语的句子未必出现在现实生活中，但却在段子、短信、冷热笑话中成为弱智无能、烂泥扶不上墙的具象符号。二〇〇八年八月中旬，最常见的一句网络流行语八个字："珍爱生命，远离国足"；而另外一则以节目预告样式出现的短信则将刻薄缝成一个巨大的包袱，轻松抖出，娱己娱人："河中生灵神秘死亡，下游居民得上怪病，沿岸植物不断变异，是残留农药？还是生化攻击？敬请关注今晚 CCTV《走近科学》即将播出的专题节目:《国足在河边洗脚》。"

【脑残】(nǎo cán) 形容词,所指并非真正的生理疾病,而是用指一个人大脑进水,思维糊涂混乱无序,急需救药。

作家庄雅婷机智果敢,将"脑残"细分为"外向型脑残"、"内涵式脑残"等不同层面;而作家土摩托则以"智力返祖"代指"脑残"。此前俗语"脑子进水"当然还有人用,但相比而言,无论是从语言节约的角度看,还是从短促铿锵的发音上看,新词组"脑残"的使用频率已远远大于短语"脑子进水"……某日,见某网友说:"他脑子里已经可以养鱼了……"愣了片刻,才发现它是"脑子进水"的升级版。人才。

【逼善】(bī shàn) 语出评家刀尔登专栏文章《彼此即是非》。

刀称:"劝善与逼善是有分别的,因为道德命题并不对称。我们可以说让梨是高尚的,而不可以就此反推不让梨就不高尚,不道德,无耻,该打屁股。提倡美德,是鼓励性的,推行规范,是禁止性的。规范禁止杀人,但我们很少会在日记里写下'今天又没杀人',以为做了好事,沾沾自喜。反过来,人没有达到某种美德,不意味其在道德上有缺陷。经常发生的是,那些鼓励性、建议性的伦理信条,被不正确地逆推后,产生了一种压迫性的道德环境。"刀的这段文字出现在为地震灾民"循环捐款"语境中,犀利并小心翼翼镜鉴道德压迫历史个案,指陈其时在在皆是的非对称道德命题,皮相平缓,内飘尖锐……好像在说:"劝"确曾经"劝"出很多"善",而"逼善"的结果呢……如你所知。

3. 成语

接续二〇〇七年由网民创造的新成语"正龙拍虎"，二〇〇八年，将新闻事件、道德激辩、价值纷争浓缩为四字格新成语成为最流行的语词时尚。"秋雨含泪"、"欧阳挖坑"、"兆山羡鬼"、"黔驴死撑"、"聚打酱油"、"抵制蠢货"、"俯卧硬撑"、"谁死鹿手"、"比赛第一"、"叉腰健儿"、"自取其乳"等诸多新成语的出现，不仅用俭省笔墨记录下二〇〇八年诸多天灾人祸要案大事，同时，也为民间语文的快速固化、广泛传播提供出一种全新的收编格式。它甚至也是一种意外创造出来的"文本安全模式"，极富创意地将万般繁复五味杂陈脱水，抽空，烘干，夯实，永久珍藏。

【正龙拍虎】(zhèng lóng pāi hǔ)

典出二〇〇七年延续至二〇〇八年的周正龙拍虎事件。

这一事件的抄底者以网民为主，并最终以网民的压倒性优势收场。这幕大戏与此前非互联网时代时政新闻事件的最大不同是信息的快速传播及海量交叉，并因此诞生了一句放之四海而皆准的流行语："谁说网民是业余的？"本语用以形容那种抵死不认的谎言，其中有铁齿铜牙的坚韧，亦不乏砍头只当风吹帽的潇洒。唯一不同的是，面对综合交叉繁复无比的真相，抵死不认的说谎者内心好苦好累好心酸。

【秋雨含泪】(qiū yǔ hán lèi)

典出汶川大地震后余秋雨教授的一则短文。二〇〇八年六月五日，作家余秋雨发表博文《含泪劝告请愿灾民》，引发争议。

文中"你们要做的是以主人的身份使这种动人的气氛保持下去，避免横生枝节"一句尤其受到遭众多网友强悍抨击。"含泪"效应导致网友情绪普遍波动。

这个新成语从事件发生至语词本身固化传播，连一周时间都没用。快速固化本身使余教授那则短文中，原本繁复委曲暧昧不堪的诸多意味，在被迅速简化的同时也被快速传播。本成语极富画面感，制作成动画也极易下手。

【兆山羡鬼】(zhào shān xiàn guì)

典出汶川大地震后山东作协副主席王兆山的一首词。二〇〇八年六月六日，王在山东省作家协会主办的"诗衷歌恸鲁川情朗诵会"上朗诵《江城子·废墟下的自述》并刊载于当日《齐鲁晚报》，后在网上引发争议。词中"纵做鬼，也幸福"、"只盼坟前有屏幕，看奥运，同欢呼"等"词眼"可说人神共愤。王因此被网民称之为"王幸福"。

就"江城子"而言，或许本无恶意，可其实际效果刚好相反。本新成语的记录功能显然大于实用功能。这是因为，一方面本成语典故冗长，费解，一方面，每重复一次那首"江城子"都会有一种强烈心理不适，诱人发飙骂娘拍桌子。

【俯卧硬撑】(fǔ wò yìng chēng)

典出二〇〇八年瓮安六二八事件相关新闻报道。

在该报道中，当事人关于俯卧撑的细节陈述引发联想和猜疑，"俯卧撑"三字随即替代此前流行度极高的"打酱油"，成为二〇〇八民间语文热词。而当这一流行网络用语自"做俯卧撑"一变而为"俯卧硬撑"后,其色厉内荏的语义也被含蓄带出。加之"俯卧撑"一词在民间素有云雨之欢替代语的功用,预计本成语的保险度将极为漫长。本成语语用性超强,与"打酱油"一样具有百搭属性,怎么也算是二〇〇八年民间语文中的黑叉。

【谁死鹿手】(shuí sǐ lù shǒu)

典出二〇〇八年九月三鹿毒奶粉事件,由熟词"鹿死谁手"改良而来。

在民间语文创新长途中,"改良"一直是最为重要的修辞手段。从"鹿死谁手"到"谁死鹿手",变化只不过是字序微调,但其间所含愤懑星火已然燎原。

4. 句

二〇〇八年民间语文的"句型化"特色相当扎眼。面对海量字词句篇快速涌现,套用现成流行句型,简省有效。二〇〇八年不仅是个"雷"年,而且还是一个"很×很××"之年。"很×很××"这一脱胎于某官员"很好很强大"的句型成为贯穿二〇〇八全年的经典。从原始版"很好很强大",到爆发版"很黄很暴力",再到后续版"很傻很天真"、"很恒很源祥"、"句型化"成为刻印二〇〇八诸多刀法中最奇异的一种。它方便表述、记载、互动乃至传播,并同时失之于简单粗暴;它一人红透大江南北,而更多重要表述则难以出头。

贝·布托十九岁的儿子比拉瓦尔·布托·扎尔达里在接任巴基斯坦人民党主席接受记者采访时说:"我母亲总是说,民主是最好的复仇。"学者郭凯在观赏完奥运会马拉松比赛后说:"中国不就是一个正在用百米冲刺的速度跑马拉松的国度吗？”这些句型并不时髦，更欠流行，可其所涵思想锐度其实更扎眼，更值得铭记与传播。

【很黄很暴力】

(hěnhuáng hěnbàolǐ)

典出 CCTV《新闻联播》，由一名十三岁女孩脱口而出的这则短语成为二〇〇八第一波流行语中的代表句。

以此语为原始句，“很×很××”成为二〇〇八年最经典的流行句型。当然，与“让艳照门成为历史”一语其实某移动硬盘的广告语类似，后来我看见的“很累很混蛋”一句也与任何新闻事件无关，它不过一位网友对自己一年辛辛苦苦挣扎生存的一种概括，不剽悍，很酸楚。

【我是出来打酱油的】

(wǒ shì chūlái dǎ jiàng yóu de)

典出某电视台随机采访街边市民，就“艳照门”的八卦新闻询问观感。市民随口说：“关我屁事，我是出来打酱油的。”此语经由网络传播，迅速流行，成为二〇〇八年最著名的搪塞语。

在互联网上，“打酱油”一词的语源性阐释繁多。有一种语源性阐释，甚至追寻至作家贾平凹散文《笑口常开》。在那散文里，急于嘿咻的夫妇以打酱油为由支使犬子离家，仓促间成其好事，完全是一把辛酸的另类表述。不靠谱的。

再者，“打酱油“三字当然是最传神的“搪塞”，可他也是一种发出声音的沉默乃至绝不表态的表态……想去吧你。

【这种事只有上海人才做得出来】

(zhèzhǒngshì zhǐyǒu shànghǎirén cái zuò de chūlái)

语出某网友。歌词大意是：刘翔弃赛，招来太多闲话。

当年，刘翔又破纪录又拿大奖，大家就说："刘翔真不像上海人！"现在，刘翔弃赛了，众人改口说："这种事只有上海人做得出来！"人嘴两张皮，翻云覆雨说死个人。为此，某网友感慨："做人难，做上海人更难！"

从语文上看，这前前后后的翻云覆雨尽为刻薄，可却刻薄得逶迤多姿，并不突兀刚烈。朋友杜然发现，美国作家 Garrison Keillor 亦有不动声色刻薄殆尽的本事。写男人"不举"之哀，Garrison Keillor 在句子里说："在我和一个一丝不挂的女人一起一丝不挂的这个历史性时刻，上帝却把笔芯从我的铅笔中抽走了"（杜然译）……这足够刻薄，足够震撼，足够顽皮，可好歹还算留了点儿面子，并没撕破脸。

【趁兜里还有毛主席】

(chèn dōulǐ háiyǒu máozhǔxí)

二○○八年全年结束，我试图找到一句既不主流也不愤青、既不肉麻也不猥琐的句子作为年度美好语文之代表……一番斟酌后，上面这句入选。这个句子出自一位网友的博客短文。原句说："趁兜里还有毛主席，我到卓越下了一大单……"

句中的"毛主席"以局部代指全体（人民币），有画面，有轻微的变形，温和的冒犯。据此，我的小小联想是，暮鼓晨钟，当我们把主席折进钱包时，主席的耳朵会有轻度酸胀，主席宽广前额也会因为钱包摁扣的频繁张合而略感刺痛……轻点哦，别过分惊扰主席休息……

顺便说一句，二〇〇五年我选出的年度美好短语是："我的钱正在来我家的路上。"二〇〇六年是："把有限的长假投入到无限的相亲活动中去！"二〇〇七年是："给我一个姑娘我可以创造一个民族"……不过三年时光，"美好"已然打折缩水？

【一个正在用百米冲刺的速度跑马拉松的国度】

（yīgè zhèngzài yòng bǎimǐ chōngcì de sùdu pǎo mǎlāsōng de guódù）

语出学者郭凯短文《异质》。

文中，郭老师以"奥运会男子马拉松"生发观感，感慨万端"……我想到了中国，中国不就是一个正在用百米冲刺的速度跑马拉松的国度吗？跑在最前面的人在用不可思议的速度在前进，但整个队伍却拉得很长，很多人还远远的落在后面。"

5. 篇

民间语文中的"篇"即文本的部分样貌更为复杂，它既包括那些刊载于各类媒体上的幽默小文，也包括坊间循环往复不断修订、改写、复制、粘贴的各类笑话、传言、段子乃至小道消息。在二〇〇八年这样一个雷年，民间语文中的这类首尾齐全、有鼻子有眼的文本的现实介入性更为激烈，更为黑色，也更为忧愤。这类文本在其传播的过程中被不断改写乃至重写，作者无考。这类集体创作的民间文本通常皮相嘻哈疯魔欢天喜地，可内瓤里多储满"舆情"：由灾情、激情、悲情、病情、艳情、敌情、苦情、国情、险情、爱情、内情、交情、行情、群情之类杂糅出来的……舆情。此类文本亦为海量，下选六则，算样本。

【幸福定义】本周幸福最新定义：床上无病人，牢里无亲人，京广线上无熟人，股市里面没无家人。

【七不能】陕西不能提老虎，长沙不能坐火车，山西不能下煤窑，上海不能进社保，济南不能聊大雨，广州不能去车站，香港不能修电脑。

【已婚者警告】通告所有已婚人士：中央提醒大家吸取教训：胶济铁路火车相撞的事件以血的事实告诉我们：出轨不可怕，可怕的是被撞到了！

【告股民书】证监会忠告股民，近期不要进入股市，否则：宝马进去，自行车出来；西服进去，三点式出来；老板进去，打工仔出来；博士进去，呆傻出来；姚明进去，潘长江出来；鳄鱼进去，壁虎出来；蟒蛇进去，蚯蚓出来；牵着狗进去，被狗牵着出来。

【联想】金庸写的十四本书可以连成一个对联：飞雪连天射白鹿，笑书神侠倚碧鸳。J.K/罗琳写的七本书也可以连成一句话：哈哈哈哈哈哈哈！

【文娱快讯】本报最新消息，据悉，《领导作风》荣获二〇〇八年超级短篇小说金奖，整部小说仅十一字，全文如下：

领导："有发票？"小姐："有。"领导："走！"

附：二〇〇八民间语文常用修辞格举要

联边

"联边"是一种来自楹联写作的修辞格，即在撰写楹联时，特别选用若干个偏旁相同的字，并将其串联在一起，用以营造氛围，烘托气势，表述心迹。旧时曾体验一副"海神庙"楹联，上联：浩海汪洋波涛涌溪河注满，下联：雷霆霹雳霭云雾霖雨雪霏。上联选十一个"三点水"旁的字，下联选十一个"雨"字头的字，字型本身即已传达出一番汤水淋漓气场。

在二〇〇八年年初特大冰雪灾害期间，我在网上见到一则转引而来的古联。上联 迎送远近通达道；下联 进退迟速遊逍遥。此古联连用十四个"走之旁"，传达出摘引者对那些被堵在路上的同胞们的记挂与祝福。是，它没什么实际功用，可却瓜子不满是"仁"心。发自肺腑。

衬跌

正意先不说，用一句或几句话作衬托，然后急速转折为"跌"，说出正意，使前后造成反差强烈的对照，这一修辞手法即所谓"衬跌"。在诸多冷幽默段子里，"衬跌"是常用的修辞格。

二〇〇八年，著名电视人胡淑芬老师在愚人节当天即撰写段子一枚："为了使自己下定决心离婚，穆拉德大夫进行了长达十三年的研究，终于发明出一种能使人心肠变硬的药物……伟哥。"这个貌似平常叙述的文本里的全部凉薄美学均由"衬跌"修辞达成。

仿拟

　　故意模仿现成字词句篇而仿造出一个全新的字词句篇，即所谓"仿拟"。这一修辞格所期望制造的效果是：揭示事物的矛盾对立，增强文字的锐度乃至奚落力度。

　　下面这则短信即由仿拟修辞格统领："据最新收到的消息称，北京市交管局今天中午紧急通知：自二〇〇八年七月二十日实行单双号限制后，全市车流量大幅下降，但出行人流量不降反升，公共交通压力加大。为此，交管局决定，自即日（七月二十五日）起，全市六环以内，市民实行单双眼皮限制措施，单眼皮单日出行，双眼皮双日出行，一单一双者请选择晚间零时至三时出行，如夫妻二人均为双或单眼皮，其中之一可免费前往美容院进行整容治疗。此规定有效期暂定二〇〇八年年底。规定执行期间，凡戴墨镜出行、人造单眼皮、人造双眼皮或以睁眼双眼皮、闭眼单眼皮为由恣意扑街者，均以故意遮挡车牌号处罚，望广大市民据此妥善安排出行时间，度过一个愉快的周末。"

讳饰

　　为文或发言时遇见有犯忌触讳的事物，不直接说这种事物，而用旁的话来掩蔽、遮盖，是谓"讳饰"。如："某女，超级色。一日，其QQ昵称忽写成：'拒绝。'好友问之：'为何如此？'女曰：'你不觉得加上偏旁比较含蓄吗？'"

　　前段文字为一则流行短信，属冷笑话。其笑点来自传统的拆字游戏，也是讳饰的一种。另一例是《色｜戒》风波期间的一个短句，写成"圭寸杀殳三易口隹"的怪样子，也属以拆字法达成的讳饰。当然，拆不开或完全不知拆字游戏者，逗趣效果减半乃至归零。

二〇〇九年七月二十三日